U0122467

踏過悲傷的幸福
黃偉興 著

目錄

第一部
汪凱琳
遺憾的過去，悲傷的現在。

1.

我總覺得發生在我身上的一切，只是一場夢。

此刻，我坐在靜謐的律師樓，律師在解説離婚文件的內容，而我的腦海卻不斷閃現着連串的畫面：吵鬧的婚宴、大學畢業禮的離別和興奮的交纏、兩個葬禮的哀愁，所有事一下子湧進來。

面前的男人，從親密變成陌生，為了你，我流過多少眼淚、悲痛了多少回，然而現在已變得不重要。

我竟然相信你，竟然指望你會是我一生中的守護天使，現在我只要大筆一揮，我們之間便再沒有任何牽連。

我用力地在離婚協議書簽上我的名字，那張紙差點被我捅破，我看着你誠惶誠恐的樣子，深怕我又要搞砸這件事。我強抑起伏不定的心情，從喉頭發出：「謝東樂，再見！」我頭也不回，走出律師樓。

以後，我不想再知道，也不會再追究一切關於你的事。

我已經很累了。

最終，你得到一切，那個賤女人，還有踐踏了我的人生。

我已再不是謝太太，回復本來的身份——汪小姐。

只是，我如何面對母親？

她已經失去太多了。

弟弟突如其來的死亡，令她墮入永無止境的傷痛，沒有人想到那架飛機會在半空解體，而他跟女朋友就此永遠消失。兩年之後，父親又突然病逝，看着家中的婚禮合照，照片中的三個男人，兩個從現實世界消失，一個從我的世界消失，現在就只有我和媽媽。我有一段很長的時間以淚洗臉，這一天，我和他七年的感情，就這樣以簽名開始，亦以簽名結束。

我又回到原點。

四年的婚姻生活，幸好我跟他沒有置業，這比較好辦，分配了各自的東西後，我只分得很少的錢，雖然每個月都會有贍養費，但這兩年我停止工作，一心做好太太的角色，亦可以說已經失去了賺錢的能力，在捉襟見肘下，我只得回娘家。

我需要找一份工作。

不然，要跟媽媽從早到晚相對，一定會很慘。多親密的人，每天相對十個小時以上也會帶來反效果，而且她一直認為這一切都是我自找的，包括找這樣一個壞男人做丈夫。

媽媽住的鬱金香大廈，建於六十年代，我們一家四口居住了二十多年。我沒有想過要回到這裏，但我實在沒有其他方法，唯有硬着頭皮，向媽媽提出搬回來的想法。自從弟弟跟爸爸相繼離世之後，她一直悶悶不樂，沒有跟我和阿東生活。現在，只得我一個人，面對這一刻的困境，除了回到娘家，我還有甚麼呢？

我很苦悶，即使失去了婚姻，我的人生還有很多。若我不好好面對自己的將來，以後我的生存還有甚麼意義呢？

回到娘家後，我和媽媽交談的次數很少，她偶爾會說一兩句以前的日子，爸爸還在、弟弟還在，多好。現在，女兒又離婚了，她也只有一個人，還有甚麼意義？

我回答：「媽，你還有我。」

她默不作聲，然後一口飯和着冷卻了的菜，我有時會想若果死的是我，不是弟弟，會不會更好？我還生存着，我絕對感受不到飛機在空中解體的一刻，乘客內心的恐懼，自從弟弟遇上空難之後，我對死亡有了新的體會，再也不是遙遠的事，一個二十多歲的年輕人，跟女朋友準備結婚，就在那一刻，空中爆炸，兩個人的未來都沒有了。

對比起弟弟的不幸，我的婚姻失敗算甚麼？但我竟想到死，那是不可原諒的事！對不起真正死去了的爸爸和弟弟。

我想重新做人。

不！我要重新做人！

＊＊＊

「汪小姐，早安。」鬱金香大廈的早晨，遇到這位頭髮稀少、五十多歲的中年男人，他渾身散發着一股市井味，跟那個頂着籃球肚子的管理員黃伯伯在聊天。

我認得他，以前他經常跟鄰居在升降機大堂開會，後來把大廈的儲物室改建成一間小型會議室，進行業主立案法團會議。他是鬱金香大廈最熱心的業主立案法團主席楊先生，我跟他不熟絡，偶爾會點頭示好。

他遞給我一張開會通告。

「鬱金香大廈要維修了，它太殘舊了，政府要我們做樓宇更新的工作，明天晚上，我們會在二樓教會開業主大會，你和汪太太一起來聽聽。」

「好的，我代表我媽媽出席。」

反正我沒有甚麼事做，去聽一下也無妨。

有時候，有些事情做真的比較好。

現在，我處於寂寥、無所事事，忙有忙的好，以往在報館和雜誌社工作，做專題、跑新聞的日子，甚麼都不用想，只要求做，那年頭的衝勁不知去了哪裏？四年的婚姻生活，我已過了那段黃金的歲月，我把自己的人生盡付給他，而他現在的懷裏是另一個女人。

無論躺下來或坐着，與同樣空殼的媽媽對望，我們都是孤獨得死去活來。以往我不知道一個人被背叛的感受，現在只有親身經歷過才明白。

就像街上一對對峙的情侶，默然無語，暗藏危機，你訕笑別人時，拿他們的悲劇做茶餘飯後的小菜，你可知道男女之間的愛情已走到盡頭？你和朋友吃得開心，從沒有想過他們有機會發生任何事？你會說幸好那不是我，死的也不是我，一句節哀順變，有甚麼我可以幫忙的話，全是廢話。當我真的向你借一萬數千應急時，你便會拋出一句「我不想朋友的關係建立在金錢上」的託辭，我從沒有向人借錢，那只是比喻！

我又在胡思亂想了。

又或許說，我已經沒有朋友了，除了同事，以前還有謝東樂，現在他在我的人生中已剔除，我再說甚麼也沒有用，淚水又掉下來了。我說過再不要為這個姓「謝」的流下半滴眼淚，我要哭也要為死去的家人哭。淚水依然淌下，真的沒用，汪凱琳是一個沒用的廢物，我的心依然很痛。

「醒來吧！醒來吧！你不是要去開會嗎？快點起床，人家做甚麼，你便做甚麼……早叫你不要多管閒事。」母親從來不愛牽涉入任何事，加上兒子和丈夫相繼離世，令她不想再跟鄰居打交道，把自己藏起來。相反我一直認為她不去關心這棟大廈，將來也許會受人唆擺而做了錯誤的決定，畢竟我們已無處容身，就只有爸爸剩下的這個物業。

雖然她依然用強硬的態度待我，但我心裏明白我們沒有其他人，我們只得相依為命。

這棟大廈的確很殘舊，牆壁斑駁、大堂的天花有鋼筋外露，天井有老鼠橫行。它就像我的人生一樣，千瘡百孔。

它需要全面更新，我亦同樣需要更新。

會議在二樓的小教會進行，我從沒有想過整棟鬱金香大廈的業主多數是長者，只有主席和部份委員的年紀稍輕，但也有五十多歲了，我代表母親在出席名單上簽上我的名字。

樓下的蔡太太走到我的身邊，眼中透出憐憫的目光，我清楚她在替我家死了兩個男人而作出無意義的同情。

我跟她點點頭，沒有半句話。她主動搭訕道：「你媽媽近來怎樣了？」

「很好，有心。」我敷衍她，然後翻弄着帶來的筆記本，只期望這隻蒼蠅快點飛走，不要再停在我的身上。她好像明白我心裏所想，識趣地走到另一幫老太太身邊。

她們在竊竊私語，眼角瞟向我的方向。我知道這班老太太一定在議論我弟弟和父親相繼死亡的事，暗中猜度我的婚姻問題。

我真的不明白，為甚麼有些人總會以別人的不幸，作為自己的飯後甜品？我不是娛樂圈中人，我的人生不需要你們的過度關心，我的人生自有我的方向，蔡太太，還是關心你那年過五十還沒有女朋友的兒子！他比我更值得你投放時間。

住客陸陸續續地到來，我看到主席身邊有一張熟悉的面孔，他和民政署的職員在談笑風生，交換卡片，關於他，其實在我腦海中已消失了一段頗長的時間，我奇怪他到底為甚麼會在這裏出現呢？我對這裏的事原來一點都不了解。

自從那件事之後，我刻意忘記他，想不到他竟當上了媽媽那區的區議員。

現在，我那個所謂前度男朋友就在我不遠處，我內心千頭萬緒，這十多年來，他的人生是怎樣度過？他到底還認不認得我呢？

我不能否定他的出現觸動了我的神經，我早已不是那一個束着馬尾、架着粗邊眼鏡，容易被欺負的少女。我是一個婚姻失敗的女人，想到「婚姻失敗」這四個字，我便感到自己淒涼，我不能這樣想，也不能讓他知道。我低着頭，裝作思考着手上的筆記本內容，他偶爾瞟向我這邊，沒作聲，畢竟我們已多年沒見，也許他沒有認出我。

席間，主席討論大廈在未來一年半要進行的更新計劃，並就立案法團委員會展開換屆工作。主席看着我，也許因為我是這班居民當中最年輕的一個，對我說：「汪小姐，不如你加入我們的委員會。」

他對着我笑，沈國明一早便認出我。

我對主席說：「我不是業主，不能當委員。」

主席說：「那不如做秘書工作。」

我想一想，反正沒有甚麼大不了的，點頭答應，大部份委員拍掌和應，沈國明也和應。

重遇他，我相信這就是命運的安排。

會議過後，他邀請我參觀他的辦事處，就在隔壁的商住兩用大廈。

婚姻失敗的我重遇舊男友，霎時間，所有新仇舊恨共冶一爐。他咧着政客虛偽的笑容，我心想：沈國明，我不是你的選民，你不用在我面前惺惺作態，你絕不能「成功爭取」我對你的信任。

「想不到你就是汪太太的女兒，你家裏的事，我深表遺憾。」

「沈國明，你不用說這些話。你的好意我心領。人難免一死，你不認識我的弟弟，他的死跟你一點關係也沒有，你只想要我媽媽的那張選票吧？你博得她的歡心，你便有票。當然，你別讓她知道你以前怎樣對我，不然，你連我家唯一的一張選票都會失去。」

他不置可否，一面尷尬，我心想：你求我吧，在我更改選民資料後，我便把我的一票也投給你，我選你是因為同情你，不是因為你的豐功偉績。

「怎麼了，想不到我做了區議員？稍後我還要代表我的黨參選立法會。」

「有甚麼想不到呢？這有甚麼大不了？每個人都需要一份工作。」

我拿起他桌上的宣傳單張「廣州三日兩夜豪華團」，忍不住道：「你想從中謀利。」

「別亂説，你看看這是非牟利康體活動。」他收起輕浮的笑容，指着宣傳單張上的一串細字。

「我不是我媽媽和那班鄰居，你的品性，我最清楚，沒有好處的東西，你怎麼會做？你只是一個虛偽的人，哈，那不是特首嗎？你還跟他握手。原來是在禮賓府，竟然可以授勳這麼厲害，説實話你把這張相放大，真的很令人尷尬。」

「汪凱琳，別太過份了，我是你那棟舊樓的區議員，好歹也給些尊重。」

我腦內一片空白，想不到甚麼反駁他的話。也許他説得對，為何我總是咄咄逼人呢？但為何不可，我對他的恨意早植心中。

我曾經想像過若有一天我會跟這個所謂前度男友再遇，只是往美好的方向想，我活得比你好，我老公多麼疼我，但現在一切逆轉。顯然，他活得比我好，至少從他桌上的相架看到他跟妻子和女兒的合照，還有那張放大成十二吋的授勳照片。

「你傷害我的事，我一輩子也記得，當初是我有眼無珠，我太天真了。」

「當時年少無知才做出那種事，你要相信我，這麼多年來我都是奉公守法，為市民服務。況且你再拿那些咸豐年代的事出來説根本沒有意思，無憑無據，沒有人會相信你的。」

這個人真的很可怕，到了今天還像沒事發生一樣，掛着一副嬉皮笑臉，看見他便想起當年他傷害我的事，也間接令我失去了兩個好朋友，我真的想殺了他。這裏的空氣令人窒息，不！是看到他這副嘴臉令我透不過氣來，真可笑，我不應貿然接受主席的邀請，以後我還有更多的機會碰到他。

想不到今天我竟依舊天真得如此厲害，會跟他敍舊。

我匆匆逃離他的辦事處，掩不住內心的失落感，那種失落混合了與弟弟、爸爸的驟然離世，我跟謝東樂的短暫而不幸的婚姻、媽媽愁苦着臉，相對無言的困惑時刻的複雜情感，我蹲在路上，很辛苦，家就在前面，但彷彿無路可走。

夜幕下，我獨坐在街道上的消防水龍頭，眼淚不由自主地落下。

即使是最親密的丈夫，也不會信守承諾。何況沈國明只是一個中學時代的前度男友，一個傷害女生，以欺凌別人為樂的人渣。我傷心的是自己，當時年少無知，為着那一份失落而空洞的情感，我失去了最好的朋友。重遇他，彷彿一條通往過去的鑰匙。

這一夜，我腦海內浮現很多事。

發生在我身上的事，看似很簡單，實際上卻很複雜。

我離了婚、弟弟意外身亡、爸爸亦因病離世，這個世界上我就只有媽媽。曾經，我因為工作而充滿自信，是一個有朝氣的女人；現在，我一無所有。

回想年少時，我有兩個最好的朋友，其中一個中五畢業後便人間蒸發，我對這個朋友，內心藏着極大的內疚。

另一個則不再是我的好朋友，她成了一個名人，只是想到她，我內心便湧現強烈的厭惡感。

最終，我還是找到工作。

在這個人浮於事的社會，我只能透過一切的途徑，除了上網、看報紙的求職版，最後還是拜託了舊同事何珍妮，介紹我到一間專門揭露藝人私隱的雜誌社工作。

坦白說，我心裏不是味兒，我始終是新聞系的高材生，一直不屑這種八卦雜誌，但是我已經不是大學畢業生，而且我已經停工多年，我已失去了競爭力，只能逆來順受，這樣總好過天天面對苦着臉的媽媽，人總要向現實低頭。

每個人總要工作來養活自己。

第一天工作，我起得很早，在升降機內碰到一個五短身材、以前是船員的老伯，他笑着向我點頭，我有點不知所措。接着，他自言自語，夾帶着髒話，說：「現在我真的好ＸＸ，就像等死一樣，以前我行船，周遊列國，艷遇遍天下，現在我老了，想發達也難了，錢花得乾乾淨淨，真的好ＸＸ，我在等死嗎？你就好了，年輕女子，還有很多機會！」

天啊！第一天上班便撞着傻子！

我沒有回話，只是勉強抽動臉上的肌肉，裝一個假笑，升降機門一打開便跑了出去。

老伯真的很可憐，看到他，我想像自己未來會不會一樣，變成一個無所事事，漫無目的，一心等死的老太婆？

失去了謝東樂，意味着我希望建構幸福家庭的想法已幻滅，未來能否找到另一個愛我的人還是未知之數，現在投靠老媽，又重遇討厭的沈國明，由十多歲到三十歲之間，十多年的努力彷彿完全白費了，我只是一個棄婦。

討厭！我又陷入自憐自棄的困局。

我倚着港鐵車廂的玻璃，窗外，倒映着這副憔悴的臉，我已失去了光彩，上班或許能幫助我打發過多的時間，讓我不再胡思亂想。

我加入的公司，是一所叫「彩色影視」的小型出版社。出版社是由一群肥胖男人開的，他們只是一間蚊型公司，跟正統的報社或雜誌社的規模相差很遠。

我的上司是一個叫劉桂蘭的四十多歲的女人。她架着粗框眼鏡，渾身散發着一股過期報紙的味道，就像停留在上個世紀的女人，她對我咧出一口煙屎牙，我相信若非禁煙條例，這個編輯一定在辦公室日夜抽煙。

「你好，你是何珍妮的好朋友，聽聞以前你是中大新聞系的高材生，我們只是一間開業一年的小型雜誌社，希望你不要介意。」

她客套的話裏彷佛蘊含着嘲諷，就像說你這樣的天之驕女也要虎落平陽，別對我們一臉不屑，你也要一份工作，你也要錢。我倒沒有所謂，畢竟這只是一份過渡性的工作，我只想填滿一天的時間，讓我再一次振作，然後再想自己怎樣走那條路就夠了。

工作了幾天，我發覺這間公司做的工作也是機械式，劉桂蘭已失去了第一天的客氣，每天板着臉，交託我整理一些舊聞，像昔日的成功藝人的故事，或者把一些外國娛樂新聞翻譯，老實説，真的悶得發慌。一班同事總會邀請我外出午膳，開始的時候，我也曾參與其中，日子久了，我不想連唯一的一小時空檔也要對着這班人，我情願在辦公室吃微波爐翻熱的飯盒，然後小睡片刻，但求燃燒苦悶的時光，我不需要與人交流，我彷彿活在孤島之上的一個人。

有時，我不禁自己問自己：「我在等候甚麼？」我想也許就是一個突破點，讓我從痛苦鬱悶的樊牢跳出來，但那一點又在何時出現呢？

我相信冥冥中有主宰，我要的轉捩點一直存在，只是我因為失婚的打擊令我不明白人生還有很多事。

過去的就讓它過去吧！再傷心我也沒法再拿出一小時一千元，坐在心理諮詢師面前哭訴自己的不幸，我只有靠自己一雙手狠狠地摑自己的臉，再糾纏下去沒有意義。

我的工作便是揭人陰私，把那些醜聞、敗德的事無限放大，娛樂圈的男男女女都被描繪成色慾傳奇，讀者都喜歡站在道德高地，批判這些公眾人物，以往我所恨的事，今天竟要成為其中的幫兇。

我的最新工作便是接洽一個報料人。

我的雜誌社沒有長駐狗仔隊，主要跟一個專門跟蹤偷拍的人買新聞。他靠高價賣特別材料給雜誌社賺錢，而這些新聞具有爆炸性，彷彿一點燃便會引起軒然大波。這個人神神秘秘約我在咖啡店見面，然後給我看看他手中的一個公文袋。

我打開公文袋，內裏有一堆連環快拍，一個有如失去了靈魂的女人，她身邊有一個比她年紀大很多的女人攙扶着，走進一棟商業大廈的門口。

「她叫萬巧兒，三十三歲，萬氏集團的太子女。她跟他的丈夫茶葉大亨唐傲德分居，患上嚴重的抑鬱症和胃病。我相信你對他們的事略懂一二。」

我記得唐傲德曾經説過一個男人過了四十歲還沒有一層樓便是一根「廢柴」。這種富二代怎會明白民間疾苦？我對他的興趣缺缺，搖頭説：「一個女人受不住打擊有甚麼稀奇？」

你這個報料的醜男又怎會明白，我續説：「我知道他是隱形富豪唐中泰的孫兒，他的家族是經營茶葉買賣起家，他有一個綽號叫『壽眉哥』，但我相信讀者對他的新聞沒有太大的興趣。」

他咧嘴奸笑：「當然，若果她只是因為離婚而病倒，就沒有甚麼新聞價值，但你看看這張照片。」

他再從公文袋拿出另一張照片來，照片中的人，好像有點眼熟，唐傲德摟着一個高眺女人的腰在升降機大堂，背景相信是酒店。

「這個女人是魏菁菁，那個國際名模，他是因為她而跟太太分居，我做了詳細的資料搜集，但你要給了我應得那份，我才會賣給你。」

是她，我心頭一震。我們足足有十年沒有見面，我知道她的發展很好。

報料人見我怔怔的望着照片，以為這單新聞吸引了我，便開出價錢「兩萬五千元」。

我在沉思，想起很多事情，一下子腦海內泛起很多片段，這麼多年她還是沒有變，還是一個具有侵略性的人。

「汪小姐，兩萬五千元，怎麼樣？」他再一次提醒我。

「這價錢跟我上司所說的有出入，我要再問一問她。」我回過神，想起要跟報料人談價錢。

「以往我跟劉小姐一向合作無間，這單猛料很轟動。我覺得萬巧兒真的很慘，而當中涉及很多不為人知的秘密，兩萬五千元很划算的了，不如你給我跟劉小姐談談。」

我不喜歡他咄咄逼人的態度，沒有作聲。

「我覺得公眾絕對有知情權，對這個廢物富二代來說是一個狠狠的教訓，你們想想，不要的話我便賣給《大世界雜誌》，我相信他們絕對感興趣。」報料人說得振振有詞，我想說他無非也是為錢。

我撥了電話給劉桂蘭，她再徵詢社長意見，最終還價兩萬元買了這單材料。我的心裏卻忐忑不安，要揭發菁菁的醜事，我於心不忍，但現在害得一個富家女人不似人、鬼不似鬼，我心裏又很難受，可畢竟我們曾經是要好的朋友。

魏菁菁，你究竟在想甚麼？我心裏充滿疑問。你已經是一個國際名模，為甚麼還要當第三者？我忍不住淌下眼淚，同時感懷身世，我想既然雜誌社已經決定要報這單新聞，而我又無可避免參與其中，一切都是注定的，我不得不接受命運的安排，她殃在我的筆下，總好過死在其他人的手上。

事實上，這麼多年以來，我連她的外貌也差點忘了。

我、宋子穎與魏菁菁三個曾經是中學時代的好朋友，只是後來我們愈走愈遠，子穎後來更失去聯絡，也是我間接做成的。由那一刻開始，我們已經沒有任何交集，我走我的路。

我決定跟她見面，要她面對自己的問題，最好不要再做第三者，讓那個富家女好過來。

只是靜下來想一想，我以為自己是誰呢？還是她的好朋友嗎？我們有太多年沒見，她當年的那巴掌的熱度彷彿還留在我的面頰。太多年，她現在的世界又怎樣呢？

她曾經做過童星，她的母親是外國人，她的樣子像一個外籍小朋友，眼睛大大、鼻樑挺高，有一點點嬰兒胖，那時是很搶手的童星，做過很多劇集女主角的童年。那時候，她在劇集裏萬千寵愛在一身。童年時，我是很羨慕她的，只是我從不知道那只是劇情需要，她不快樂，她的小學階段就在缺課、失去友伴中度過，而後來她的母親跟父親離婚，我了解的魏菁菁就是在這樣的童年中成長。

她當日跟我説這件事時，眼裏都會淌下淚，我不明白，能夠跟大明星做戲，又有零用錢，她為何還要那樣傷感？

「我羨慕你。」

我內心深處最記得她這句話，她望着我的眼神，我大概估量她羨慕我的原因，我有完整的家庭，只是我何嘗沒有妒忌她呢？

我們就在不同的環境中成長。

你羨慕我，我妒忌你。

今天，我看着照片中的你，內心燃起厭惡感，我和你之間再沒有誰羨慕或妒忌誰的可能性。畢竟，我們走的路不同，這麼多年來，我討厭你、甚至怨恨你，可以的話，我真的想狠狠地還你一巴掌。

我要見你，無論如何我也不能讓你傷害那個女人。

這單料還未曝光，而魏菁菁的工作還是排得密麻麻，要訪問她就只有這個星期，而我還要跟進那名富二代和他的前妻，所有事壓得我喘不過氣來，而我最擔心的就是如何面對這個舊友，內心充滿不安。

接了這單工作後，我感到胸口有一塊無形的大石，一方面我需要工作和錢，一方面怎樣說，她算是我的一個舊朋友。我進退兩難，想深一層，就算我不作報道，其他人依然會寫，與其死在其他人的手下，不如讓我手下留情，整件事不會變得更壞。另一方面，我又想到劉桂蘭一定不滿我的報道，而大肆修改。

我想工作還是要做，先從萬巧兒入手。

以往在一些慈善晚宴看過萬巧兒的報道，照片中的她是一個圓潤、有氣質而富有的女人，她為人較低調，卻比較像真心幫助貧苦大眾的有錢人。每逢有關山區小學或基層市民籌款的活動，她一定出錢出力支持，相反很少見到她的丈夫出現。也許他們之間真的是一場政治婚姻，門當戶對，被傳媒或大眾塑造的一對模範夫妻。只是謊言最終都被識破，不久之後便有很多人看好戲。

連日來，我跟蹤她，從長鏡頭下偷偷觀察，眼前這個女人跟昔日舞會中的名門太太，根本是兩個人。她形同髑髏骨，全身彷彿沒有八十磅，眼神渙散，連站立也缺乏氣力，若不是得悉那單醜聞，我真的不敢相信眼前這個人便是萬氏集團的千金，昔日的天之驕女，我感同身受，內心湧出絲絲的痛，但也不忘按下快門。

我走上前，想追訪她，她身邊的保鑣很自然地護主。

「唐太太、唐太太，可以跟你做個訪問嗎？」

她的保鑣隔開我，並說：「請不要打擾唐太太。」

「唐太太，有一些關於你丈夫的事，想跟你做個訪問，他是不是有第三者？」

她着身邊的保鑣放行，接過我的名片，然後冷冷一笑：「我早已不是唐太太了，有甚麼話，你自己找唐傲德問，我不會作回應。」

「萬小姐，我明白你的感受，我的丈夫也有外遇，我亦已跟他離婚。」

她轉過臉，向我淺露微笑，恍若昔日慈善舞會中那位明艷的名媛，也許她以為我為了做訪問而信口開河，但是我內心早已把謝東樂的出軌跟她的問題連在一起，有時想婚姻就好像一場賭博，就算當日多好的男人，最後也許會因為狐狸精而離婚，太太就像家中的一件廢物，要急急處理掉，才能跟一個新的女人雙宿雙棲。此刻，我看了萬巧兒，對魏菁菁只有強烈的憎恨。

「我對我的婚姻無憾，對於唐傲德這個人，我早已心死了。」

她坐在輪椅上，由保鑣護送下，轉入那座心理醫務中心。

男人都是慾念驅使的動物。

下一步，當然是找魏菁菁正面對質。

這段時間，唐傲德去了外國揮霍金錢，我也找不着他。魏菁菁則從美國回來。

報料人的照片顯現了部份事實，只是我更希望從她的口中了解整件事的來龍去脈，畢竟我跟她已經沒有見面十多年了，內心不禁生起怯意，我、她和子穎之間的事，糾纏不清。她由一個小小的服裝模特兒發展成國際品牌代言人，而子穎則消失了，還有我們之間那化不開的芥蒂。

多年來，我努力排除她們，以為找到好工作、結了婚，一切都好過來，失去的自信也會回來。只是當男朋友變成丈夫後，可以再找另一個女人，而現在我昔日的好朋友也搭上了人家的丈夫。看着那一幀幀的偷拍照，我除了感到作嘔之外，在我腦內，她彷佛跟謝東樂的情婦融為一體，我伏在雜誌社的桌上，心裏七上八落。

電話劃破寧靜，是母親的聲音，她劈頭大罵：「怎麼一整天也不找我？是不是沒有當我存在？」

「我在工作。」

「工作便不用顧及媽媽的感受嗎？你最想我也死去，那你便可以得到所有東西了？」

「媽，你要怎樣想，我阻止不了。我現在要趕稿，我晚點回來，不用留飯。」

我逕自掛上電話，煩躁不安的心情，加上媽媽的影響，頓時跌入谷底。有人說我媽媽患的是老年情緒病，只要看心理諮詢和吃抗抑鬱藥才會好，但以她這種固執的性格，一定不肯跟我看醫生，弟弟的死對她的打擊太大。別說她，我自己也會想起他，我們幸福的家庭，那是讀書時代菁菁所羨慕的、永遠得不到的，是我得以在她面前還有一點優越感的地方。

我愣愣的看着那堆相，相片中的菁菁彷彿對我露出鄙視的眼神。

你沒有資格鄙視我，你這個破壞別人家庭的壞女人。

＊＊＊

每次要完成一篇稿，就像經歷一次漫長的鬥爭，這次更因為要面對一個認識的人，讓我承受着極大的心理壓力。我透過人脈，邀約了她的經理人，以訪問她多年來的模特兒生涯作藉口，當然她不知道是我，實際上她也許不想見到我。我以英文名Christina Wong邀約她，我們會面的地點在銅鑼灣一間五星級酒店的咖啡廳。

終於到了見面的一天，我內心充滿恐懼，我們不是朋友敍舊，而是要揭露她的醜行。

寧靜的咖啡廳，溫暖的陽光從落地玻璃流瀉進來，在美妙的旋律下，氣氛很悠閒，我反而感到渾身不自在。約定的時間到了，她還沒有到，我不時看手錶，一方面擔心地點和時間失誤，另一方面又暗暗期望她爽約，內心充滿矛盾。

不久，遠處走來兩個女人，其中一個身材高眺的女人，她架着太陽眼鏡，穿上最時尚的裙子，顯然她便是我那等候已久的訪問對象，我的舊友魏菁菁，而身邊一定她的經理人。

經理人Iris走到我面前，説：「你就是《彩色影視》的Christina Wong？好高興跟你見面，怎麼攝影師沒有同行？」

「Iris，我想日後在影樓補拍。」我根本沒有打算找攝影記者替她拍照。

她脱下太陽眼鏡，認真的望向我：「汪凱琳，真的是你！Iris，她是我的舊朋友，我想單獨跟她談。」

經理人識趣地離去。

她展露親切的笑容，我眼中她總是一個虛偽的人，看到她現在的樣子，再對比萬巧兒可憐兮兮的容貌，我覺得她很過份。我內心掙扎着，思考到底如何切入這個訪問？我倆有一刻的靜默，我們沒有對望，我的眼角餘光瞟向她，看到她收起了笑容。我們再一次對望，她又馬上堆砌出原有的笑容，她大概估量着我今次訪問的目的。

「菁菁，可以這樣稱呼你嗎？」

「隨便。」

「我們沒有見那麼多年，我不想轉彎抹角，想知道你對這些照片的看法？」我遞上那張打印出來的相片副本。

她稍微看了一眼，眼皮抽搐，卻強作鎮定，呷了一口清水，說：「哦！估不到不見那麼多年，我的好朋友竟然會送這份大禮給我？可惜對焦不太好，拍得我好糟。」

「你跟唐傲德是甚麼關係？」

「我們是普通朋友。」

「普通朋友，你們會這樣親暱的嗎？還有一起上房！」

「我們約了其他朋友一起在酒店房開生日派對，只是你那位業餘狗仔沒有拍到吧！」

她愈說愈起勁，我知道她在負隅頑抗。

「你跟唐傲德已經多久了？」

「汪小姐，你有沒有聽清楚？我跟唐先生只是好朋友，我們只是跟朋友一起上房慶祝我的生日，沒有其他。」

「魏菁菁，你是七月四日生日的，怎會變成冬天？」

「Christina，真的很感動，隔了這麼多年，你還記得我的生日。」

「菁菁，每年生日，我都會跟你一起過，好嗎？」我的腦內回響起這段初中時的對話，只是我們根本很少一起慶祝生日。

我們陷入僵局，幸而侍應到來，我們點了飲料，氣氛才慢慢緩和。

我內心有很多問題，有待她一一回答，正躊躇如何發問下去，她搶先跟我說：「凱琳，若果不是工作，你會主動找我嗎？」

我無言以對，自從很久之前的事，我一直放不下對她的怨恨，那次之後，她那巴掌為我們的友誼畫上了句號。我恨她一直不肯就那件事聽我解釋，就這樣對我不理不睬，後來我索性也不再解釋。

「我想應該不會了。那一巴掌我還記住，是你說過不想再見我。」我老實說。

「那作為舊朋友，我應該多看你兩眼，不然你就不會再出現了。」

「是你說不再跟我做朋友，而且這麼多年來，我壓根兒也不知你的去向，你又為甚麼不找我？因為你是國際名模，你是站在高高在上，我只是一個記者。」

她忍不住氣沖沖的說：「我是公眾人物，你是傳媒。一直以來，你都可以找我，當日我有不對，但你傷害了子穎，令我們的友情決裂，難道你沒有錯嗎？」

「我早已解釋過很多次，只是你不相信，現在我不想跟你再提以前的事，我只想做完這個訪問。」

「那我跟你說，Christina Wong，我是跟他有感情，我跟哪個男人睡、生孩子，也不關你事。別擺出高高在上的姿態，我是第三者，怎樣？你以前不是說過做一個不偏不倚的記者嗎？怎麼現在連八卦新聞、狗仔隊都做？你不要裝好人，你本身都是一個妒忌心重的女人，我不介意我跟唐傲德的事曝光，我只是介意親手揭發的人是你。你曾經是我最好的朋友。」

她壓下聲線，沒有把自己的醜聞公諸於世。霎時間，我的確無言以對，我以為習慣表演事業的她，會經得起這次訪問。她看到我後，沒有藉詞推卻我，看到照片後沒有即時走開，跟她對質，她一下子亂了方寸。

「你有沒有見過唐太太？」

我列印了萬巧兒的網誌，遞給她看。

「又一天了，魔鬼在晚上望着我睡，我跟它談起他，一個曾經深愛你的人可以一而再、再而三的傷害你，那個女人，那個恬不知恥的女人，我恨她一輩子，若我有能力，我一定要好好教訓她。那個賤男人，我要來幹嗎？他的身體不潔了。我嗅到他身上的汗味便想到那個狐狸精，我就想作嘔了，她快點下地獄吧！」

「這則帖子是兩個星期前的，文字間充滿怨念，只是近日我見過她，她好像已放下了。我做這個工作不是想把你逼死，只是想告訴你：你做錯了。」

「別假裝聖人，宋子穎是你害的，你散播謠言，你連最好的朋友都害，你沒有資格教訓我。不錯！我很自私，一個追求自己幸福的女人有錯嗎？萬巧兒，我是對不起她，但你知不知道她落我降頭？」

「我現在跟你談萬巧兒的事，你別再扯上以前的事。」

「汪凱琳，你捫心自問，這些年來，你有沒有丁點後悔？」

她又扯進子穎的事，的確，捫心自問，我內心充滿內疚，我真的對不起宋子穎，她現在去了哪裏呢？我無言以對。

「菁菁，謝謝你。我想跟你說，我一直都沒有原諒過自己。另外，我離婚了，我的老公搭上了他的秘書。離婚之後，我也需要工作。放心吧！菁菁，我不會寫得太糟的，對不起！也許殃在我的手下，總比死在其他人的筆下好。」

我收拾好行裝，準備轉身離去。

她拉了我一下，然後說：「凱琳，請不要刊出這份稿好嗎？」

「對不起，我的老闆出了錢買這單材料，你也明白傳媒的遊戲規則吧。我只是工作。」

她獨個兒愣愣的坐着，我頭也不回地離去。

總算……事情總算告一段落。

一路上，我內心還是充滿難受的感覺。想不到我們的再遇，是在這樣戲劇性的情節下展開，我一直希望她能改變想法，不要破壞別人的家庭，但是這也許是我一廂情願的想法，沒有人完全明白另一個人的內心世界，也許她真的很愛那個男人，而我又何嘗了解謝東樂和他情婦的事。車上，我收到她的經理人的電話和短訊，她試圖用一切方法包括金錢去阻止這單新聞，我無可奈何，只得關上手機，然後折返雜誌社。

劉桂蘭看到我回來，緊張地催促我交稿，我找回她的舊照和報料人的偷拍照，加上她的訪問內容，這份稿件便有足夠份量。

坐在桌前，我愣愣地望着電腦，整理一下凌亂的思緒，終於輸入了題目：「名模魏菁菁介入富二代的婚變」。我嘗試以多角度去分析整件事，配合了早前跟心理醫師做的專訪，希望能客觀處理這份報道，只是我一面打字，心裏一面隱隱作痛。菁菁的人生好像毀於我的手上，但即使沒有我，也有其他人揭露這件事，我不止一次嘗試平衡我的心理，令自己好過一點。

腦海內迴盪着幕幕往事，我們的學生時代。

歲月遺下的問題，不會隨着時間而過去，終於有一天所有事都要重來，需要解決。這一天終於來到，我很想好好的哭一場，然後倒頭大睡。睡醒後，所有問題都沒有了。

終於，文章還是寫完了。

「也許在第三者的懷裏，男人才得到安慰。小三是他們人生的避風港，也許我們應站在受害人和第三者的角度思考，魏菁菁只是一個追求真愛的女孩，剛好萬巧兒與她丈夫的感情也進入了瓶頸。有些男人是慾念下犯了某些過錯，我們總不能把全世界的男人歸類為壞男人，同樣第三者也許只是爭取自己的幸福，只是她們忘了爭取幸福的同時，亦傷害了其他人的人生。我們的人生只有一回，若然失去了方寸，我們的人生便毀了。最後，我不得不跟我的朋友魏菁菁說一句對不起。」

我因為這段結語，被劉桂蘭訓斥了一頓，她說：「你別以為自己是新聞系高材生，便可以胡作非為，你以為《彩色影視》是你的資產嗎？你以為這篇文章可以出街嗎？我不清楚你跟魏菁菁有甚麼關係，若我知道你跟她是朋友，我也不會讓你跟進這單材料！你給我全部修改。」

「我不會修改，你可以大肆修改我的文章，但不要以我的名字發表，若要用我的名字，就請你不要動一個字。我不幹了。」

我遞上辭職信，也許我太衝動，沒有想及後果，但我再也不想做這種工作了。她不作挽留，我樂得離開這個烏煙瘴氣的地方，我收拾心情，決定暫時以自己的積蓄和做兼職補習過牛活。我把那篇原稿轉成「可攜式文件格式」以電郵寄給菁菁的經理人。

菁菁：

我盡了力去寫這篇報道，最終編輯還是要修改了，也許在你的眼中，我是出賣朋友，但我不得不説我是盡了最大努力去寫，我們的事、子穎的事，所有事都錯過了，亦不能夠改變。我本想勸服你退出，卻變成我和你吵架，想深一層我亦無權干涉你的私生活，現在我唯一可以做的就只有辭職。

凱琳

最終不知道她會不會明白我的想法、最終我還是一無所有的人，對着愁苦的母親，再一次讓我重新思考過去。

2.

我認識魏菁菁已經很久，大約有二十年，那時候她是無人不曉的小童星。她是混血兒，由於長得標致、可愛，深得電視台、電影公司重用，很多廣告片和電視劇集都可以看到她的身影。

那時候，我很羨慕她。不，應該是妒忌吧！她怎可以長得那麼可愛和美麗，而我只是一個平平無奇的女孩子，她在影片中萬千寵愛在一身，我則只是一個不受重視的長女，爸爸、媽媽都把注意力放在弟弟身上，我在那個年歲根本不懂那麼多，只是一個思想幼稚的女孩，以為影像世界都是真實的。

那些劇集中，總有一些正直、真誠，還要是帥氣的哥哥自小跟她作伴，長大後成了照顧她的男朋友或丈夫。

小女孩對未來懷有憧憬，想像有一天會遇到一個愛自己的人，他會突然從天而降，然後就這樣幸福快樂的活下去，直到永遠。當然，在日後經歷了那麼多，我再也沒有這種無知的想法。

那時，我以為只有美麗、可愛的人，才能得到真正的愛情，所以心裏妒忌電視上的小童星，當時不知道她的姓名，稱呼她為「大眼妹」。

魏菁菁早已在我的童年時代出現，那時大概只有八歲。

我跟她認識是一次偶然的相遇，那天我替媽媽到藥房買日用品，當我走出藥房後，看到一個跟我差不多年歲的女孩蹲在溝渠旁，不知道在幹甚麼？我好奇，偷偷走上前，看到一個熟悉的側面，她就是經常在電視上出現的大眼妹，原來她住在附近。

我行近一點，看到她用手撫摸着兩隻未開眼的小貓，貓兒好像掙扎的樣子，令人憐惜。我聽到她自言自語地說：「貓咪，你們的媽咪去了哪裏？貓咪，我跟你們一樣孤獨。」

她的話令我感到困惑，突然她眼角的餘光瞟過來，定睛看着我，嚇了我一跳。她向我微笑，然後再專注地上的小貓。

我們就這樣，相對了一刻。

當我轉身離去的時候，天下起雨來，那時候我跟她已拉遠了距離，她慌張地尋找紙皮盒安置那兩隻未開眼的小貓。其實，我應該折返，幫一幫她，但我沒有這樣做，我知道那兩隻被遺棄的貓，最終難逃一死。

最後，我拿着替媽媽買的東西離去。

這是我對她的一段重要的回憶，及後我再也找不到她那充滿憐憫的神情，純真的她彷彿消失了，一步一步走向世故老練。

我的小學階段，在平淡無味中結束。跟我要好的同學一個也沒有分配到同一所中學，我只得一個人孤伶伶走進陌生的校園，我料不到的是竟然遇上她。

她跟我同一個班房，我不知道她還記不記得下雨天那件事，而我內心強烈的想跟她做朋友，魏菁菁——那是我第一次知道她的名字。

她依然有參與演藝工作，她還是學校裏的焦點，只是面上的嬰兒肥早已消失，換上的是瘦削的面頰，加上那雙標致的大眼睛，成為班中一顆耀眼的星星，很多男生都想結識她，只是那年代的男生都是窩囊，不敢主動走上前，我只覺得很可笑。我很自然跟她談起來，我跟她自自然然的交談，說：「我喜歡你，喜歡你在電視上的演出。」

她笑着說：「那只是騙人的東西，我更喜歡現實跟同學上課的日子。」

我們漸漸成了好朋友，但誰會想到多年之後，她跟我不再是好朋友，我更要替雜誌社揭露她的瘡疤。

我沒有問起她，記不記得多年前的一天，她在藥房門外跟我的偶遇，那些貓兒最終的下場？那彷彿是我和她內心深處的回憶，我們因為某一件共通的事成了最好的朋友，我想：希望我們會是好朋友。

我們成了閨密，無論學校的習作、體育課的夥伴，我們很自然走在一起，那是我們之間的默契。其實，起初我還有幾個朋友，大家亦會說說笑笑，互相追逐，玩一些無聊的玩意，說說是非，談論班中哪一個男同學帥、哪一個醜陋。

只是，菁菁總對這班女同學懷有無形的敵意，大家都感受到當中的不尋常、凝重的氣氛，漸漸和我疏遠，因為我不想失去菁菁——她是我最重要的朋友。我喜歡她，或許是我不捨那份與明星交友的虛榮。

雖然我對她的演員身份有一點崇拜，但是不代表我的夢想跟她一樣。從小我便想做新聞工作，在電視上報道新聞，我會跟弟弟在家中玩「新聞報道」，我亦會把學校的見聞或街上碰到的趣事，寫成新聞稿，拼湊一些圖片，然後拿到照相店影印來滿足自己。

我把這個想法跟她分享：「我想做一個記者。」

「很好，我十分支持你。」

「那是遙遠的夢想。」

「有夢想才有將來。」她露出溫暖的笑容，然後繼續説：「我的夢想是做香港小姐……我的志願是代表香港走訪世界各地，宣揚愛與和平，帶給各地兒童溫暖。」

「哈哈……想得美。」其實我內心想她的夢想比我更容易達到，她是天生的美人胚子，而我只是一個平凡的女生，這個社會總會對待美女好一點。然而我還是相信總有一天，我會蜕變成美麗的蝴蝶，現在就先做一條醜陋的毛蟲吧。只要有希望，有一天我們總會成為自己想像的模樣。

相對於苦悶的家庭生活，我更喜歡回到學校，因為只要有她在身邊，我對自己的人生才會有所憧憬，才會成為有自信、不受忽略的人。朋友，我想跟菁菁做一輩子的朋友，我不能失去了她，我懷抱着一個夢想，直至我們都老去，我們還是知心友。

只是，有時我會感覺自己重視她，而她卻沒有把我放在心上。

事實上我和她的性格很不同，她外向，我內向。

而我總覺得她對我有些隱瞞，不會像我一樣説出自己的事，她會突然間不上課，參與劇集演出，學校對她有微言，她的母親總是臭着臉、一副愛理不理的樣子，而老師總希望能從我身上得到她的消息，只是我對她的事亦不比大家知道的多。

我一直是一個局外人。

有一次在一樓的走廊，我曾經看到班主任張老師追着她：「魏菁菁，你停下來，我有話跟你説。」

「你想説甚麼，便説甚麼吧！」

她依然沒有停下來，背對着張老師，沒有禮貌地大聲斥喝。

張老師是一個做了一兩年的新老師，她有時控制不了像魏菁菁這種與成人世界打交道的女孩，她的聲音哽咽，想哭的樣子。

「你快停下來。」

訓導主任韋老師剛好經過，便幫忙張老師，怒罵她：「魏菁菁，你不要玩了，停下來。」

「我怕了你，張老師，甚麼事？別又哭了，好像一切都是我的錯。」

張老師強忍着淚水，道：「你怎麼又欠功課和通告，你昨天去了哪裏？」

訓導主任怒斥：「你再這樣下去，我便跟你媽媽說不讓你演電視劇。」

魏菁菁帶着輕蔑的語氣說：「韋老師，若然你可以說服到她讓我不接戲，我便乖乖回來上堂。」

她沒有把訓導主任放在眼內，我覺得張老師是值得同情的，不認同她對師長的態度，但我知道作為朋友，我不能向她作出任何類似教訓的話，在她的眼裏，成人教師只是不值一提的傻瓜，她又怎會接受年紀比她小，因為她的身份而跟她刻意示好的我給她的意見，甚至我的人生總沒有她飽歷滄桑的經歷，她是一個思想成熟的人，不屑其他人，而在她身邊還有一些垂涎她美貌的男生，這些人都是其他學校的人，他們會聚集在校門外，有的年紀輕輕便抽煙，頭髮染成七彩的，只要看到這些人，我內心便有一種怯生生的感覺，她還刻意拉我到他們面前，我總是借故離去。於是，她便挽着一個叫「阿九」的男生的手，揚長而去。

那刻，我的內心滋長着寂寞。

當我與其他女孩子接觸後，隱約感受到她的目光，閃出一絲絲的怨恨，彷彿我做出背叛她的行為。她可以有其他朋友，而我卻不能與其他人交往，我們處於不對等的關係，只是那時的我不懂得掙脱，我羡慕她，跟她一起我是快樂的，我在她身邊永遠是一個未見世面的女孩，而她則是一個明星，見識過娛樂圈的一切，我彷彿逃不出她的掌控，而這一切都是自找的，我根本隨時可以抽身而去。

事實上，很多老師不止一次勸我不要再跟她做朋友，只是我真的不想放棄與她的友誼，內心總有一種想法：作為她最好的朋友，我一定可以改變她。

有一天午息，我跟她去學校後山散步，我想跟她談談。這是以往我一直忌諱的事，在她面前，我永遠像一個失去判斷能力的妹妹，而她永遠是姐姐。

「你好像缺課太多了。」我怯生生的説。

「是班主任叫你跟我説嗎？」

「不是，我只是擔心你。」

「我的事，你不會明白的，你以為電視台會永遠錄用我的嗎？只要我不幹，他們就會找其他人替代我，我不能失去這些工作。」

我無言以對，接着她對我説：「凱琳，我羡慕你，你有一個幸福的家庭，但你卻經常說自己如何被忽視。其實，你永遠不明白自己有多幸福？」

「你不跟我說你的事，我又怎會明白你呢？」

「說出來，我擔心你會害怕了我。」

對於家事，我一直無所不談，相反她一直迴避，從沒有把她的事告訴我，而我亦不會闖入她的禁區，我很想再追問她，那些男生，那個阿九與你的關係，只是我知道她只會敷衍我，這也是她的禁區，真正的朋友是這樣的嗎？我不斷思考這問題。

菁菁你一直不肯說，我又怎會了解你。直至今天，你的人生、你所做的事，你經歷的一切，作為識於微時的朋友，我完全不了解，也不認同，因為你從沒有跟我交心，也許在我和宋子穎之間，她才是你的知心好友。

中二暑假前夕，七月四日，從歷史課學到的知識，這天是「美國國慶」，也是你的生日。

我們一起坐船到南丫島的洪聖爺灣玩樂，那是我們的青春，那是我一輩子也不能忘懷的好時光。夏日的陽光，灼紅了我們白皙的皮膚，紅彤彤的，如果時光可以永遠停留，我也許會選擇這一天作為我們的永恒，只是我明白時間只是流動的水，美好的時光深藏於記憶之塔。

中三開課不久，有一個插班生加入我們那一班，後來她成了我的另一個好朋友──宋子穎。

宋子穎的出現，令在場所有同學都屏息靜氣，因為她實在美得驚人，她的五官長得不算特別精緻，而是整體上和諧，透出一種特別的氣質，不僅僅是男同學，就連身邊的女同學都被她深深吸引。

她到底從何處來？為甚麼會有這樣美的女生加入我們這間名不經傳的中學？我看到菁菁注視她的目光，連她這個見慣世面的明星也驚訝。

小息時，菁菁拉我到洗手間，靜悄悄地說：「我們趕快拉攏宋子穎做朋友！」

「為甚麼？」

「你看她剛才的矚目程度，只要我們跟她成了死黨，我們便可以同樣受到其他人的羨慕目光，到時我們便可以呼風喚雨！」

「為甚麼你交朋友，好像是利用別人？而且，我沒有那麼迫切去跟她交朋友，順其自然吧。」

有時菁菁的想法令我大惑不解，但我沒必要受她擺佈。

「凱琳，你不明白這個世界就是這樣的，弱肉強食，若給趙喜嵐那班人捷足先登，搶了宋子穎，我們便沒有辦法的了。你要知道我本身是公眾人物，而她也是外表出眾的女生，雖然這樣說好像對你不公平，但是你在我和她之間，你的地位也自然提高了。試想想你有兩個足以影響你一生的朋友，何樂而不為？」

「菁菁，不要這樣刻薄！我不是你的扯線公仔！」

我真的有點憤怒，轉身便走。

「對不起，我不是這個意思！」

她氣急敗壞的樣子很可笑。

「三姐妹，總比兩姐妹好，你想想。」

她的話好像有點道理。

我對宋子穎沒有強烈的反感，相反還有一點兒喜歡她，只是我從來不會像她一樣，想到交朋友要用搶的方法，我跟菁菁也是自自然然地交往，朋友不應這樣的嗎？

也許她是對的，而宋子穎是她第一次屬意我們一起交往的人，希望能一起成為知己。自此之後，我的世界只會更添色彩，也許多一個朋友後，當菁菁不在身邊的時候，會有另一個人一起分憂。

菁菁之所以跟我提出邀請子穎進入我們的圈子，目的就是要我做中間人，她不需要刻意找朋友，有很多人自自然然會跟她搭訕。但是，她明白宋子穎不像這種人，她會安靜地上課，不會主動跟其他人交往。宋子穎就是有這種氣質，彷彿與外面喧囂的世界沾不上半點關係。

她這個人太特別，一個成績優異又有氣質的女孩為甚麼會突然間轉到我們這所中學？基於好奇，我決定跟蹤她。她每天放學都會獨個兒去圖書館，我偷偷藏身於書架之間，假裝看書，實際上留意她的一舉一動。直覺上，我覺得她不是住在我們這區。

每天，她都在圖書館逗留到四時三十分左右才離開，而我總會隔着大約二十米的距離尾隨着她，就像劇集中的私家偵探一樣。她會鑽入屋邨旁的巴士站，等候一班巴士，而途經的一個屋邨是距離學校三四十分鐘車程的。那是一個比我們這裏更熱鬧的地方，那處還有另一所著名女校，以她的資質一定可以在那裏讀書。

我搞不清楚，內心的好奇驅使我跟蹤下去。回想起來，那是一件窮極無聊的事，當時的我有一顆不斷膨脹的好奇心。菁菁經常催促我找機會跟她談話，而我只想知道她的秘密，她究竟住在哪裏？家中有甚麼人呢？強烈的慾望驅使我一定要查出她的一切，才可方休。

終於，我也走上了那一輛巴士，那是經過無數日子的觀察，我才登上那輛巴士，我要了解她的一切，為何她會闖進我們的世界？

巴士上，她安靜地看書，而我坐在車尾，我沒法掩飾內心的忐忑不安，幸好她一直專心地看書，沒有留意我的存在。我估量她到底住在哪裏？終於，她在總站前的兩個站下車，我馬上尾隨。她走得很急，很快地轉入其中一棟公共屋邨，轉眼間便失去了她的身影。

陽光沒有照進來，大片黑漆漆的陰影，寂靜的街頭，我內心自然形成一絲絲的恐懼，她到哪裏去？這裏又是甚麼地方呢？我內心又急又緊張，就在快要哭出來的時候，我看到她，她跟一個戴着眼鏡的中年男人推着一輛木頭車，車上盛載着一堆紙皮，而身邊亦有一個比她矮小的男生，大概相差一個頭的高度，他是誰？難道是她的弟弟？而那個男人又是誰呢？這是我第一次窺探別人的隱私。

最後，我得知她是住在另一個遙遠的屋邨，身邊有一個中年男人和一個年紀相若少年，我無意把這個秘密跟菁菁分享，這是我內心深處的一件極其無聊的事，我在回家的路途中已下定決心，跟她做朋友。

＊＊＊

收音機正播放着張學友的歌，桌面鋪滿着未完成的功課。我的思緒飄到遙遠的地方，那一刻、那一晚上的事，我會永遠記着，就是這段小小的時光，我內心躍動，躁動不安，是追求着友誼，還是基於某種原因，想與子穎交朋友？朋友，真實的友情，是這樣開始的嗎？我懵懂無知，想着明天吧！明天，希望我和她會成為朋友。

我從來沒有試過刻意去結識任何人，宋子穎這個如同謎一樣的女生，若不是菁菁的意思，我是不會主動跟她做朋友的，因為我們實在是兩個世界的人。我是屬於平庸的，而她則屬於氣質少女，是班上受重視的女生，或許有一天我在她與菁菁之間，會慢慢受重視吧！

第二日的早上，我特意提早出門，走到宋子穎下車的巴士站附近躲起來。我想製造一個偶遇的情景，但又擔心被其他同學看見，懷着惴惴不安的心情度過每一秒。

大約七時十五分，看見她下車，心情如釋重負，我悄悄走到她的身邊，打招呼：「嗨！早晨，宋子穎。」

「早晨，你好，不好意思，我還未記起班上同學的名字。你是……？」

「我是坐第三行第五個位的汪凱琳；汪洋大海的汪、凱旋門的凱、玉字旁的琳。」

我們開始有一搭沒一搭地談起學校的事，主要的目的是引她認識菁菁。

那天下着綿綿細雨，不用集會。

尷尬。

我們一起步入班房，她帶點陌生，我也沒有全程講話，可是氣氛也沒有太

我走到菁菁的座位前，然後跟子穎說：「她是我的好朋友魏菁菁。」

「你好，我是宋子穎，好像在哪兒見過你？」

菁菁放下手上抄寫的筆記，露出驕傲的神態說：「又是這種開場白？我是演員，近期那套劇集《愛在痛苦邊緣》的女主角林靖兒的少女版。」

「你是明星？」子穎有點興奮。

「不是，我只是特約演員，由童星開始到今天；我跟你說，你的臉蛋很美，絕對有資格做特約演員賺點零用錢。」

「不用了，謝謝你的好意。」她靦覥地笑一下，真美。

我感覺有點不自在，感覺自己被用完即棄，自己純粹是一個多餘的人物。我看到另外一些女同學好像亦顯得不高興，菁菁跟班中的紅人做朋友，而我則一個人回到座位，有一種酸溜溜的感覺。

起初，宋子穎有點拘謹，但後來她們談得愈來愈自在，她最後被菁菁的交際手腕融化了。

我們就這樣做了朋友。

魏菁菁是演員，而宋子穎是出眾的女神，我是她們的朋友，叨一點光，只

是我在她們身邊總有某程度的自卑感，我們三姐妹走在一起，必然引來很多目光；但我知道自己沒有吸引力，架着粗邊眼鏡，臉上長着青春痘，我永遠只是她們的陪襯品。

中三那年，彷佛戀愛的蜜月期，我們每天都活得很快樂，菁菁也許受子穎的影響，沒有以前那麼反叛，子穎的成績很好，每天也會抽時間閱讀課外書，亦會跟我們分享她的想法。

那年的聖誕前夕，我們一起去尖沙咀看燈飾。在微雨的平安夜，能夠跟兩個好朋友在一起，我感到十分幸福。我們買了含微量酒精的飲品，在擠逼的街道上竄來竄去，為着一些無關痛癢的小事而大笑。

「朋友是朋友，同學是同學，我們是同學，亦是永遠的好朋友，為着我們永遠不變的友誼乾杯！」

情緒高漲的菁菁舉起手上的飲品，大刺刺地灌進喉嚨，我們都很興奮，跌坐在擠滿人的街道上，彷彿喪失理智地大笑。

我在兩個美女中間，有些人揶揄我這種平庸的女生要找美女做朋友，藉此抬高自己，更有很多男同學都想利用我來跟她們告白，我覺得好麻煩，跟菁菁談起這件事。

我跟她說男生喜歡她們，而我卻要承受別人的冷言冷語，還要受他們所託傳話，只因為我是她們的朋友，菁菁總會說：「關我們甚麼事呢？我們的媽媽生得我漂亮，不是我的錯，難道我叫男生不要喜歡我們？你作為我們的好閨密，便不要跟他們一般見識。」

菁菁的話沒有錯，只是她沒有真正的關心過我。其他女生彷彿清楚我的弱點，總是乘機挑撥離間我和她們，菁菁不屑一顧，子穎總會溫柔的安慰我，說：「凱琳，不用理會其他人怎樣想，我們是好朋友，你遇上不開心的事，只要跟我們分享便好了，其他人的想法，我們管不了那麼多。」

「子穎是對的。」我內心一直有一個想法，她說甚麼話都有她的道理，子穎是真正的天使，她彷彿能看透我的內心想法，我的自卑，我的自憐自棄，我缺乏的勇氣和信心，我也有自己的想法，我不想做兩個好朋友的從屬，她望着我的眼神充滿了一種友愛，當她看到我稍有點兒不高興，她便會說：「凱琳，你有甚麼不開心？可以跟我說嗎？我們是好朋友，怎麼在你的眼中，看到悲傷的神情？」

我又怎能傾訴自己對她們的妒忌？相對於菁菁的世故，子穎的單純、真摯更能撫慰我的內心的傷痛與寂寞，在她身邊，我才會感到自己是一個有人關心的人。

這段回憶深刻地烙印在心裏，回想起來，我跟她們一起的日子，一切都彷彿蒙了一層紗似的，一切都很美好，只是她們各自懷着秘密。我們可以一起玩，一起做功課，一起溫習，但她們各自的事，其實我一點也不清楚。

我見過菁菁的母親，她是一個外國女人（我總分不懂美國、英國、歐洲等人的分別），但她的父親是甚麼模樣，還有沒有其他的家庭成員呢？我一概不了解，而子穎是中途加入我們學校的人，她很有氣質，以她的成績絕對能夠在自己區的名校就讀，當日看見的中年男人，到底是不是她的父親呢？那個矮小而醜陋的男生又是誰呢？

我總以為朋友要坦誠相對，顯然這是十多歲的我的天真想法，後來，自然明白每個人內心總有一些想隱藏的事。但那時的我又怎會明白呢？

初中三年級，我擁有兩個令人妒忌的好朋友，只是懦弱的我總活在其他人的流言蜚語之中，經常悶悶不樂、懊惱、寂寞。其實一個女孩子擁有朋友，已經比很多自我封閉的人快樂，我卻不懂珍惜，自尋煩惱，到最後更對這一個曾經撫慰我心靈的好友做出最無可救藥的傷害，我不應再擺出楚楚可憐的樣子，我根本沒有資格批評別人。

3.

中四開始，我們的關係起了變化。

我入讀理科，而子穎跟菁菁則讀文科，我們所學的東西完全不同。她們在同一班，感情愈來愈好，而我彷彿在她們的圈子以外。在開學初期，功課不算忙，我們還可以在小食部吃零食，或者到快餐店享受放學後的時光，只是後來的功課、測驗愈來愈多，感覺在校園見一面也是一件奢侈的事。

忙亂的日子，令我更懷念中三的美好時光，我們三姐妹走到大街小巷玩，高呼「我們是一輩子的朋友」，回想起來，只有一年的友情便以為是一生一世。我有點討厭她們，感覺她們在背棄我。她們走在一塊，才會引來艷羨目光，我只是一個小角色，沒有人會關心我這種無名小輩。

無數個晚上，我很想打一個電話給她們，哪一個都好。但是，每當我拿起電話筒的時候，內心總有些不安，想：她們會不會希望收到我的電話呢？我會不會打擾她們的生活呢？我不清楚她們會有甚麼反應，內心只忖測着她們的想法。這麼多年來，我就只有她們兩個朋友，也許我只能緬懷那段逝去的友情。

那時候，到底我在妒忌甚麼呢？

每天集會，我都會偷偷張望，看到她們悄悄地談話，或許在微笑，心中總會冒起無名的怒火。為何現在你們的世界要摒棄我？只因為我選擇了讀理科，還是我一直在自作多情，你們從來沒有放我在眼內？

憎恨和討厭自己的朋友是一件不要得的事，我只有暗地裏把這一切埋藏在自己的心裏，不能讓其他人知道我的陰暗面。

那一段日子，內心充滿寂寞和鬱悶的情緒。

有一天，放學後，我獨個兒留在圖書館做功課，直至五時半，圖書館關門，我不得不離開，只是內心湧起寂寞的感覺，就是不想回家。

心血來潮下，我走到子穎坐車回家的巴士站，坐上她那班公車，在她居住的屋邨下車。直到現在，她還沒有跟我提起她家裏的事，而她更不知道我曾跟蹤過她。

我遊走於屋邨之間，不由自主地走到當日碰見她和另外兩個人——一個中年叔叔和那一個矮小男生的位置。

我只是想好好回憶一下當日發生的事。

就在這一刻，我卻遇見那一個男生，那個以前比子穎矮一個頭的男生，現在已長高不少。我好奇地跟在他身後，我偷偷望向他的臉，他的樣子有點不開心，彷彿遇到不快的事。

我跟他走到第十座的垃圾房，那個叔叔走出來開門給他，請他進去。

我悄悄地走近窗邊，垃圾房臭氣熏天，我掩着鼻子，偷聽他們的對話。

那矮小的男生說：「叔叔，很久沒見子穎了。她好嗎？」

「自從搬上樓和轉校之後，她整個人都變得很開朗，她好像認識了很好的朋友。你呢？」

「我還是差不多，升上中四後，跟那班人分班了，他們已經沒有再欺負我。」

「這樣便好了，謝謝你一直待我的女兒那麼好。」

「我們是好朋友。」

我心頭一震，原來這個人真的是子穎的父親。

我悄悄地離開那裏，這是她一直沒有說出口的家事，也許這便是她轉校的原因。

夕陽下，我內心感到溫暖。

之後，我對子穎和菁菁的怨恨得到緩和，跟我了解子穎的身世有關。

她一直不肯說家裏的事，也許跟她的父親職業有關，而中途轉到我們那所學校，不知有甚麼特別原因？

我內心懷抱着子穎這個鮮為人的秘密，不知為何？我很想擁抱她。

後來，我漸漸放下對友情的執着。心想朋友未必需要天天相見，也許她們的心裏記掛着我，這只是一個階段，我們有一天會重新走在一起，做回好姐妹。

我的心情突然豁然開朗，一切問題彷彿得到解決。我了解每一個人都有難題，子穎、菁菁，我和很多同學都活在困惑之中。

家庭、學校，我們一天還是學生，一天也活在大人的陰影之下，得不到舒展。

在學校裏，除了功課、測驗、考試，學生還可以選擇做義務工作，服務同學，像領袖生或圖書館管理員。

我被老師挑選做領袖生，這對我而言也許是一件好事，至少在寂寞的生活中，可以多交一些朋友，就在那裏，認識了我的那個所謂初戀男朋友——沈國明。

那時候，我對愛情充滿幻想，那份感覺不能以理智和邏輯來判斷，尤其是那是一個情歌興盛的年代，我被張學友的歌曲影響得很厲害。

我很想，很想談一場轟轟烈烈的愛情。

情歌營造了一個世界，彷彿人生就只有愛情，我不幸中毒太深。那時候，我遇上了沈國明。他不算是俊朗的人，卻有一種領袖的魅力，他說話很動聽，一直以來，都受到老師的重用，在不少活動擔任司儀。

司儀往往是一男一女，男的一定是他，女的多數是鄒芷菁或是童美珍，她們都是校內的精英；感覺上，老師這樣安排，好像刻意製造金童玉女。

初中時，坐在觀眾席的我，早已留意這個比我大兩年的學長，心中多少有點仰慕這個人。

青春是短暫而絢麗，我想把握青春去找尋自己的愛情。這種追求愛情的感覺是慢慢滲透進我的生活，而我也因為單戀而荒廢了學業，有時會在上課時間想念這個人而忽略了課堂的內容，影響了成績。

現在回想起來，十多歲的我根本不懂得愛情是甚麼一回事，只要看見他便會開心大半天，即使在圖書館，拾到他用作計算的草稿紙，我也會珍而重之，拿去沖曬店過膠。

那時候，我不會想到這種行為是那麼幼稚和無知，心裏只想到愛一個人便是這樣吧！

我期待領袖生會集會，期待看到他的日子，他已成為了我上學的推動力了。這是一種情感上的轉移，我要在適當的時候，親口向他表白。

這是我第一次全情投入去愛一個人，那是一種觸動內心深處而難以言傳的感覺。每一天上學就是為了與他相遇，我自卑自憐，總覺得自己永遠沒法得到他的注意。他的身邊總圍繞着一班人，而我只能遠遠的偷望他。

我是一個沒有自信的女生。

事實上，我沒有想像中的差勁，只是在我的好朋友耀眼光芒下，完全比下去。愛一個人就是晨昏顛倒，失去理智，我想跟其他人説，我需要一些意見。

我把子穎與菁菁放在心中的天秤上，我想子穎還是比較好一點。最後，我撥了一通電話給她。

「喂，你好，我想找宋子穎。」

「我是，你是凱琳嗎？」

「對呀，很久沒見。」聽到她的聲音，那溫柔又甜美的樣子再一次浮現眼前，令我十分放鬆。

「不好意思，我們真的有一段日子沒有走在一塊。」

「沒關係，我的功課也很忙碌，也沒有找你和菁菁。」

我們彷彿一對多年沒見的朋友，在話筒中重拾友情，久違的溫暖注入全身，我們都笑了起來。

「我很想念你們。」

「我也一樣。」

「其實，我打來是想跟你分享一件事，我喜歡了一個人。」

「誰？可以告訴我嗎？」

我猶豫了一刻，說：「他是沈國明。」

「哦，原來是領袖生長，他看來不錯！」

「只是……我害怕，我想跟他表白，但我怕他拒絕我。」

「不要想太多，其實你很好，我很喜歡你，很多人也喜歡你，你要有信心，追求自己的幸福。」

「子穎……我在你和菁菁身邊，我只是一個沒有人理會的配角。」

我把內心抑壓着的想法，跟子穎坦白說出來。

「你們是我的好朋友，但我在你們的身邊，總有一種無力感。這段日子，你們走在一起，相反我只有自己一個人，經常感到孤單。」我續說。

她沒有回話，我以為她關掉了電話，急着說：「子穎，你還在嗎？」

「我在……我在聆聽你的話，也在想原來我們令你有不好的感受，對不起。其實，我很喜歡你的，因為你是轉校以來第一個跟我說話的人，你是我最重要的朋友。自小我便沒有甚麼朋友，轉校的原因就是想重新開始，而我轉校以來，最幸運便是跟你和菁菁做朋友。在我心裏面，我們都是平等的，你不是任何人的陪襯品，你是一個可愛而美麗的女生，是我最重要的朋友。」

她的話令我深受感動，我看到自己齷齪的一面，強忍淚水，說：「謝謝你。」

「好朋友，永不言謝。」

她的話縈繞在我的心頭，令我明白到自己多麼無知，對朋友的妒忌是多麼的沒意義，我一直都是自我厭惡，以為自己受人遺忘。事實上，我的朋友根本沒有忘記我，這令我慚愧和後悔，在經歷那件事後，在激動之下我所做的事，每次回想，我都感到後悔。

或許，因為這個緣故，在往後的人生，我才會把悔疚的心情永久隱藏下來，讓自己好過一點。

那夜之後，我下定決心跟沈國明表白，無論成功或者失敗，至少我曾經做過這件事。

我花錢買了一盒昂貴的巧克力，我預備在沒有人的時候偷偷交給他，這是我生平以來做的第一件尷尬的事。因為子穎的鼓勵，令我明白到自己存在的意義，我就是我，我不是任何人的附屬品，我要勇氣表達自己的感情。

那是一段漫長的守候。

終於，皇天不負有心人，我等到了一個機會。那一天，他的同學都去戶外考察，中六就只有他一個人在圖書館溫習。小息時，我悄悄地走上前，鼓起勇氣，跟他說：「嗨，領袖生長，你好。」

「你好，哦……你是汪凱琳。」他抬起頭，托一托他的眼鏡，親切的微笑。

我心中暗喜，原來他認得我。

「有甚麼事？」他停下了手頭上的功課。

我內心噗通噗通地跳個不停。

他望着我，令我渾身不自在。

我遞上那盒巧克力，然後說：「學長，這是我送給你的。」

他愣了一會，露出尷尬的笑容。

「謝謝。」

我覺得很尷尬，馬上逃離現場，內心卻有說不出的喜悅。巧克力盒內裏有一張小卡片，上面寫着：「學長，我很喜歡你，你可以跟我交往嗎？」

回家後，我脫下眼鏡，端詳着鏡中的自己，悉心梳理那頭長髮，近來的皮膚好了一點，沒有那麼多暗瘡，內心想：其實我的樣子真的不算差。

收音機播放着學友的《只願一生愛一人》，內心充滿歡愉的感覺，這是十六年來，我第一次全情投入去喜歡一個人，天真的我以為只要真心付出，便能得到對等的愛。

我只是單純的喜歡領袖生長。

之後的日子，我每天都懷着忐忑不安的心情上學，深恐會被他取笑，也許只是我杞人憂天，日子總算平靜的度過，我如常的上課、如常的當值，跟他碰面時，也會垂下頭，迴避跟他有眼神接觸的機會，而直覺上他時刻都有留意我。

我的功課很忙，但我也會抽空跟子穎通電話，她與菁菁依然是同學間的焦點，我再沒有妒忌她們的好。偶爾我會走進她們的班房，跟她們有一句沒一句的談話，也許因為我放下多餘的自卑感，令大家的相處變得更好。

子穎和我保有秘密，這是蒙在鼓裏的菁菁不會明白的，我想子穎跟我是感情深厚的朋友，而菁菁跟她只是表面的朋友。

過了三個星期後的週四早上，我提早回到領袖生集會的房間做功課，而他也同樣早來了。這間只有我和他的房間，氣氛有點凝重，我內心惴惴不安，緊張得合上雙眼；不久，感覺我的肩膀被輕輕拍了一下，他說：「這份禮物我送給你。」

他放下了一份用花紙包裹的禮物，然後微笑着離去。那一刻，我心亂如麻，小心翼翼地拆開包裝，原來是一個塑膠製造的心形飾物盒，內裏有一張對摺的小紙條，上面寫着「我們一起吧！」五個字加感嘆號，我的淚水從眼眶湧出來。

上天待我真好，夢想成真了。

不久之後，我們在九龍公園第一次約會，那天外面下着毛毛細雨，有點淒美。我的心七上八落，跳個不停，他伸出溫暖的右手，拖着我帶點汗水的左手走到避雨亭，我不知所措，害羞得低下頭來。

當然，我內心是充滿喜悦的，因為這是我第一次與喜歡的人手牽着手漫步雨中，拖着男生的感覺很特別，跟拖着父親或弟弟的感覺完全不同，彷彿把自己交託給這個人，幸福就是這種感覺吧。

我比起我兩位漂亮的好朋友更早得到愛情，這是做夢也沒有想到的事，又或許她們在秘密談戀愛，只是我不知道。我根本無暇理會她們，沉醉於自己的浪漫世界。

約會就是這樣一回事，兩個相愛的人漫無目的地散步，互相在耳邊細説無關痛癢的事，然後在其他人面前瘋狂大笑，彷彿要向全世界宣示自己有多幸福。

從那天起，我漸漸習慣了拖着他的感覺，他迷人的笑容，充滿知性的話題，跟我同齡那班男同學相比實在相差太遠了，我全心全意的愛着他。

我從來不是一個可以一心二用的人，當我專注跟沈國明談戀愛之後，便失去了心思去讀書，跟身邊的同學也疏遠了。

更遺憾的是他不是理科生，是一個典型的文科生，我和他在學業上根本是兩個星球的人。我的化學名詞對他來説是火星文，而他學貫中西的歷史知識，對我來說是無關現實的故事而已。

中四下學期，我的學業落得一塌糊塗的田地，全班三十五人，我考三十二名，班主任對我下跌十多名，感到氣憤之餘，也莫名其妙，多次跟爸媽見面，大家都不知道從何入手。在他們的眼中，我一向都是一個純品、乖巧的女生。我的轉變對他們來說，實在匪夷所思。

為了他，我從沒有在校內，表露出與他的關係。

他說：「在學校裏，我是一個重要人物，絕對不能讓老師和同學知道我在談戀愛，你知道我們的老師還是奉行着『中學生不應談戀愛』這種守舊規條。我明年便考大學了，若給師長知道我們的事便糟糕了。」

「我能夠擁有這個卓越的男朋友，已經是一件幸福的事，我只需要守着這個秘密，將來一定是美好的。」

我天真的對自己說。

我們的愛情只能在地下發展，不能浮上水面。

我不斷地自我洗腦，能夠跟他一起已是上天的恩賜，不要強求太多，在寂寞之中，我只能找子穎傾訴心事。

世界上，就只有子穎是真正關心我的人。

這是一段苦戀的日子，我是一個從沒有戀愛過的人，太輕易得到這段感情，一切彷彿不真實。我只能夠癡癡地等，彷彿愛一個人便要無條件的給予，愛一個你愛他多於他愛你的人，是痛苦的。

「他是真心愛我的嗎？」我不斷問自己這個沒有答案的問題。他在其他人前，從來沒有理睬過我，與我有任何眼神接觸，而我為了他，又把一切都隱藏起來，不能讓其他人知道。

這樣的日子過了很多很多天，思念慢慢變成痛苦。

有一天，很久沒有單獨交談的菁菁在走廊攔着我。

她說：「你是不是跟那個領袖生長交往？」

我支支吾吾，不知如何應對。

「別裝傻，你跟他在一起吧！」

「是子穎說的嗎？」

「傻妹，你忘了我是幹甚麼出身？我是一個演員，從小便在大人堆中轉，你以為你們的事能逃過我雙眼嗎？」

我最討厭她這種盛氣凌人的個性，她從來都看不起我。

「我跟你說，他是玩弄你的，我看到他背地裏跟同學在取笑你。作為朋友，我勸你及早抽身，免得將來後悔。」

「你以為自己是誰？為甚麼要裝出甚麼都懂的樣子，你以為自己了解所有人嗎？你做明星便很了不起嗎？」

我連珠爆發。

我討厭她一直在扮演大姐姐的角色。

「你不理會我便算了，別説我沒有提醒你。」

她悻悻然離去了，剩下孤獨的我。我的內心雖然有點痛恨她，但感到不安，萬一他真的是玩弄我，怎麼辦好呢？

我選擇相信他，因為他在我身上得不到任何好處。

而且他的眼神又那麼率真，我搖一下頭，想想我真是太傻了，相信那個人的話。

那一刻，我相信他，多於菁菁，更把她歸類為「那個人」。

那個我曾經多麼喜歡的童星好朋友，現在已經是不想再有任何關連的人了。

之後，菁菁沒有再找我，即使我們在學校裏碰面，我也沒有跟她打招呼，甚至刻意迴避她。子穎依然是我們的好朋友，只是我們再不能像昔日一樣「三人行」。

我不好意思跟她説我和菁菁鬧翻一事，但我相信她是知道的；另外，我跟沈國明也很少一起逛街、除了領袖生當值和會議外，他也不會跟我談話。我覺得很痛苦，有時會想自己跟他真的是一對情侶嗎？就這樣過了兩個多月。

我對他有一點懷疑，當日的信心也慢慢崩潰。

晚上，有時候我會躲進被窩中哭，我經常處於孤獨的感覺，家中也很少跟父母談起自己的事，加上我的成績下滑，情緒又不穩定，他們把所有注意力放在弟弟的身上，我又剩下自己一個人。

就我經歷了長久的孤寂之後，我在儲物櫃收到他的信。

親愛的：

我近來的學業有點忙，才沒有抽時間陪伴你，希望你明白和體諒。過一星期便是你的生日，那天六時，我在領袖生房為你舉行一個只有你和我的生日會，希望你喜歡。

國明字

我的眼眶不由自主地滲出淚來，原來他沒有忘記我的生日，我真是一個眼淺的人，即使有多厭惡他，討厭他的冷落，此刻對他的恨意也一一融化。

這會不會是我一生中最難忘的生日呢？

我憧憬着自己和最愛的人一塊吃生日蛋糕、唱生日歌，也許是時候擁吻了。我的腦海內胡思亂想，想不到這麼快便要獻出寶貴的初吻，我的臉不期然發熱起來。

我真的很幼稚，幻想一切美好的事情快要發生，有一種苦盡甘來的感覺。

當天晚上，我第一時間跟子穎談起這件事，她也替我高興。

她說：「真想不到三個朋友當中，凱琳會是第一個談戀愛的人，你要幸福啊！」

「難道你沒有嗎？你是我們的校花啊！」

「我怎會這麼幸運，我有一個很好的男生好友，我們自小學便認識，他是我青梅竹馬的朋友。」

我想起那一個矮個子。

「我只視他為最好的朋友，我們沒有你所想的那種感情。」子穎淡然說。

的確，那男生跟子穎的距離太遠，他又矮小，樣子又醜陋，就像她身邊的一隻寵物，連我也看不上眼，子穎又怎會跟他是一對。

即使子穎沒有說出口，我也明白她對自身處境的自卑，只有我知道她是清道夫的女兒，也只有我最了解她。

也許，她在暗地裏妒忌我擁有一個小康之家，亦只有這一點，對比這個美麗的好友，我才有少許優越感。現在，我除了擁有一個美好的家庭外，我還有一個對我要好的男朋友。

我知道這樣想很壞，那一刻我竟然慶幸自己是汪凱琳，不是宋子穎。

我已忘記了菁菁，我相信她也會努力的忘記我。

我和她是真正的「道不同，不相為謀」。

＊＊＊

終於，我期待已久的生日到了。

這天我十分興奮和緊張。

他約我六時在領袖生房等候，我特地在圖書館溫習，熬到差不多六時才離開。

領袖生房門的窗口被黑紙封着，我想難道他有甚麼鬼主意，故意不讓我看房間內的情況？

我懷着忐忑的心情，輕輕敲門，說：「是我，你在嗎？」

「我在啊，你進來吧！」

當我推開門的時候，所有事情都要改寫了。

迎面而來的是水，是溫熱的水。

我不知所措、驚魂未定之際看到他。

他笑着說：「泰國人喜歡一個人，會用水潑向她，這是從旅遊節目學習的。」

我一頭霧水，愣愣地站在門前，背後被人輕輕推了一下，我跌倒在地上。門被關上，一個男生跟一個女生在我的背後，我認得他們，他們是去年劣等班的中五學生，經常在校務處門外罰站立，成績太差而沒法升學。

他們穿上校服，是混進來的嗎？

女生說：「你就是那個恬不知恥的學生妹，叫甚麼汪凱琳？你這副尊容，還以為我們的明星領袖生會愛上你？你不會照鏡，也找一盆水照照吧！」

到底發生甚麼事？我腦內只有一片空白。

那不良少年說：「聽說你今天生日，哈哈哈！」他舉出中指說：「嗱，生日快樂！」

我頓時明白一切，沈國明他一直在玩弄我，還叫兩個壞學生來一起羞辱我。

我勉強支撐自己的身體站起來，狠狠地盯着他。

「盯甚麼盯？你以為一盒巧克力便可以俘虜我嗎？你以為我這種帥哥，又是學校的重要人物會喜歡上你這種貨色嗎？你的兩個朋友都是美女，你以為貼近宋子穎和魏菁菁，你就會變成她們嗎？你只是那些少女漫畫中女主角身邊的陪襯品，別盯着我，我嘴巴也沒有碰你一下，只是拖過你那隻骯髒又汗津津的手，累我要花多少肥皂清洗！我對你一點興趣也沒有！」

接着，他們三個輪流辱罵我，我甚麼都聽不見，我好痛，我的心好痛。

我大聲咆哮：「放我出去，我要出去，給我走。」我愈哭得呼天搶地，他們愈開心。

他拉着我的手，一副猙獰的樣子，帶着恐嚇的語調說：「別向老師告狀，他們會對付你的，沒有人會相信你的。我是一個模範生，呵呵！」

我推開他，衝出去。

眼淚不住的落下來，我直奔出門外，跑向後山。我不知道我為何那麼傻？為何不聽菁菁的勸告？我只是喜歡一個人而已，為何上天要這樣愚弄我？

天空黑漆一片，我對着空曠的山，大叫：「沈國明，你這個壞人為何要這樣傷害我？我是如此愛你，你為何要耍我？為何全世界都把我和宋子穎比較？她是美麗，但她只是一個清道夫的女兒，為何你們都喜歡她？宋子穎是宋子穎，魏菁菁是魏菁菁，我是我！」

我歇斯底里地哭和大叫，這個生日一輩子無法忘懷。

其後，我病了一個星期，媽媽跟學校請了假，我一直沒有把自己的事告訴家人，若父親知道這件事後，必會弄得滿城風雨，我之後在學校更難生存。傷心、痛苦就讓我一人承擔。

一個星期之後，我再回去上課。

剛好在路上，碰到子穎。

我走上前，拍一拍她的肩膊。

她看着我的表情馬上轉變，彷佛遇到可怕的東西，急步擺脱我。

我馬上追上前，説：「子穎，甚麼事？你好像不太舒服？」

她沒有回應，用跑來逃避我。我沒有再追上前，因為我不想逼迫她，留待晚上再找她。

又一個下雨天，不用集會，我在走廊遇到不同的同學，大家都帶着奇異的目光望向我，她們竊竊私語，難道她們已經知道沈國明玩弄我的事？我的心涼了一截，這麼尷尬的事，我如何在這間學校繼續讀書？

班內沒有人跟我交談，我翻開第一堂的課本，隨便看看，突然感到有人拍了我的肩膀一下，回頭看，原來是菁菁，她示意我跟她出去。

我們一起去六樓天台的暗角位，她不由分説地摑了我一巴。

我驚呼，撫着自己赤痛的臉頰：「甚麼事？」

「你做了甚麼好事，自己也不知道嗎？」

「你指的是哪一件事？」

「嗤！你身上發生很多事嗎？別裝傻，你將子穎的身世公告天下，說她是清道夫的女兒，不配做你的朋友，想不到你連最好的朋友都出賣，你開心吧！踩了子穎一腳，令你更高高在上吧！」

我沒話可說，原來我的話被人聽到。

「我一早已知道子穎的事，我和她都是不幸的人，你最好，有一個幸福家庭。我跟你說我以後都不想再看到你。」

她轉身離開。

「我沒有，菁菁，我沒有……」我很想這樣說。但我真的做了，我對着後山說了子穎的一切。

我一個人呆坐在六樓的梯間。

我是一個壞人，傷害了最好的朋友。

我非常之內疚。

之後的日子，我嘗試過跟她們解釋，每次子穎看到我之後都迴避，更掛斷我的電話，而菁菁也不肯跟我說半句話，在學校碰見也像不認識一樣。她們都不再理會我，所謂一輩子的朋友原來經不起考驗。我只有內疚，我對不起子穎。

子穎沒有跟菁菁走在一塊，她完全自我封閉起來。

她勉強完成了中五課程後，又轉了另一間學校，連我也不知她的去向。她到最後都沒有原諒我。

菁菁中五之後，沒有再讀書，選擇繼續走她的演藝路，後來她轉了去做雜誌模特兒。

而我則一個人繼續留在那間中學完成預科課程。

沈國明就像沒事一樣，完成預科後升上香港大學。

初戀原來是那麼短暫的，被沈國明戲弄，最終換來不堪的回憶，內心充滿着空虛、傷痛的感覺，我失去了愛情，同時也失去了兩個最好的朋友。

假如我沒有投入這段愛情，我便不會那麼傷心、痛得那麼厲害，也不會失去兩個最好的朋友，我控制不住自己的情緒，藏起來哭。

我失去了友情和愛情之後，把所有心思放在學業之上，我想做一個真實正正的新聞工作者，把所有專注力放在讀書上，我才能恢復過來。

之後，我沒有再聽張學友的歌，更狠狠地扯斷他的卡式錄音帶，茫然不知何去何從，心裏想我要跟這段不堪的青春訣別。

我不是在自憐自棄，內心一直燃起那把火，看着沈國明議員辦事處的招牌，我心裏想到：君子報仇，十年未晚。

第二部
張志修
子穎，你到底在哪裏？

1.

塵埃飄浮在空中，是我近日觀察最多的景象。

我之所以跟塵埃為伍，是因為我的淪落。我曾經是一個對未來有憧憬，有夢想的電影系畢業生，今天卻只能坐在狹窄的通道，刻板地在這間靠翻印昔日成功漫畫賺錢的漫畫公司工作。近日的工作，便是盤點多年來的薄裝武打漫畫。

「這種生活還不知道要度過多少年呢？」

大學畢業轉眼多年，我還是找不到一份自己喜愛的工作，我每天坐在這裏感受到人生的困頓和無奈，不期然有一種墮落的感覺。作為一個讀電影的大學生，除了在電視台工作過，我還有甚麼前景？也許，我自己根本沒有考慮太多，就從電視台走出來。

大學時代的我，曾經是一個有夢想的人。

我夢想成為一個電影公司或電視台的編劇、導演，有一天能成為影視行業的重要人物。年輕時的一大夥電影系同學都懷抱着這個夢想，只是時光荏苒，我們慢慢發現現實和理想是兩回事，年輕時的稜角被磨平，只得向現實低頭。

為甚麼有些人卻能在這個行業發光發亮？那時候的我很年輕，總有一身傲氣，以為自己才華橫溢，一出道便會有人賞識。

事實上，那些發光發亮的人，是投入了他們的整個生命進去，加上他們的人際關係做得好，才發展得不錯。我的個性內向，加上人際關係處理得不好，所以最終也不能在電影或電視界立足。

老土的比喻：人生彷彿乘搭火車一樣，你選擇上哪一班次的列車，便出現截然不同的命運。我坐上了一班不同於大學同學的列車，走了不一樣的目的地。只是，我從沒有想過會變成行屍走肉，在這間過時的漫畫公司苟延殘喘。圍繞我身邊的同事，每天都沉醉於糜爛的日子。

以往，我身邊都是對電影滿有理想和熱誠的同伴，今天卻換上了一班毫無目的的人；昔日，我們一班志同道合的同學，經常聚在一起談理想的人；現在，大家俱鳥獸散，失去了聯絡。

轉了職業的方向，我不能怨，反而最令我傷懷的不是工作，而是失去朋友和喜歡的人。

在十九歲那年，我最愛的那個人突然失蹤。

後來，我又與在屋邨長大的朋友漸行漸遠。

他是我中學做暑期工認識的朋友，因為替我演出影像功課的關係，在二十二歲的時候愛上了演戲，更加入了我後來工作的電視台，我只做了兩年便離開，而他漸漸被器重，由在背景前走來走去的路人甲，慢慢升為二、三線演員，及後更成為劇集的男主角，我與他漸漸失去了聯繫。報章、雜誌經常會出現他的新聞，起初都是一些演出的新聞，後來變得負面，近來更拍了爛片導演文三千的三級片《出賣肉體的男人》。

在梅雨季節，內心經常會受無情的摧殘，總覺得意志被磨損，身上彷彿散發着一陣發霉的氣味。潮濕的季節，下班的日子，地鐵車廂內總擠滿了人。身邊響起了喧囂的吵罵聲，三個十來歲的金髮青年旁若無人的重複着一堆粗言穢語。看着這三件廢物，我不期然露出鄙視的神情，卻不經意被其中一個看到。

「大叔，看不順眼嗎？來吧！打我吧！」他充滿挑釁地向我舉起中指，接着另外兩件廢物也在叫囂，虛張聲勢。我覺得很可笑，沒有加以理會，身邊的乘客也暗暗譏笑他們。他們只得沒趣地離開，其中一個男生更爆了一句：「廢物，吃糞便吧！」

正當我思考這三個不良青年的劣行時，列車突然急速煞停，我的思緒馬上回到現實，只看到前列車廂不斷有人擠上來，每個人都流露出惶恐的神情，瘋了一樣地互相推撞，忘了男女的防線，不顧一切的湧上來。幸好我倚着玻璃，但也被迫得透不過氣。

「到底發生甚麼事？」我拍拍穿西裝的年輕男子，他也嚇得魂飛魄散，顫抖地說：「前面車廂，有一個瘋子要砍人。」

「嘩！不要，不要過來。」

「你這個變態男人竟然拍那種正面全裸的戲，害我要洗眼睛，我要殺了你。」

車廂內一片混亂，不斷有人瘋叫，有男有女和一把痛苦的男聲。幾個英勇的男乘客把瘋漢按在地上，地上一灘血水汨汨流下。人群中隱約看到一個血人躺在地上，痛苦地呻吟。

「地鐵緊急廣播：由於五號車廂發生傷人事故，我們已通知警方，請各位乘客保持冷靜，我們將於一分鐘後抵達油麻地站。」

列車停定後，當車門打開的一刻，惶恐的人群如逃出生天，湧出月台。警察進來後，馬上接替那幾個英勇乘客的工作，用手鐐把瘋子鎖上。瘋子口中胡謅粗言穢語，我只見一個微禿的男子倒在地上，身上還插着一把刀，血汨汨從他身上流出來，分岔出兩條蜿蜒的血河，一下子把地板染紅，車廂內充滿血腥味。

醫院人員正為他急救，他已奄奄一息，他的臉被血水弄得模糊，我愈看愈眼熟，他正是我那個失去聯絡的好朋友劉世勇，《出賣肉體的男人》的男主角。

我的思緒混亂，不住地叫：「世勇、世勇！」想不到在這個梅雨天，我與這個失聯多年的舊朋友，以這樣的形式重逢。

救護員問我：「你認識他嗎？」

我連連點頭，淚水禁不住湧出來。

「那你跟我們一起去醫院，與他談話，嘗試讓他恢復意識。」

救護車飛快送我們到醫院，救護員馬上打開車門，當值醫生、護士交接世勇的擔架，把他送往急症室。而我被警方安排錄口供，我跟他們說明不知事情原委，只是碰巧在地鐵重遇失聯多年的朋友。

我坐在急症室外的膠椅上，內心感到不安，也許我根本沒有想過自己會再見到他，更沒有想過會在這種處境下重逢。

坦白說，多年來，我對他懷有恨意。

為甚麼他要這樣絕情，當年一口拒絕幫忙找尋她？耳畔又彷彿聽到他的聲音，他一口拒絕我的請求。

我恨自己當日視他為摯友，聽到他的話不夠狠心，即使在大學拍攝影像習作時，也找他做主角。我對他好，沒有想過甚麼回報，我們本應是相濡以沫的好兄弟。

可惜，那只是我一廂情願的想法。

後來，我和他漸漸疏遠，他循着自己的夢想走，走自己認為正確的演藝之路，而我卻做不了一個影像創作人的夢想。宋子穎失蹤，他無情推卻我的請求，我又何嘗不是為了自己的人生，沒有幫助叔叔追尋她的下落。

親愛的子穎，你到底去了哪裏？

我就這樣在椅子上睡着了。在半睡半醒之際，一個女人匆匆忙忙地跑進急症室，我聽到她大叫：「劉世勇、劉世勇，你到底在哪裏？」

護士帶她走進診療室，我步至門口等候，直覺告訴我她就是世勇的妻子，之前也是電視台的小演員。隔了一段時間，她淚流滿面的走出來，我走近她的身邊，彎下腰對她說：「你是世勇的太太嗎？」她抹一下眼淚，聲音有點顫抖說：「你是張志修，阿修嗎？」

「你認識我？」

「我看過你們的合照，你知不知道發生了甚麼事？」

「那個砍他的瘋子好像不滿他在鏡頭前裸露，動了殺機，其他的我也不清楚。」我把瘋子狂叫的內容轉告她。

她托着頭，苦笑：「真的莫名其妙，他只是演戲，又沒有害人？為甚麼會無辜被砍？」

我不知道該如何反應，看一看手錶，然後說：「既然你來了，我想我還是先走。」

我轉身走出急症室，聽到她的腳步聲。

「醫生跟我說他已脫離了危險期，應該沒有大礙，不久便會醒過來，過兩天你會不會再來探望他？」

我不置可否，說：「會的。」

她匆匆拿起一張紙條寫上電話號碼，說：「這是世勇的手機號碼，有時間跟他聊聊。」

「嗯。」我接過字條，放進銀包內，轉身便走。

人生的際遇本來就是無法預測，我也沒有想過我們會以這種方式重逢。事實上，我內心不知為何更想念子穎。

我一直沒有忘記她，十多年來，我都是忘不了她。

這夜，跟我其他枯燥乏味的日子不同，因為發生了這件大事。我離開醫院，坐在外面設有簷篷的長椅下，冷雨淒風下，不知為何，竟然想回去浸會大學走走。

多年來，我總提不起勁回到母校。

就在今天，看到他，便想起當年找他拍攝的影像習作，再聯想到在傳理系讀書的日子。

短短三年大學生活，感覺卻是一生一世。我喜歡舊校，只是現在這裏再沒有人認得我，黑漆漆的夜裏，只有疏落的人，時間接近十一點，保安員也不是那一個我認識的老伯。

以前我喜歡坐在舊圖書館度過空檔，一個人趁空堂在影音室看完整套希治閣的《奪命索》。我再走到大樓梯，以往我們總喜歡買一盒飯盒，一班同學坐在樓梯上談天，有時候又會跟大夥兒踢毽子。如今一個人站在空空如也的廣場，懷念之情滿溢我的胸臆，只是同學早已煙消雲散了。

消失的還有青梅竹馬的好朋友，宋子穎。

我懷着感傷之情，走到大學會堂的樓梯，這裏曾是不少活動的場地，也是我們週會的地方，這夜我特別想躺在弧形的石壆上，望着沒有星星的黑夜，感受這一夜的微涼，思緒恍如飄回從前。

我看見子穎，她站在浸信會禮拜堂的台階上，她還是二十歲的模樣，她擺動着身上的長裙，舞姿優美。

我說：「你終於回來了！」

她沒有回答，然後悄悄地離開。好多年前，她一聲不響地離開我，如今回來，也不願跟我多講半句話。

有一個男人喚醒我，是新來的保安員：「你是學生嗎？怎麼不回家睡？」

也許他看出我已不是二十來歲的模樣。我沒有答理他，便匆匆站起來，走到傳理大樓上，走廊上掛着很多大幅的照片，俱是學生拍攝影像作品時的花絮。看到他們的器材，看到他們請來演戲的職業演員，更覺當年我們的製作寒酸。

我當年只顧自己，努力讀書，考好高級程度會考。

最終，我成功入讀了心儀的大學，入讀自己嚮往的電影系，然後我最愛的女人就這樣失蹤了，年復一年，十多年杳無音信，即使我完成了自己的夢想又如何？

我後悔，真的十分後悔，但這已是不能挽救的事實。我實在沒有法子回到十九歲，勸當時的自己不要讀書，去尋找那一個跟另一個男人戀愛、懷孕，之後又失蹤的青梅竹馬朋友。

我在這夜裏，在這個充滿回憶的地方，腦海內想起很多往事。

在浸會大學的三年間，我的功課都是關於愛情，就像那一套談及腳傷運動員與一個沙地運動場女職員的愛情故事，或是那對鄰居舊友中學畢業後七年重逢的故事。那些影片滲透着我的一些想法，我一直都想跟她重遇。

那些影片都是劉世勇做男主角，我的同學曾揶揄我，經常找世勇做男主角是因為當中有一些曖昧成份，女同學康曼花曾經揶揄我：「你都未曾談過戀愛，為甚麼拍來拍去，獨沽一味都是愛情？」

那時候，剛好她拍的是靈異故事，於是我便有心爭拗：「那你也沒有見過鬼，為甚麼喜歡拍鬼片？」

「我見過鬼！」她作出反擊。

我清楚知道她沒有見過鬼，但她怎知道我沒有談過戀愛？

有人曾說真正的愛情就像見鬼一樣，可遇不可求。

即使那只是一廂情願的單戀。

那是我在進入大學前十年的事，我沒有必要跟大學同學解釋自己的人生，他們根本不了解我，而我也不用他們了解，我愛的只有她一個。

＊＊＊

我跟子穎是在更久遠的小學時代便認識的，一般人會以青梅竹馬來形容我們之間的關係，只是我自覺自己配不上用青梅竹馬，我是那麼矮小和醜陋，怎樣也襯不起她，與她成為青梅竹馬的好朋友。

直至四年級同班，我才隱約知道有這個人的存在，那時候只覺得她是一個漂亮的女孩，從沒有想過要認識她。一個課室坐滿四十人，而且男女生總有一條不可逾越的界線，加上我是一個內向的男生，沒有想過要認識她，不然最後必會成為一個笑話。

那時候，我是一個四眼、矮小，就像小說《魔戒》中的哈比人，沒有自信，成績中規中矩的男孩子，沒有可能會去結識女同學。

我跟子穎的認識，就像歷史上的某個重要時刻。

宋子穎一直是班中女同學，一個無意義的話題。

她的父親是屋邨的清道夫，那位叔叔偶然也會跟我媽媽打招呼，他是一個臉容和善，更有點秀氣的人，他架着一副金絲眼鏡，像一個教師多於一個清潔街道的人。

班中的女同學便因着她父親工作的關係而攻擊她，有人背後說她身上有令人作嘔的味道，背後中傷她是臭妹子。事實上，她身上從來沒有令人作嘔的酸臭味，只是當一班人聚集起來，形成一股勢力，不會有人敢為她說出正義的話，子穎所受的委屈卻不能引起我們的憐憫。後來，我因為初中時被班上的同學集體欺凌，才明白當日子穎所受的痛苦。

對於那天，我之所以印象深刻，是因為當日發生了一件影響香港人命運的事。在社會課時，李老師本想播放教育電視給我們。誰知當他開電視後，熒幕上不是由童星假扮洋人，而是英國首相戴卓爾夫人，她正與中國領導人在開會。

李老師恍然大悟，說：「我真的忘了，今天是簽署中英聯合聲明的大日子。反正我們學的是社會課，　起看看，了解一下。」

我們只見他們不停的交談，但沒有人拿起一枝筆簽甚麼文件。有些同學開始鼓譟：「簽吧！簽吧！別浪費時間了！」我們搞不清他們要簽甚麼，反正李老師說他們要簽署，就想他們在紙上簽一些東西，簽甚麼都好。但是電視上的兩國元首還是不停地談判，最後在社會課結束時，他們連一個字也沒有簽。

李老師着我們不要着緊，晚上看新聞便能見證到他們簽署的重要時刻。

小息後，班主任突然走進課室，中斷了中文課。她跟中文老師走到一邊，交頭接耳，談了一會兒後，便對我們說：「剛收到教育署的指令，發現學童間，出現跳蚤的情況，這種跳蚤會依附在人類的頭髮生長，會影響我們的身體健康。現在，我和黃老師開始逐一檢查大家的頭髮，如有發現有跳蚤的同學，要馬上出來，並要回家把所有頭髮剪短。」

她們提着一把木尺，開始逐個撥開我們，湊得很近，彷彿戴上放大鏡一樣。

我從沒有跟班主任靠得那麼近，感到十分尷尬，怪笑出來，她馬上正色厲道：「張志修，笑甚麼？坐直。」我乖乖地坐好，卻又忍不住笑，笑得直打哆嗦。班主任也沒好氣，看兩眼使繼續往後面去。

「她有跳蚤。」

突然，另一邊的黃老師叫了一聲，她指着一向愛整潔的張家麗同學，全班也安靜了。張家麗被這突如其來的打擊弄得不知所措，眼眶慢慢湧出淚來，接着嘩啦嘩啦地灑淚，哭得十分淒涼。各人除了心寒之外，還以雙手護頭，慎防跳蚤搬家。

「是她！」張家麗指着隔鄰的宋子穎，「這個臭妹子，是她把跳蚤帶進來的，不知道你是甚麼來歷？身上總有一陣異味，我早已恨透了你，你現在還把跳蚤傳給我！」

宋子穎只是安靜地坐着，沒有說一句話。

「張家麗，你收聲！你怎可以這樣沒禮貌，我教你們要友愛同學，你怎能這樣辱罵同學，快向宋子穎道歉！」班主任發出怒火。

「大家都叫她臭妹子，她很臭，她是清道夫的女兒，為甚麼你要我坐在一個骯髒的人隔鄰？現在我有跳蚤，都是她害的。」

張家麗沒有理會班主任的話，歇斯底里地叫罵。

我覺得宋子穎很可憐，不知何來的勇氣，我舉起手說：「老師，不如馬上檢查宋子穎的頭髮，看看她是不是真的有跳蚤？若真的有的話，我們再想法子。」各人的視線瞟向我，大感錯愕，他們也和應這個做法。黃老師戰戰兢兢地走到宋子穎身邊，以木尺挑開她的頭髮，搜索良久，向班主任搖頭。

我鬆一口氣，心裏暗忖：幸好沒有。

「她的頭沒有，難保她身上沒有？請老師檢查她的書包，她的裙子。」

「張家麗，別太過份！」班主任在怒吼。

「那照她的說話吧！」宋子穎冷靜地說。

宋子穎主動倒出書包內的東西，可怕的事發生了，一隻死了、乾枯的蟑螂跌了出來，嚇得班主任花容失色，一群湊熱鬧的男生也爭相湧上來。那一瞬間，在喧嚣的氣氛下，眾人你一言、我一語在單打着她，我卻看到她臉上流露出倔強的神情，那神情竟深深吸引着我。

她並沒有因面前的窘境而退縮，反而不慌不忙地拿出一張紙巾，撿起地上的死蟑螂。

「對不起，老師，這只是一隻死了的蟑螂，但不是跳蚤。有一點常識的人都應該知道，跳蚤只會寄生在毛髮上。」

那一刻，我清楚知道這個女同學比我們強，我亦把簽署中英聯合聲明這一天牢記心中，這亦是我最重要的日子，是我漫長苦戀的起點。

我直到今天，每到十二月十九日總想起這件封塵的往事。

自簽署中英聯合聲明那一天，直至往後十年，我還是念念不忘宋子穎當日的反擊，也許我對她產生的所謂愛情，便是從那天開始。

自那天起，我的人生好像被宋子穎俘虜了。我在排隊、上課以至小息期間，也會忍不住偷偷望向她。她沒有發現，總是專心地上課。放學後，她又會消失得無影無蹤。

自從「跳蚤事件」後，更沒有人理睬她，女同學忌諱一個書包裏出現死蟑螂的人，彷彿她是痲瘋病人，又批評她身上有令人作嘔的異味，實際上她根本沒有甚麼臭味，反而烏亮的秀髮，一雙明亮的美目，雖然膚色有點黝黑，但卻散發出光芒。

事後，張家麗的秀髮被剪得有如板刷一樣，成了多天的笑柄。她一直對我出言相助子穎一事懷恨在心，而她也發現我偷望子穎，便四出散播流言：「張志修愛上臭妹子。」

我感到尷尬，但同時也感到喜悅。

她們一夥人總把她的名字與我拉在一起，選舉總務設計壁報等她們不願當的雜役，會把「張志修」和「宋子穎」兩個名字寫在黑板上。我內心竊喜，反而擔心子穎的反應，她只是笑一下，輕輕說：「好呀，張志修，我們一起設計壁報吧！」

這一年，我們成了四年甲班的總務幹事，做起更換和設計壁報的工作，她們的無聊行徑造就了我們的成長，亦為我們的友情打下根基。

只是，我和子穎之間除了公務上的往來，沒有甚麼交談，這點令我明白到自己和她只是公務上的拍檔，稱不上是朋友，她彷彿除了班會公務和功課外，便沒有其他興趣。我們除了購買壁報紙、文具，協助老師分配同學的功課，就沒有其他的話題。

當老師指派總務幹事的工作時，我心裏彷彿燃起一團火，熱切期盼着與她一起工作，只是壁報總有做完的一天，而且在那個物資不算豐富的年代，我們亦要減少浪費消耗品。所以，總務幹事的工作也沒有太多。

平日，我沒有甚麼事幹，除了看劇集外，便是在街上蹓躂。我的三個姊姊都比我大，而且都是中學生，爸爸、媽媽也要外出工作，家中便只有我一人。我做完功課後，便一個人四處逛。

我在街上流連，多多少少都懷有一個盼望，在街道上能跟子穎碰面。可惜事與願違，她離開學校後，就像消失了一樣，在午後的街角永遠都不會碰到她。我總希望在學校以外的地方與她見面，但就算我們遇上了又如何？我根本不知道自己可以跟她談甚麼？

單戀是一種無藥可醫的病，而且喜歡的又是一個被同學排擠的人，在集體意識下，我根本不敢當面幫助她。我痛恨自己的懦弱，空有一股熱情，心裏只是不斷地幻想自己可以馬上長大，然後便可以保護她，跟她表白愛意。

當我沒計可施的時候，我總會盼望有幸運之神的眷顧，讓我有機會認識她多一點，但一個害羞的小學生又怎會有這種機會呢？

那一天終歸到來。

那一天，我在烈日當空的下午，躺在小學足球場旁的護土牆，不知不覺睡着了。

迷迷糊糊間，有一把聲音喚醒了我。

「小朋友，你想變燒豬嗎？」

「誰？」

我朦朦朧朧地張開眼睛，斜眼望上去，看到一個男人及一架載滿垃圾的手推車。

我想起了，他正是子穎的父親。以前，我總會在街上碰到他，偶爾也看到子穎的身影。那時候，我跟子穎還不是公務上的夥伴，也不認識她，從來沒有打過招呼。

「叔叔，你好。」我爬起來，面上還有一股灼熱的感覺。

「小朋友，你這樣曬日光浴很危險的，曬傷了怎麼辦？」

他語帶關懷，和藹可親地跟我談話，我感到不好意思。

「叔叔，你是宋子穎的爸爸嗎？」

「你認識我的女兒？」

「我們是同班同學，也同是總務幹事。」

「她很少談及她的朋友，她現在家中溫習，你來不來找她？」

我說不出的興奮，馬上跑上斜道，幫他推手推車。

宋叔叔的樣子很斯文，大約四十多歲，我不明白為甚麼這個人要當清道夫？他只要換上西裝，走到街上，便像一個在寫字樓工作的人。也許每個人都有他的故事，我經常想我的父親樣子很帥，若不是當染廠工人，也許會是一個電影明星。

在那個晌午，我和他一同推着垃圾車走過斜坡，在這個遼闊而又骯髒的屋邨小城中遊走，是我腦海內永遠存在的，鮮活而又充滿幸福感的時光。事實上，我和他的一段跨越年齡的友情也由此展開。

我們推着車從斜路下第十座的方向，然後轉入垃圾房的門外，在垃圾房隔壁是一個單位，叔叔示意我走近那間房子。

「子穎就在裏面。」他指一指那個小房子，然後便推車進垃圾房工作。單位內傳來動聽的琴聲，是一首耳熟能詳的曲調，但在這個有點髒亂的環境下，起着不協調調的感覺。我不懂形容，是清新動人的。

琴聲止住了。

「誰在外面？」一把聲音隔着窗紗傳來。

「我……聽到琴聲便來聽聽，不好意思。」我緊張得胡言亂語。

「是你嗎？張志修。」

她一下子便認出我的聲音，令我有點驚訝。眾裏尋她千百度，原來她便是住在這裏。

她開門，歡迎我進去。

「你好，剛才我跟你爸爸一塊兒推車，他叫我來找你。」

「歡迎。」她面帶笑容，邀請我進去。

她的家原來就在垃圾房隔鄰，我多次經過這裏也只是掩着鼻子逃跑，卻想不到自己日夜思念人原來正住在這裏。

小單位內，只有一張木製的上下格床，內裏有點昏暗，點着數盞昏黃的燈膽，內裏收拾得十分整潔，在她的書枱旁有一台殘舊的鋼琴，鋼琴上有一個相框，是一張少年的照片。

她把家居收拾得整整齊齊，也許跟她的出身有關係，從她的傢具陳設，看出她的家就只有她和父親兩人。

「這台鋼琴是爸爸從垃圾站中拾回來的，我都是從圖書館借一些樂譜來自學。」

然後，她便隨手彈起幾個音鍵。

我不懂音樂，只覺得十分動聽。

音樂聲突然停止，她有點慌張。

「張志修，麻煩你，不要告訴其他人我住在這裏。」

我點點頭，深切體會到那些同學對她造成的傷害。

「你為何會住在這裏？」她的表情一下子轉變了，我後悔自己口不擇言，觸動了她的痛處。

「我爸爸是一個清道夫，媽媽在我童年時便離開了我們，我們一家很窮，連租一個單位的錢也沒有。房署正好有一個放雜物的房間，只要整理一下便可以住了。這裏十分簡陋，所有傢具和用品都是撿來的。」

她輕描淡寫地向我道出來，我望着鋼琴上的黑白照片。

子穎留意到我滿有疑問的眼神，便說：「他是我的哥哥，他已經離世了。」

我沒有追問，我驚覺自己知道得太多了，而且說起兄長的事，她好像很悲傷似的。

此時，宋叔叔走進來，跟子穎說笑：「剛才你的小男友在外面曬日光浴，他說認識你，我便帶他來找你玩。」

「傻瓜，不跟你說。」子穎給父親送上一枝水煙槍，她父親接過後，對我說：「一會兒再跟你談。」

他走出石屋外，蹲坐在一塊大石上點燃他的水煙。我想到時候不早了，便跟子穎告辭，宋叔叔最後說了一句：「小伙子，有空多來玩。」

我笑着臉，愉快地離去。

＊＊＊

自從那天之後，我和子穎之間的感情有進一步的發展，當然我們要小心翼翼，不能在其他同學面前顯露出來，而我亦信守對子穎的承諾，沒有跟任何人提起她的住處。在學校內，我們裝作普通同學，不能讓其他人得悉我和她已成為朋友。

她沒有跟我說出朋友兩個字，只是我為我和她之間的這段相處時光下的定義——朋友。從小到大，我也沒有一個異性作為我的好朋友，更重要一點：她是我喜歡的女孩。

每刻，我內心都會想着她，下午完成所有課業後，我便打電話告訴媽媽要去找羅千萬踢足球或到圖書館看書。在工廠打工的媽媽只是罵兩句，催促我早點回家，三個姐姐還在上課，根本沒有人看管我。下午是我最幸福和美好的時光，我靜悄悄地走到十座垃圾房旁的小屋，再留意附近有沒有其他人，然後敲敲門，子穎便會高興地開門，這段美好的時光足足持續了兩年，直到大家都升上中學。

子穎跟我無所不談，包括她那個少年早逝的兄長宋子偉。

「我哥哥誤交損友，瞞着父親加入黑社會，想賺快錢養家，後來在一場毆鬥被其他黑社會成員活活打死。」

子穎淡然說。

我只是靜靜坐着，沒有答話。

「貧窮彷彿是罪，就像我，我沒有惹任何人，卻受着她們的欺負。我爸爸做清道夫，有甚麼問題？沒有我爸爸，他們家的垃圾誰來清理？街道的垃圾又會堆積如山，她們……」子穎哽咽，流出淚來。

回想起來，每一個人的小學階段本應快樂，子穎就像提早上了一課，她的人生積壓着滿肚子辛酸。

我看着憂傷的她，默默地坐在她身邊，聆聽她的話。因為我知道她內心一定明白無論如何，這段日子必定要熬過去，堅忍下去。所以，她才會努力讀書，希望日後能有一個更美好的前途。

有一天，她問我：「你將來想做甚麼工作？」

「我想做一名演員。」我不假思索地說出來。

她的眼中閃出光芒，看着我。

「我喜歡看劇集，我喜歡看《家族恩仇》，那個演女兒的童星演得很好，我在家中鍛煉過那一場哭泣的戲，真的很難演，我一直想做一個童星。」

「你已經讀五年級了，還想當童星？」

「有甚麼問題？那個女孩子在這幾年的劇集中，我經常見到她。」

「那你有甚麼方法加入電視台？」

「我可以寄照片和信到電視台應徵。」

「你這副德性，誰會找你做童星？」她開玩笑，接着再說。

「我只是開玩笑而已。」她向我做了一個道歉手勢。

我心中有點生氣，但她說得沒錯。

「你呢？」

「我希望有一天，我的人生會有些改變，我不希望一生人都生活在垃圾房旁邊。我希望可以找到一份好工作，然後爸爸不用工作，之後找到一個喜歡的人結婚，擁有自己的家庭，是不是有點癡人說夢？」她問我。

我搖頭說：「不，你的想法比我成熟。」

有朝一日，我會成為你喜歡的人嗎？宋叔叔會不會成了我的岳丈？我一定會讓你幸福的。

我沒有說出口，內心念着這番話，童年總有很多無知的想法，一心想有朝一日，這一日在未來一定會出現，我總是帶着這個信念成長的。

在往後的日子，我們這對好朋友，就在這種秘密的情況下發展友情。我有多次差點被家人識破這件事，我內心明白他們會反對我跟宋叔叔和子穎做朋友的，這個世界上有很多人對清道夫這行業有或多或少的厭惡。但是，我不是這種人，我內心深處是十分敬佩宋叔叔的，他為了這個城市付出的一切。

戀愛的幼苗在這個不成熟的身軀滋長，這一個矮小、無知的小孩幻想有一天會跟他心目中的公主一起生活，過着童話式幸福快樂的生活。

他不會想到某一天他坐在椅子上，回想起這一切，才發覺自己當年是那麼幼稚無知的人。

時間彷彿錄影機的快速搜畫功能，我和子穎之間的友情在短短的兩年間增進，我的世界充滿了她的身影和她的笑容，她跟我在這個小城中的一切，青澀而帶點苦惱，一段秘而不宣的感情，隨着年月流逝有增無減。我喜歡她，而她也喜歡我，只是我明白自己的年紀，這個身軀，這樣的我無法與她有任何發展。

在校內，女同學依然對她排擠，亦開始有人接納她，她的世界已經不是一如以往的悲涼。除了我之外，還有喜歡她的朋友，我內心有一點不是味兒，以往只有我一個男同學跟她要好的，現在已有不少男同學跟她談天。但是，我知道只有我一個可以進入她的家，那個在垃圾房隔鄰的小屋，亦只有我可以跟宋叔叔彷彿存在父子般的感情。

我沒有跟三個姐姐談起她的事，而這段小心翼翼的友情一直滋長上去，直至我們升上中學，而宋叔叔亦獲分配了一個公屋單位。

2.

很多時，我總陷入無盡的思憶之中，對於已清拆的屋邨，對於久遠時代我和子穎那幸福的童年往事，過了十多年後的今天，感覺不再真實，但依然存在我的腦海裏。

子穎，你到底去了哪裏？

我記得那一夜，西貢戶外康樂營的天空佈滿閃爍的星星，我和子穎相隔數十米，在欄杆享受片刻的寧靜。我們已完成了升中試，學校為我們準備了畢業宿營，我們都放下心頭大石，參加這唯一一次的離家活動。

起初，子穎不想參加宿營，我和宋叔叔勸了她很久。她掛慮家中的拮据情況，也擔心受到同學排斥。

我跟她說：「現在班中已有很多同學接納你了。」

「我知道。」

「我會跟你一起。」

「放心吧，這一百元的宿營費，我還拿得起。」宋叔叔拍着女兒的肩膊。

子穎被軟化，我和她一起參加這次畢業宿營。

宿營的活動不外乎集體球類活動，一起去飯堂吃飯，晚上聚在一起講鬼故事。我們參加了一兩項活動後，都覺得百無聊賴。打過電話回家後，我和她一起散步。在康樂營裏，我們都很小心，沒有並排而行，隔着大約十米的距離，這是我們首次在學校和小房子以外的地方漫步。

「你的考試成績不錯吧！」我們在欄杆一邊望着星空，一邊談天。

夜裏的星空很美，我們談話的聲量不大，但是依然清晰。

「嗯，不錯，我相信能入讀那間天主教女校。」

「我的第一志願是女校旁的男女校，日後我們便可以一起上課。」

「好呀，一起上課。」

我們憧憬着美好的未來，升上中學，子穎終於可以擺脫小學時所受的欺負。

升上中學後，我們不如正式交往吧！

我沒有說出這句心底話，我一生最後悔的事也許就是在這個浪漫時刻，我唯一可以向她表白的美好時光，沒有做任何事。

我們只是談了一會兒各自的理想，那些粗略的想法，那是甚麼都不確定的年紀，我唯一確定的是對她的那份感覺。

之後，我們各自回到營舍。

那夜，我獨個兒用手電筒看着那本從家裏帶來教讀者踢足球的書，我的同學則圍在一起談無稽的鬼故事。

整個夜晚，我記掛着她。

不久，升中放榜，子穎如願入讀那間天主教女子中學，我則去了另一個屋邨的東華三院附屬中學，跟我的想像不一樣。

我當然感到失落，子穎卻安慰我說：「我們雖然不在附近讀書，但也不損我們之間的友情。」

看到子穎的微笑，我也感同身受，就像自己也入讀名校一樣。其實，我對於讀哪一間學校都沒有所謂，只是內心想靠近她的學校多一點，但也不能勉強，既然上天要我讀東華附中，我只有接受。

同一時間，宋叔叔獲分配了一個細單位，就在他工作的十座低層。宋叔叔知道子穎一直怕被人知道生活在垃圾房鄰的小房間，所以他一直申請公屋，正好這次升中對子穎而言是一次重生。

我跟叔叔說：「以後，你們的日子會愈來愈好。」兩眼泛淚的叔叔，脫下金絲眼鏡，用手帕抹去眼淚。

而我呢？

我以後還能跟她一起玩嗎？我還可以一直喜歡她嗎？一定可以！我自問自答。

到了今天，我還會想念子穎，有時會不由自主地說：「子穎，你好嗎？」

「子穎，你還記得我們的快樂時光嗎？」

「子穎，你生活得好不好？」

我也許一生都離不開這魔咒，但永遠得不到她的答案。

暑假期間，我協助子穎搬家，重新整理小屋子的雜物，她把適用的放在一個大籮筐中，一起抬上三樓。雖然天氣又熱又濕，經常下起大雨來，但是子穎卻充滿喜悅之情。她不用再擔心自己的住處被其他同學發現，而她亦可以在中學認識新朋友。

宋叔叔沒有花錢聘請技工裝修，靠自己雙手為單位重髹上油漆。他特地間了一個小房間給子穎，並買了一套上層是睡床、下層是書桌連櫃子的床架給她。子穎從小房子帶來一些陪伴她成長的小玩意、飾物裝飾她的小天地，她從沒有住過這樣美好的環境，這個單位雖小，卻滿載幸福。

我除了首兩天幫她搬家外，其餘日子她都是自己整理，因為她更喜歡獨個兒收拾環境。

那時候的我，對於中學生活還是一片迷茫，甚至對自己的人生也是一片迷茫。

小學畢業的暑假，學校沒有為我們預備暑期作業，基本上我們是完全自由地享受這個假期。只是，我的二姐卻強迫我買一些暑期作業回來做，更對媽媽說：「他經常悠閒，如何學習？」

童年的我是三個姐姐的傀儡，記得小學時曾因讀書照書面語讀，大姐認為那不能入腦，需要用廣東話讀出聲，被姐姐狠狠地打我的頭顱，我一面哭一面用廣東話讀書，我不喜歡這樣的日子。我家沒有兄長，只有姐姐，我的人生便受着她們的摧殘。

所以，我喜歡走出去，喜歡一個人尋找快樂。

暑假的生活，我除了被迫做一些不用交的暑期作業，我更想念子穎，我會爭取時間跟叔叔和子穎玩，我們一起跑到小學旁的小坡，坐在那裏看日落，想不到小學的最後一年暑假是我們相處得最多的時間。

在暑假結束後，我很快便要適應初中生活，當然我內心裏很掛念跟子穎在小學一起的日子，一直都想知道她的中學生活如何？

中一，我被分配到E班，那一班同學都好像很團結一樣，往往一起玩、一起溫書，我有時會跟他們一起踢足球，只是我感到格格不入。我是一個內向的男生，除了在校內一些必要的社交外，我跟他們一直合不來，只是勉強相處。

其實，以往我的小學成績都不錯，但是中學的課程對我來說實在太深奧了，不單止要用英語授課，最困難的是數學。我自小便不懂計算，而隨之而來的綜合科學、後來分拆了的生物、化學和物理，對我而言都是一道又一道的難題。

我更懼怕一些涉及工藝的學科，如美術和木工，我都做得不好，我不懂得如何利用三角尺畫立體圖。我在木工科交白卷，而那個尖子譚耀成更恥笑我：「岑老師應該給你清潔分，你的畫紙那麼乾淨。」

工藝科的岑老師更因而對我視而不見，有一回我忘了筆袋在木工室，跟他說：「岑老師，不好意思，我還留了東西。」

我彷彿透明人一樣，他沒有回應我，然後我逕自走進木工室取回筆袋。這件事成了我一輩子的警惕，不對其他人採取漠視態度。

在東華附中的初中兩年，我沒有甚麼朋友，只有一個普通交往、不算知心友的柳日明，他的樣子有點像電視演員吳啟華，但卻是神神化化，經常約我在午膳後一起回校，其他同學便取笑我們是同性戀情侶。

中一、中二兩年，我都在苦悶中成長，艱深的功課、沒有朋友的孤獨生活，三個姐姐的責難，母親在家長日看到我的成績由小學的首四名變成中學的尾四名，她哭泣的樣子，我內心早已被這些痛苦的校園生活佔據，而我和子穎的關係愈來愈疏遠，畢竟我們都升上中學，走進另一個環境。

每到夜深人靜的時候，我便會想念她，偶然也會打電話給她，簡單問候一下：「你好嗎？近日生活如何？」

她只是輕描淡寫地回應：「生活得不錯，那些課業我還可以應付，你呢？」

我支吾以對，說：「我也生活得不錯，交了不少朋友。」

也許我和她都言不由衷，沒有說出真心話。

每次我們都是簡單地說一下近況，便掛斷電話。我真的很想很想把在學校裏遇到的一切告訴她，但是我說不出口，因為我不想她擔心，或許她在學校裏也遇到問題，我不想加重她的負擔。

當我以為中學生活不過是平淡無味，更可怕的事在等待着我。

中二的考試結束後，中文科兼班主任劉敏兒老師在班內舉辦了一個說故事比賽。我自細在大姐的薰陶下，喜歡創作故事和閱讀小說，加上我喜歡電影和劇集，對於說故事有一定信心，所以我不怕在眾人面前表演，並選了美國作家歐亨利的短篇小說《聖誕禮物》來演說。

我跟同學說故事時，同學們皆目不轉睛地看着我，彷彿從我身上看到整個故事的畫面，平日內向的我立刻變成一個說話動聽、充滿魅力的人。

只是，我沒有料到劉老師會頒獎給一個說岳飛故事說得一板一眼，更不時看稿紙的陳偉強。我內心感到不公平，不清楚老師的頒獎準則，不知何來的勇氣，我舉起手說：「劉老師，我覺得自己說得比他好，為甚麼第一名是他，而不是我？」

有些同學點頭和議。

終於，劉老師選了我們為雙冠軍，她跟我說：「我選陳偉強同學，是因為他的歷史故事很有教育意義，你說故事的技巧雖然很好，但你也要接受老師的裁決。」

我不以為然，心想這是說故事比賽，就是要嘉許說得好的同學，而不是最有意義的故事比賽。

我無意中瞟了陳偉強一眼，他眼中充滿怒火，而他身邊的小圈子也向我透出惡意。

不久，暑假便開始了，我也沒有把這件事放在心裏。

暑假到來的日子，我多次想找子穎談天，但是總找不到她。

有一天，我到垃圾站找叔叔，他跟我說她在那所中學有很大的功課壓力，決定在升上高中前轉校，叔叔已辦了轉學的手續，這段日子她一直在埋首這件事。

我一直以為那間名女校是她最喜愛的，這段日子到底發生甚麼事？

我坐在十座入口的椅子上，那是進入十座的必經之路。我只跟叔叔說會等她回家，沒有約定她。

那天，我坐了兩個小時多，大約下午五時，她手中提着一些圖書館借來的小說走近十座的入口。升中後，我和她之間真的很少交談，小學一別後，我們各有各的生活，我也不好意思經常打電話找她，功課、測驗和考試的壓力已夠我們忙碌。

在這一刻再遇見，我倆彷彿有千言萬語。

「不如我們去小學旁的小山坡談天，好嗎？」

我主動邀她談天。

「好的。」她低聲說。

我們坐在小山坡，天空洇染着紫紅色的晚霞，真的很美。

我們四目相視，她主動跟我說。

「我打算中三轉校。」

然後，她繼續說下去。

「你記不記得小學四年級的那個女同學張家麗？針對我的那一個？」

我點頭，當日在班房，她在眾目睽睽下羞辱她的情景歷歷在目，這是她人生中的黑暗回憶。

「我沒有跟你說，其實她也入了女校，以前跟她要好的女同學一起進來。這兩年來，她跟班中的其他女同學在背後說了我的事，更跟她們說我身上有跳蚤，雖然我也認識了幾個朋友，但是很多同學相信她說的事，更可恥的是她們跟蹤我回家，背後取笑爸爸。有一次，爸爸跟我說有一些女同學在偷看他，我不想爸爸擔心，便跟他說那是我的朋友。我覺得在這間中學活得很痛苦，我跟爸爸說實在受不了名校的功課壓力，想在中三轉校。」

我看到她眼中透出憂傷的眼神。

「你為甚麼一直沒有跟我說？」

「你自己不是也有很多問題嗎？功課追不上，三個姐姐又打壓你，沒有多少個朋友，我們都有各自的煩惱。」

「其實，還有更多，只是你不知道而已。」我用半開玩笑的語氣，沒有跟她說起早前的說故事比賽的事。

「志修，我不想未來五年還是生活在這種流言蜚語之中，所以我轉到另一個屋邨的中學，每天要坐巴士才能上學，我會努力讀書，我要入大學，我要成功。你呢？」

我望着她，她那雙大眼閃爍出無盡光芒。

「子穎，我的成績很差，我沒有想過自己還能讀到預科。我也許在中五畢業後便出來工作，也許做一個便利店員工，或者做一個髮型師學徒。」

她捉緊我的肩膀，說：「志修，不要放棄你的夢想。」

「我的夢想？」

「你以前不是想做一個演員嗎？你或許是下一個周潤發，你不是想做一個受人喜歡的演員嗎？」

她原來還記得我小時候的童言。

「我生得這麼醜陋和矮小，怎會是下一個周潤發？我不再想做演員，還沒有計劃未來的事，但我還是喜歡看電視劇和電影。」

「那麼你做幕後的製作人，去拍電視或者電影。」

在紫紅色的晚霞下，我和子穎已很久沒有這樣交談，我永遠把這一天的事鎖進我的腦海裏，無論未來變得如何，我內心永遠記得你對我的鼓勵。子穎，是你令我有目標，勇敢地活下去。

之後，我偶然會找宋叔叔談天，但我不敢再找她，怕打擾她的學習，我就在忙自己的暑假作業和看電視。

「只要把那份愛埋於心裏便好了。」

「真正的好朋友，是給予對方空間和適度的關懷。」

暑假空閒的日子，我愛聆聽電台廣播，電台主持總會搬出以上的大道理來，有些我覺得老生常談，有些我覺得挺有用的。

沒有校園生活，沒有找了穎，我的日子原來是這麼空虛的，心內盼望暑假的結束，只是我在東華附中不是一個受歡迎的同學，我也不知上課有甚麼樂趣，躁動的青春因子在身體中滋長，中二的暑假便在無聲無息中結束了。

九月開學，早上集會的時候，有一種異樣的感覺，總覺得同學們都在望向我，我感到渾身不自在，總覺得他們的眼神不懷好意。

走進班房後，以往跟我友好的柳日明走到我身邊，露出奸詐的笑容。

「嘿……嘿……嘿……，你死定了，你死定了！」

「甚麼事？」

「一會兒你便知道，你死定了。這次，耶穌也不能打救你了。」

這個古怪的人總是神神化化，令我如踏五里霧境，心裏想不到發生甚麼事？

高傲而有少許姿色的劉奕雯走進來，跟身邊的女同學說：「有沒有搞錯？要我跟這個人坐，我也會變自閉了。」

「對啊！他還用左手寫字，簡直影響了我們左撇子的聲譽。」那個頭大如大頭佛的黃菁玲說。

「甚麼事？」

我想不通自己到底甚麼事得罪這幫女生，身邊的人雖然都不是熟悉的人，但總不至於變得如此詭異，感到毛骨悚然。

突然，有人大力的拍我的肩膀，正是以前讀鄰班的唐兆安，這個人滿臉鬍渣，狡黠地對我笑：「嘿嘿嘿，你就是那個張志修？聞說你說故事一流，你這個賤種，你知不知陳偉強是我的好朋友，你今年沒有好運行了，我今年加入這班，日後可以說說這個故事給朋友聽，賤人。」

然後，他連續拍了我的臉頰兩下。

我的心涼了半截，才想起上學期尾的事，想不到自己的無心之失竟然會得罪了班中的明星幫。我回頭看了一眼，聚在課室後面的那班明星，他們都在恥笑我，更有人向我吐出粗言穢語。

鄰座的劉奕雯又在跟風，一起笑。

柳日明則在幸災樂禍，重複地說：「你死定了，你死定了。」

此刻，我才驚覺自己陷入孤立無援的境況。我內心已經被學業和對子穎的思念佔據了，現在還要遇着這種事，為何總不能讓我好好過日子？

開學的第一天，我已感到乏力，獨個兒走到小學旁的山坡，不想回家。這一天，我感到無比的痛苦，但可以怎樣？難道我可以跟這班明星幫鬥嗎？縱使自己千不願、萬不願，我依然要咬緊牙關上課，繼續我的學業，只有這樣，我才不會辜負子穎的期望。

接着的日子，我真的墮入了人間的地獄。

那班人從其他同學口中得知我的生日，故意走到我耳邊大叫：「張志修，生日快樂！」

我們在綜合科學室門外等候上課時，我在背誦中文默書的課文內容，谷智峰說：「你們看，那個賤種在詛咒我們！」

其他人附和說：「正賤種，全世界這麼多人死，又不見他死？」

小息的時候，我跟其他班的同學在小食部談天，唐兆安無緣無故走到我前面，用他的腿掃跌我，令我雙膝着地，他笑笑口說：「不好意思，我在試一下漫畫書的掃堂腿，不錯不錯。」身邊的同學噤聲不響，惘然地看着我，沒有一個人敢伸出援手，也許他們都怕變成下一個被欺負的對象。

我實在受不了，淚水簌簌落下，我衝出操場，任由太陽直射我的雙眼，我不知道何去何從？

我真的不想把這件事告訴老師，但我實在沒有任何方法可以制止他們。這兩個月來我都受着這班小圈子的傷害，就算我真的做錯了，但也不至於要受到他們的合力攻擊。現在，那個囂張的唐兆安更對我施以暴力，從來只有我的父母打過我，我覺得沒有人可以對別人作出身體上的傷害，我要把這一切告訴班主任馬老師。

我猶豫半晌，終於衝入教員室，馬老師看到滿臉淚痕的我，嚇了一跳。我把這兩個月來，那幫小圈子對我的傷害一五一十的告訴老師。

小息過後，馬老師氣沖沖地走進班房，跟英文科陳老師說了兩句，陳老師便說：「可以，你先跟他們說，我先回教員室。」

然後，他叫了唐兆安、谷智峰、陳偉強等一班同學出來。

馬老師憤怒地跟大家說：「張志修剛才跟我說這兩個月來，他一直受到你們這班同學不同程度的欺凌，今天更被唐兆安用腿掃跌，你們怎能做出這種事？」

唐兆安忍不住笑了一聲，其他同學也跟風，一起大笑。

馬老師以兇狠的眼神瞟向他，大聲地責罵他：「唐兆安，有甚麼好笑？你說，到底有甚麼好笑？其他人也一樣，張志修是大家的同學，你們應該互相幫忙，仇恨只會帶來更大的仇恨，你們懂不懂？」

陳偉強忍不住說：「我們不喜歡這個娘娘腔，說甚麼講故事比我好，我有甚麼得罪他，他憑甚麼要搶走我在劉老師心目中的冠軍？憑甚麼要我跟他瓜分冠軍？劉老師明明是選我在先。」

「就為了這一件小事，你們便要欺負他？」

「馬老師，在你眼中也許這是一件微不足道的小事，但是在我心目中那是劉老師給我最大的肯定。」

陳偉強咬緊雙唇，忿忿不平地說。

坦白說，我也不明白為甚麼這件事會導致他們集體對付我，或許有些事不用解釋，單單我的樣子不好看，身形矮小便可以作為欺凌的理由。

「他得罪我的兄弟，我就要對付他，這賤種。」唐兆安忍不住插嘴。

「唐兆安你收聲，注意自己的措詞，你怎能辱罵同學？」馬老師在怒吼。

「你才要跟我收聲，你這種新老師別在我們面前裝模作樣，我跟你說誰得罪我的兄弟，誰休想有好日子過？」

滿臉鬍渣、生得早熟的唐兆安根本沒有把馬老師放在眼內。

馬老師最恨學生看不起他新老師的身份，他實在忍無可忍，跟他們說：

「我不阻礙陳老師上課，你們既然看不起我，放學後去校務處，讓夠份量的訓導主任記你們一人一個大過。」

欺凌事件就此畫上一個分號。

之後的日子，他們再沒有對我作出身體上的傷害，只是沒有停止過言語上的攻擊和精神上的折磨，每當我走進課室裏，他們總是交頭接耳、竊竊私語，露出不懷好意的笑容，有時更說我是「二五仔」、「金手指」出賣朋友。坦白說，我根本不是他們的朋友，怎算是出賣朋友呢？雖然只是言語上的攻擊，但足以令我身心俱疲。

中學生的生活本來已經很累，一個被欺凌的中學生的生活就更是累上加累。

我唯有在日常生活中作出改變，變得更內向，不敢出聲，班中除了欺凌我的那班同學外，其實還有一些不理世事的人，那個跟我打交道的柳日明便是這種人。他雖然跟我友好，但不會因此而跟他們交惡，是一個左右逢源和沒有立場的人。

中三這年我已受了不同程度的語言暴力傷害，但我不敢跟家人和子穎說，只是偷偷走到垃圾站，告訴正在休息的宋叔叔。

宋叔叔說：「你不要理會他們，他們看到你沒有反應，最終也不會再花時問欺負你，你只要變成一塊木頭就好了。」

「木頭？」

「沒有人會覺得欺負一塊沒有反應的木頭有趣的。」宋叔叔淡淡然說。

沒錯，我只要變成一塊木頭便好了。

也許，叔叔一直處於木頭的精神狀態，才不會受子穎那些看熱鬧的同學影響。

「只要把自己變成一塊沒有情感的木頭，那些欺負你的人便失去了興致，他們欺負你就是想看到你哭泣、看到你憤怒、看到你精神崩潰、驚惶失措、厭惡的樣子，若你視若無睹，他們便沒有繼續欺負你的念頭，到時他們或許會找另一個人來對付，這些人只是社會的廢物，你不要放在心裏。」

叔叔的話令我有生存的動力，當然我不會為這種事而自殺，只是生活實在沒有動力，更對上學失去興致。

「叔叔，請不要告訴子穎。」

宋叔叔點頭答應。

叔叔跟我說子穎在新學校生活得不錯，還認識到新朋友。

當我知道她現在生活得快樂，我便感到幸福，也許所有欺凌、不快的事就讓我承受吧，反正我真的沒有甚麼值得擔憂，對比失去了母親、兄長，跟父親相依為命的子穎，我的完整家庭實在是幸福得多。

之後，我在生活上再遇到不開心的事，都會找叔叔商量，雖然他未必能為我提供解決方法，但跟他說出來真的輕鬆了很多，這也許是男性之間的友誼。

中三的餘下日子，我繼續在學業和校園生活中掙扎，一方面面對自己的成績差勁這個事實，另一方面也要面對孤寂的生活。

唐兆安那夥人雖然受到老師的監視，沒有再對我做出肉體上的欺凌，但他們依舊擺出臭臉歧視我，以語言侮辱我，唯恐我傳染疾病給他們的模樣，那時候我就像宋叔叔所講，把自己化作一塊沒有感情的木頭，不要怕，一切都會過去的。

這段日子，相對於之前，只要心態上有轉變，原來一切便會不同。

奇奇怪怪的柳日明跟我的相處日子也較多，週末的時候他會相約他的小學同學莫家章和我一起踢足球，之後一起去吃牛腩麵。

當然，我清楚自己跟柳日明不是知心好友，他不會為我跟那些欺凌我的班中明星翻臉，也不會為我出手與他們對抗，我對於他而言是一個可以當作消遣的對象，不是真正的朋友。在孤獨的歲月裏，我渴望的是真正的朋友。

我跟子穎依然會隔一段時間，便以電話交談。從她的聲線，我感受到真正的快樂，她告訴我她在新學校中認識了兩個好朋友，她們和她的感情很好，其中一個更做過童星，就是我們童年時談過的女孩。

「你怎樣？」她親切地問。

「我很好，我發覺自己的文科成績比理科好，我相信升上中四後，我的成績會追上來的。」

「那便好了……志修。」

聽到她的聲音，讓我感到平靜。

「甚麼事？」

「多謝你，這麼多年來，只有你一個真正關心我。從小學到現在，你都沒有嫌棄我，跟我做了這麼多年的朋友，我以為當我們升上中學之後，你便會與我慢慢疏遠。我內心一直很自卑，若然沒有你這個朋友一直在我身邊支持和鼓勵，我也許一早放棄了自己的人生，你是我一輩子最好的朋友。」

「子穎，我才要感激你，只有你才是我最好的朋友，我在東華附中沒有一個知心友，所以我更珍惜你，珍惜以前一起讀小學的日子，多謝你。」

「怎麼我們這麼婆媽，朋友永不言謝。」

那一刻，我們隔着電話筒，一起笑了。

「找一天，我們再回到小學的小山坡談天吧！」我跟她說。

當天晚上，我憧憬着自己與子穎會有一個更美好的未來，只是原來一切也是一廂情願。

＊＊＊

我在沒有甚麼快樂下完成了中三，這一年對於我來說是苦多樂少，熬過了那班人的冷嘲熱諷，人生便會沒事，當看到其他人在呼朋喚友，我只有一個人的時候，內心便感到苦悶。

社會上不容許特立獨行的人，你要生存便要適應他們，投入他們的世界，連名列前茅的優材生譚耀成也要巴結他們，何況我呢？雖然受盡屈辱，但我跟自己說要好好的生存下去，為着自己未來的人生，為着我那憧憬的幸福時光。

學期結束前，我收到成績單。

我的成績很差勁，只能以試升的形式升上中四文科班，但對於我而言，這是一個嶄新的開始，終於可以脱離自己一竅不通的理科。

暑假匆匆開始，柳日明找我一起去工廠區找暑期工作，畢竟我的姐姐也有做暑期工作，媽媽當然也想我做暑期工，幫補零用錢。

我們在工廠區遊走，走遍每一間工廠，日復一日，換來的只有汗流浹背和滿臉塵埃，很多工廠表明不會請暑期工，我們找了差不多一個多星期，本來打定輸數，卻在最後一刻，找到一間製作玩具車的工廠。

這是我首次到工廠打工，跟我們一起工作的還有兩個男生，他們是胡秀平和劉世勇，來自一家聲名狼藉的官中男校，那間中學的學生總讓人不良青年的形象，只是面前的兩人除了長得高大健碩外，跟我們沒有甚麼分別，甚至比那夥欺凌我的人善良。

我們四個來自兩所不同學校的男生，在工作上相處得很好，而我跟劉世勇較投緣，最後我和他做了好朋友。

這麼多年來，除了子穎外，我都沒有一個推心置腹的好朋友，世勇卻讓我感受到友誼，在工作期間，我跟他談起自己曾在校內遭受欺凌，他便義不容辭地說：「這班人渣垃圾，若你在街上遇到他們，馬上告訴我，讓我揍他們。」

我心想他這麼健碩，一定會嚇怕他們。

「不用了，一切已成過去，謝謝你的心意。」

「朋友之間，是互相幫忙。」

從來沒有人肯為我被欺凌的事說一句公道說話，他可算是第一個，柳日明是牆頭草，擺出一副同情我的嘴臉，揶揄我在校內沒有朋友，得罪所有人，胡秀平跟他一起取笑我，只是劉世勇憤憤不平地說：「你的朋友遇到事，你卻在看熱鬧嗎？你要落井下石嗎？」

柳日明被嗆，心裏不是味兒，他便以耶穌做笑料，大叫：「耶穌飛腿。」他跳起來，故意想引起我們分心。我望着劉世勇，心裏想一直以來，除了子穎外，沒有人會替我講說話，把我視作一個朋友看待。事實上，一整年在校內被欺凌，令我形成了自卑的心態。

我認定了劉世勇是我的好朋友，亦因此我放下了自己對陌生人的戒心，跟他交心，除了在工廠一面談話，一面做着枯燥的包裝工作外，我們還一起去玩遙控跑車，一起相約去看公餘場電影。

曾幾何時，我以為找到人生中最重要的朋友。

有一天，我們在包裝玩具車，他問了我很多問題。

「你在東華附中，有沒有一個喜歡的人？」

「沒有，那間中學的同學都討厭我。」

「我在男校中生活，不像你在男女校生活，總以為你有自己喜歡的人。」

「我有一個一直喜歡的女同學，她是我從小學時已認識的朋友。」

「可以介紹給我嗎？我想看看你的眼光，你有沒有她的照片？」

我才想起從來沒有和她拍照。

「沒有。」

「你可以讓我看看她嗎？」

「她去了另一個屋邨的中學讀書，我不想打擾她。」

「可惜……」他臉上露出惋惜的表情。

我實在不忍心看到好朋友失落的神情，接着說：「今個週末，我帶你認識她。」

「真期待。」他露出興奮的表情。

我卻不知道這是錯誤的做法。

星期六的早上，我跟他約好了在十座出口的椅子等待，我清楚子穎的習慣，每到週末她都會去公共圖書館看書，我跟劉世勇在椅子上裝作談天，靜待她出現。

不久，子穎背着一個小斜包走出來，我走到她面前，跟她打招呼。

「你好嗎？」久久沒有見面，看到她的時候，內心泛起漣漪。

「志修……這位是？」她看向我身邊的世勇，有點疑惑。

「他是我做暑期工認識的朋友，他叫劉世勇，我們一會兒去踢足球。」

劉世勇直勾勾的看着子穎，令她感到不自在。

「你好，我叫劉世勇，聽志修說你們是青梅竹馬的好朋友。」

「你好。」

他伸出手，子穎勉為其難地握了一下。

「我要去圖書館了，有機會再談，再見，志修。」

那一刻，我感到自己好像做錯了，為甚麼我要帶這個新認識的朋友去見子穎？我心裏明白，因為長久以來我都受着同學的欺凌，難得有人肯跟我做朋友，我實在不敢違逆他的意思。

那件事過後，我也升上了中四文科班，雖然部份欺凌的餘孽跟我分在同一班，但由於班中混合了其餘四班的同學，其他人對我這個新認識的同學也沒有太大的反感，欺凌黨在這裏起不了甚麼作用，終於瓦解了。

中四開學不久，我便加入了國史學會，由預科的學長帶領，我被委派做宣傳工作。

日子過得豐盛和幸福，我也希望能好好讀書，追回失落的分數。除了成績之外，我更跟同學打籃球，希望可以增高，日後的高度或可以跟子穎平起平坐。

日子流逝得很快，我偶爾也跟世勇談電話，但是更多的日子是去自修室溫書，特別喜歡中國文學和歷史，溫習、學會和日常生活，早已填滿了我平靜的人生。

我沒有刻意找子穎，只是跟叔叔碰面時提起她。叔叔説子穎在學校生活得很愉快，着我不用擔心。

叔叔問我：「你的同學還有欺負你嗎？」

我說：「已經沒有人再欺負我了，現在我只希望日後有一個更好的未來，所以努力讀書。」

「一定可以，子穎也一樣在努力。」

我和叔叔每次都談起子穎，我們心裏最重要的人。我總會幻想自己成功讀到大學的時候，跟子穎表白，然後我們便可以正式交往，只是最終也沒有這一天的出現。

有天晚上，三姐敲門，跟我說：「有一個女生找你。」

我猶豫的時候，看到三姐疑惑的表情，彷彿我交了女朋友。

「喂，我是張志修，誰呀？」

「志修，是我。」

我的心怦怦躍動，竟然是令我魂牽夢縈的子穎，她從來沒有主動打電話給我。

「甚麼事？」我心裏既驚且喜。

「志修，近日你的朋友經常在十座等我，我感到很困擾。」

「吓？」我禁不住大聲叫了出來，三姐一面狐疑地看着我。

「他對我說一些奇怪的話，說對我一見鍾情，希望我能給他一個機會。志修，我想專注學業，你可不可以跟你那位朋友說一聲，我不想再被他騷擾。」

當天晚上，我沒有好好入睡，想到劉世勇，這個人還說是我的好朋友，竟然跟我喜歡的人做出這種事。

第二日，當我放學回家後，便致電約他在十四座幼稚園附近的兒童遊樂場見面，他一如以往向我露出燦爛的笑容，但我實在沒有心情，臉上難掩憤怒之情。

「世勇，你為甚麼跟子穎說那些話？你也知道我是喜歡她的。」

「你這麼焦急找我，就是為了這件事嗎？有甚麼問題？」

他一臉不在乎的樣子，令我更火大。

「她是我喜歡的人！」我怒吼。

「你說得不錯，但她只是你青梅竹馬的好朋友，並不是你的女朋友，你沒有權利阻止其他人追求她。」

我氣得說不出話來。

「既然你跟她沒有關係，我追求她又有甚麼問題呢？所謂愛無前後，達者為先。」

「想不到你是這種人！」

「那到底是甚麼人？」他冷冷地回應。

「毫無道義、橫刀奪愛的人，你還説是我的好朋友？」

「神經病，她不是你的女朋友。」

我實在不想再跟他浪費時間，亦想不到爭論下去有甚麼意義？我望着他，轉述子穎的話：「真可惜，她跟我説對你沒有好感。昨晚，她託我告訴你，希望你以後不要再騷擾她，再見。」

我轉身離去時，他大聲叫：「志修，若你真的喜歡她，你就應該跟她表白，不然她最終會被其他人追求了。」

我沒有回應，愣在原地。

「對不起，我們還是朋友嗎？」

我沒有理會他，我背着他，揮一揮手。

他的話盤旋在我的腦海裏，在這個無眠的夜晚，我的內心充滿着矛盾。他的話沒錯，我們已不是單純的小學好朋友，升上中學後，加上她轉了去另一所屋邨中學，我們的確疏遠了。

我不能，不能把子穎讓給其他男生，只有我才是最適合她的。

一個星期後的週末，我相約她在圖書館外見面。她依然充滿氣質，遠遠便跟我揮手。

我馬上跟她説：「子穎，你不用擔心了，我跟世勇説了，他以後也不會再打擾你。」

「謝謝！」

頃刻間，我們相對無言，她便無話找話的問我。

「你的中學生活如何？」

「不錯，升上中四後，我找到自己真正感興趣的學科，成績也愈來愈好。」

「那便好，希望你的成績愈來愈好，那我進去了。」

當她準備走進圖書館時，我馬上叫住她。

「子穎，等等。」

「甚麼事？」她流露疑惑的眼神。

「我喜歡你。」

「甚麼？」她驚愕的神情，讓我明白她心裏的想法，但我還是要把話說完。

「從小學開始，我便一直喜歡你，我想做你的男朋友，跟你一起努力。」

說出這番話時，我內心噗通亂跳，彷彿快要心臟病發一樣。

「志修，請你不要跟我開玩笑。」

「我是認真的。」

瞬間，鴉雀無聲。

過了五分鐘後，她開口說話。

「志修，對不起，我不能答應你。我一直喜歡你，但那只是好朋友的感覺，我們從小學四年級到今天差不多六年，若然我喜歡你，早就跟你在一起，不管現在還是未來，我們都只會是好朋友，張志修和宋子穎是最好朋友。你對我和爸爸都很好，但我不想我們的關係變得複雜，希望你能夠體諒。」

我頓時感到非常尷尬，我跟她說：「對不起，對不起，對不起……」

然後，一個勁兒地跑，逃離公共圖書館大樓。

「志修……志修……」

遠處傳來子穎的聲音，我沒有回頭，最可恨的是劉世勇，不，最可恨的是我，為甚麼要聽他的話呢？我以後還能見子穎和叔叔嗎？

青春，總叫人唏噓。

那一天，我被自己青梅竹馬的好朋友拒絕了。

3.

自從子穎拒絕了我之後，我真的沒有勇氣再找她，一直懼怕的事終於發生了，我以後還能見她和宋叔叔嗎？

我們走過這麼多年的友誼，會不會面臨決裂？當然，我明白自己和她之間暫時沒有戀愛的可能，但是一天沒有說出口的話，一天還懷有希冀，此刻這個希望真的要幻滅了。

為了排遣心中的悶愁，我更投入國史學會的工作，協助宣傳年度的國史常識問答比賽，設計海報和中央宣傳等。

另一方面，我亦努力讀書，雖然不知道將來會做甚麼工作，能不能讀大學，最終成為一個怎麼樣的大人，但我要履行對子穎的承諾，成為一個更好的人，即使那是一個沒有子穎的人生。

我內心忐忑，沒有子穎的人生又有甚麼意義？

我內心時刻都在交戰着。

最終，我明白自己讀書、投入學會的工作，完全為了令自己忘記子穎。

「忘記他，等於忘掉了一切，等於將方和向拋掉，遺失了自己……」在溫書的晚上，二姐的收音機飄來鄧麗君的歌聲。

忘記子穎，我真的能忘掉她嗎？

我竭力將所有思緒放回在課業上，我要把我身上的失落、悲傷和羞愧的感覺一一掃走，只有忙碌才能把子穎暫時放在一邊。

初中三年，我的名次一直徘徊在全班末端，停留在試升的邊緣，想不到我收到中四第一學期的成績單時，我興奮得叫了出來，我得到全班十七名。雖然不算是全班最好，但是已經比起初中時進步了很多。回家後，媽媽看到我的成績單後，忍不住落下淚來，我終於可以堂堂正正面對父母。

在我勤奮讀書的這一年，我的家起了一些變化，在香港大學讀書的大姐帶來了一些「居者有其屋」的冊子，不斷勸說爸爸要為一家人的未來打算，趁年輕買居屋。起初爸爸總是敷衍她，說：「我們要放棄兩個公屋單位來換取一間更細的居屋，這實在不划算。」

「爸爸，你預測不到未來的樓市，現在不買，將來會後悔。」

最後，父親敵不過姐姐的要求，往樂富的房委會居屋中心遞表，更幸運的是我們抽中了籤，日後要搬去一個遙遠的地方——將軍澳坑口。

當我正為愛情的事懊惱時，家人都在默默地進行這件事，不久的將來，我便要離開這個生活了十六年的地方，這意味着一年之後，當我會考完結時，我便要離開這個自小成長的屋邨，跟我一直喜歡的人分開了。

還有一年，這一年時間，我和他們仍然有機會相聚，只有在時間限制時才懂得珍惜對方，想到以後我再不能隨時隨地去敲他們的門，找子穎談天；我再不能在十座的出入口偷偷等她，我的心便很鬱悶。我不知道這裏跟將軍澳的距離，若是太遠的話，我和叔叔、子穎便不能再跟往日一樣經常見面。

我收到她的來電。

那已是中四下學期的事，我們已有多個月沒有聯絡了，在手提電話還沒有普及的年代，能夠收到自己喜歡的人打來的電話，彷彿雪中送炭一樣，感到溫暖。

「志修，近來如何？」

「嗯，很好。」

「志修，對不起。」

「子穎，是我的錯，我破壞了我們的友情。」

「不是，你是我最珍惜的朋友，是你令我想到美好的一面……我們還是朋友嗎？」

「嗯，張志修和宋子穎是永遠的朋友。」我感到安慰，她還當我是好朋友。

「你還喜歡電影嗎？你還想當一個影視創作人嗎？」子穎問起我的夢想。

「我還沒有想過未來的出路，現在只想盡力考好會考。」

「夢想，你一定要抓緊自己的夢想。」

我心裏時刻在想念着你，跟你一起就是我的夢想，當這個夢想幻滅之後，其他的事都顯得不重要了。

「子穎，自從升上中四之後，我的成績進步了很多，我會努力讀書，然後考入大學，至於讀甚麼，我還沒有想過。」

「我知道香港浸會大學有一個傳理系，專門教授影視製作的。」

「我也略知一二，但那是熱門科目，收分很高，我怕自己不能應付。」

「你一定可以成功的。」她對我充滿信心。

「嗯，多謝你的鼓勵，我一定會努力的……子穎，我明年要搬家了。」

「甚麼？」她充滿疑惑。

「我們抽中了將軍澳坑口的居者有其屋，完成會考之後，我便要搬到那裏去了。」

她吞一口氣，吐出一句話：「很好，恭喜你。」

「有甚麼值得恭喜？」

「不再住在屋邨，有自己的樓房，不用再被標籤為窮人。」

子穎的聲音帶着惋惜，也許她心裏真的捨不得我。

往後，我和子穎多在電話中相聚，她跟說得最多的是中四這一年，她跟兩個好朋友的生活，她跟那個曾當童星的女同學分在同一班，感情比較好，而另一個讀理科的同學彷彿被冷落，她要多關心她，而那個女生也在談戀愛了。她說話充滿熱情和活力，過去自卑的她慢慢建立自信。

我也有好朋友，只是他曾經做了一件不可原諒的事。劉世勇，我已有一段時間沒有跟他見面。沒有想到他再一次出現，竟然就在我的校門前，他大剌剌地站在東華附中門外等我，他一面桀驁不馴、衣衫不整的樣子，口中含着一枝珍寶珠糖果，坐在欄杆上。由於他所讀的中學校譽不好，一眾老師都在門口戒備，深恐他在招惹我們的學生，他彷彿成為了一個侵略者。

當他看到我出來時，連忙露出燦爛笑容，並猛烈地揮動雙手。所有老師都看向我，我又一次感到尷尬，其中李副校長走到我身邊說：「張志修，你怎會認識這種人？」

「副校長，他是我在暑期工認識的朋友。」

「看他的樣子，一定是一個不良青年，你自升上高中後，成績已改善了許多，我勸你及早跟這種人斷絕來往，免得自找麻煩。」

「是的，老師，謝謝關心。」我只好唯唯諾諾，心想老師對這間中學的學生總懷有敵意和偏見。

我跟他打了一個招呼後，故意快跑拉開一段距離，直至看不到老師，才放慢速度。

他問我：「那些人跟你說甚麼？」

「沒有甚麼，只叫我不要跟你這種人來往而已。」

「你的老師真的充滿偏見，難道所有讀官中的人都是壞學生？」他忿忿不平地說。

我雖有同感，但想到早前他跟子穎示愛，心裏便無名火起，故意揶揄他。

「誰叫你長得像一個流氓？」

「這叫形象，不像你這種讀死書的書呆子。」

「那再見吧！請不要跟我這種書呆子在一起。」

當我小跑離開他的視線時，他也追上來，說：「不要像小姑娘一樣，我找你是想跟你道歉的。」

我停下腳步。

「對不起，我不應該追你的女朋友。」

「她不是我的女朋友，我們只是朋友。」

「這段日子，我思前想後，你跟她是青梅竹馬的朋友，而你又喜歡她這麼多年，我真的不應該做那種事情，可以原諒我嗎？」他捉緊我雙手，含情脈脈地望着我，我感到雞皮疙瘩，連忙推開他。

「你可不可以不要這樣嘔心？附近有很多同學，讓他們以為我們是『情侶』便跳進黃河也洗不清。」

「哈哈……這樣才有誠意。」

「我沒有幾個朋友的，我也不想跟你絕交，你可以應承我以後不要再騷擾子穎嗎？」

「好的，其實被美女視為變態，一點也不好受。我想親身跟她道歉，可以的話，我們其實可以做朋友。」

「只是普通朋友。」他再三強調。

「我要問問她，看她願不願意。」

「謝謝你原諒我。」他露出誠懇的笑容。

「我們還是好朋友啊！」我勉為其難地說。

「當然，當然。」

我們都笑了，那一刻我相信自己找到了人生中的好朋友，我以為劉世勇真的跟我的想法一樣。直到子穎出事後，我才明白一直以來，那只是一廂情願，所謂永遠的朋友，根本受不起考驗。

我跟他談及會考之後，舉家會搬到將軍澳的居者有其屋，他跟子穎的說法一樣，說我脫離了貧困階層，成為一個住私人樓房的階層。

不久之後，我約了子穎出來，帶同世勇跟她道歉。

雖然我讓他跟子穎見面，但不代表我對他完全信任，始終他曾對她做出示愛的行為。

子穎看到他的時候，顯然有些不舒服，就在他誠心誠意的道歉後，她放下了戒心，對他展露友善的微笑，說：「世勇，你是志修的朋友，也是我的朋友，日後你不要再跟我說不恰當的話，我們一起努力讀書吧！」

「嗯，我明白了，我們只是普通朋友。」

被那麼美麗的女生拒絕是很殘酷的事，對於他而言其實算不了甚麼，作為她青梅竹馬的朋友，我早已被傷害了。

事實上，我內心並沒有完全放棄，對子穎我還有一絲盼望，只要我努力讀書，有一天當我入讀大學後，再向她表白。至於劉世勇，他雖然長得俊朗、身形魁梧，但他只懂得玩樂，不愛念書，加上子穎望向他的眼神，我知道這個人不會有機會成為她的男朋友。

從暑假開始，我每天到自修室溫習，腦海裏充斥着文學、歷史、地理、經濟，當塞滿了不同類型的知識，我的腦袋彷彿有爆裂的感覺，每當夜闌人靜的時候，我便會回想起自己跟子穎的一切。

腦海裏，所有過去發生的事，彷彿一條綿綿不盡的河流，我們從垃圾房旁那間小屋直至我們各自升上中學，我們經歷了不同的人生，我們各自成長，我們之間的河流沒有間斷，每每想到這點，我便有力量繼續啃書。

經過冰釋前嫌後，我和劉世勇的友情有更深一層的發展。我和他是兩類型的人，而我除了避免談論子穎外，我喜歡跟他分享自己對電影、劇集的熱愛。從小到大，只有在影像的世界，我才會找到一些生活的動力，而子穎亦讓我知道自己的興趣原來有機會發展為日後的工作。

世勇聽到演戲時，便興致勃勃地說：「我也喜歡演戲，也想試一下做演員的滋味，你日後可讓我演出你製作的電影嗎？」

「我還未決定自己讀甚麼，完成會考再算，而且入大學還要在高級程度會考中有理想的成績，子穎介紹我的浸會大學傳理系收分很高的。」

「你這麼勤力，一定可以成功的，而我這種人只配讀職業學院。」

「別這樣説，若然我日後真的入了電影系，要拍甚麼影像功課，我就預你一份。」

「志修，一諾千金啊！」他興奮地說。

在中四的暑假，我溫書之餘，也找他一起踢足球和逛街，我們經常見面，成了形影不離的好朋友、好兄弟，有時一起玩樂時，我會請他吃喝，也會在生活的細節上幫助他，我會帶他認識我的父母和姐姐，我也會探望他的家人。

三個姐姐好奇一直孤僻的我怎會有這麼帥氣、健碩的朋友？對比我的身形，他實在高大威猛。我覺得他是我期待已久的朋友，當日對他的憤恨已經完全消解了，朋友之間不應存在仇怨。

夜闌人靜，我會融入無盡的傷感之中。

最後一年，我在這個屋邨就只有這一年，這一年之後，無論能不能順利升讀預科，我也要跟這裏的一切告別，跟子穎、跟宋叔叔、跟世勇，一想到這個事實，我就不期然跌入憂鬱之中，我是一個多愁善感的男生，說到尾我對維繫彼此的感情沒有信心。

中五匆匆而至，本以為這一年我會珍惜機會多找子穎談天，只是想不到課程很多，我跟子穎沒有太多連絡，大家都各有各忙，面對公開試，我要把所有心思都放在書本之中，不能再浪費在自憐自棄上。

每天的生活都是上學、放學再往自修室，溫習到晚上十時，然後回家睡覺，第二天又重複着這種生活，那是一種枯燥乏味的生活，甚至令我對自己所處的青春失去了真實感。我的中五生涯便是在這種生活中度過，一種類似苦行僧的啃書生涯，而我那時也沒有想到這種生活還要持續多兩年，更要在完全失去了子穎的情況下繼續下去。

補課、溫習、測驗、考試，這樣的人生本身就沒有樂趣，這種自我封閉在讀書的人生，某程度上是逃離對子穎思念的避風港。

這段日子，我即使再掛念她，也沒有嘗試去找她，我知道子穎同樣是為了公開試而奮鬥。

在溫習過後，我會獨個兒在她家附近的公園走走，以往的垃圾站和小房子，以及我們小學的小山坡，那裏的景物依舊，只是沒有了我們童年時的蹤影，一切便覺得冷清。

我和她之間一起走過的青春歲月，面對快將的別離，我內心感到無盡的憂愁，那一刻我明白自己是捨不得離開這裏，只是人生總是伴隨着無奈和痛苦。

那時候，我只是一個十多歲的年輕人，根本沒有辦法左右父母和姐姐的決定，搬去遙遠的他方又不是我所想的，但可以怎樣？

我離開這個地方之後，這裏的一切已不需要我關心了，而我再也不用活在受過欺凌的陰影下，可以在另一個地方好好發展，只是以後很難再跟子穎相聚了。

我的內心充滿矛盾，愛一個不愛自己的人，滿腦子都是跟她的回憶。

中五的每一天都過得刻板無趣，腦海中就是充斥着不同科目的知識，壓得我喘不過氣，我亦試過因為過度勤勞而病倒，躺在床上的日子，腦海裏依然是背誦的知識。這些知識對日常生活又有多少用呢？

我不知道，只是在班中的成績愈來愈好，開始有一些同學視我為假想敵，我無視他們的存在，在枯燥乏味的生活中，往往只有看到自己的成績增進，才帶來些微的快樂。那種快樂只是短暫的，我的內心還是一片寂寥。

經過無數次的操練，我在模擬試的成績不錯，成為班中的第三名，我相信若拍成電影，我由末段生變成班中的尖子，絕對是一齣賺人熱淚的勵志片。那段日子，我被自己的勝利沖昏頭腦，只顧不斷溫習和操練忘卻了子穎。我一直以為她的校園生活已變得完美無瑕，她有美麗的外表、有好朋友，成績也極為優異，我卻不知道她內心的世界，她的出身成了她人生的烙印。

為了考試、為了佳績、為了讀電影系，中五至中七這三年，我只是一部讀書機器，這十多年來，我內心充滿懊悔，對失去了子穎的懊悔。

臨近會考，我真的很想很想跟子穎談話，就在開考前一個月的一個夜晚致電給她，跟她談談近況，說一些打氣的話。

「子穎，你好嗎？」

「嗯。」

「子穎，下個月便會考了，你準備得如何？」

「差不多了。」她彷彿沒有興致跟我談下去。

「你要加油，再見吧！」沉默半晌，我想也許不便再打擾她的溫習時間，準備掛斷電話。

「志修……」她叫住我。

她欲言又止，我等待她的回應。

「其實這段時間，我過得不開心。」

「甚麼事？」

「我沒有再跟那兩個朋友一起了，有一個朋友利用我的父親的職業來攻擊我。」

我靜心聆聽她。

「我沒有討厭自己的父親，只是覺得若果他不是一個清道夫，而是工人或者一個文員，我的人生或許會有所不同。」

「子穎……」我實在不懂如何回應她。

她沒有反應，只有微弱的哭泣聲。

「子穎，我們的未來一直在自己的手中，在初中時，我的成績也不好，而且在某段時間，我沒有跟你說，我被同學欺負了整整一年，但幸好得到你和叔叔的鼓勵，我現在的人生變好了，希望你亦可以蛻變，不要放棄。」

「謝謝你。」

「無論這個世界變成怎樣，我張志修永遠是你宋子穎的最好朋友，我一定會站在你那一邊。」

「嗯，你又弄哭我了，好了，我也要溫習了。」

「那再見，等等，我放榜後不久便會搬走了，臨別前，我想跟你和叔叔在你的家裏吃飯。」

「嗯，讓我做一頓美味的晚飯給你餞別。」

「謝謝，再見了。」

「再見。」

她的語氣比剛才明顯愉快多了，我放下電話的一刻，又想起了她。記憶中，這是我們之間最後一次詳談內心世界，我清楚一直以來，她父親的職業都成了她人生中的障礙，雖然她對父親沒有怨懟，但內心深處是自卑的，她離開原來的中學，努力建立的一切，無奈最終卻被自己的好朋友出賣。事實上，這麼多年來，我也隱藏了自己與她的友情，我的父母、姐姐從來不知道她的存在，因為我知道他們必定會帶着歧視的心態看待宋叔叔和子穎。

坦白說，我和她在小學和中學的生活中都曾經受過傷害，我也懼怕別人的目光，我也不想再受到別人的攻擊和欺凌。所以，我選擇隱瞞，不讓家人知道我們的關係，讓我升上大學、事業有成後，我會再一次追求她，那時候我便可以堂堂正正的跟家人介紹子穎，跟爸爸、媽媽說：「她是我的女朋友宋子穎，我想跟她結婚。」

我腦海裏反覆想像這一幕，只是這段想像並沒有真正出現，而我也沒有跟子穎發展成為情侶，我們之間沒有愛情，只有一段建立了十年的真摯友情，不會有任何改變，而她也在我的人生中消失了。

＊＊＊

不久，中五的最後一天來到了，這天根本不用上課，同學們都在忙於找老師拍照留念，而我實在沒有甚麼不捨之情，始終在這裏，我的初中生活過得不愉快。我只是在四處走走，也沒有跟任何人提及自己要搬走的事。這樣，我才發覺自己對東華附中沒有感情。這麼多年來，在這座小城，除了家人外，朋友就只有宋叔叔、子穎和世勇，離開這裏之後，最不捨的就只有他們。

最後一天的校園生活結束，代表正式開始溫習假期。

我依然沒日沒夜地在自修室溫習，對於所有學科基礎上我已有充份把握，我努力讀書和溫習，一心想摘下佳績。這些年的改變主要因為她，若然失去了她，我真的不知如何面對，縱使日子不停的流轉，我的內心還在盼望，盼望着公開試之後，我和她能多點見面的機會。我想珍惜放榜後，在離開之前跟她多相聚的美好時光。

這兩年來，我所做的一切就是為了這場公開試，然而當中五會考真的來臨時，我已不再感到恐懼。每一場考試、每一個試場，我特地提早到達，穿着不同的便服、牛仔褲和球鞋，比起穿校服更輕鬆去面對考試。

無論是晴天、雨天，面對考試前五分鐘的緊張到完成一場考試的安心，這個月便是如此度過，腦袋塞得滿滿的知識像傾倒沙泥一樣，填滿試卷。

我就這樣輕而易舉地完成了人生中第一次公開試，臨別完成「經濟」之後，我步出試場時，竟有一絲失落感，我清楚這次必能取得優異成績。

漫長的暑假，我跟世勇四處找暑期工作，找了多天，終於在一間大型百貨店找到一份助理陳列員的工作，那是一份無所事事的差事，工作都是把貨場的商品搬去櫥窗給陳列師，亦有替假人穿上衣服。世勇跟我說他的會考考得一塌糊塗，已準備在職業學院繼續學習，而我則希望在將軍澳升讀中六。

這段日子，我的家人忙於去遙遠的將軍澳裝修新居，之後，我們便要離開屋邨了。我內心想念着子穎，終於在一天收工後，回家致電給她，接電話的是宋叔叔，他親切的跟我說：「子穎去了酒樓當兼職侍應，很晚才回家。」

「叔叔，我快要搬家了，我跟子穎說希望在離開前，跟你們吃飯。」

「她跟我說了，是八月十五日，我會提早下班，我們會烹調一些好菜式給你吃。」

「叔叔，我捨不得你們。」

「志修，我也是，但是看到你和家人能夠有新的開始，我替你高興。」

說。

「謝謝您，叔叔，請替我跟子穎說一聲我找過她。」

「嗯，叔叔，日後有甚麼事，需要我的話便說一聲。」我稍停了一會，續說：

「我和子穎也謝謝你，你要保重。」

跟叔叔通話後，內心洋溢着幸福感，叔叔疼愛子穎，如公主一般愛護她。也許這樣說很奇怪，我十分羡慕她有叔叔這樣的父親。

事實上，我應該請他們外出吃飯，要求別人替自己錢行實在怪不好意思，但是自從他們搬上三樓以來，除了最初協助他們搬家外，我一直沒有再去他們的家，而我一直最想做的事，就是跟他們在家裏談天和吃一頓家常飯。我決定送一份禮物給她和叔叔，實在不清楚要花多少錢，我相信一點心意便足夠，不用買太昂貴的東西。

暑期工作雖然辛苦，但能夠跟好朋友一同工作，而且還有着目標去幹活，內心充滿動力，放下多年來學習的壓力，腦袋放空的去做，心情實在愉快。這是我在中學讀書以來最快樂的時光，也是我認定世勇是我生死之交的日子，他的帥氣在百貨場和漢堡店都大受歡迎，而且他工作勤快，幫輕了我，我心裏慶幸有這個朋友跟我一起奮鬥。

多年來，我都是躲在自修溫習的人，由一名成績差劣的學生變成一個優異生，花了很大的努力和刻苦精神去迎難而上，只有這段日子的暑期工作，我才能完全放鬆去面對自己，一個真實的自己。之後，若果我取得佳績便能升上中六，面對兩年後的大學公開試。不然，又要重讀一次，我這樣努力讀書，就是因為子穎。

如果以一個名字來代表我的青春，那必然是「宋子穎」，如果沒有對她的思念，我不能熬過初中被欺凌的歲月，沒有她，我便沒有目標，要考入大學，即使前路茫茫，我還是抱有希望。我要盡自己全力去守護她，我期待有一天，能夠再一次感動她。

我在下班後遊走於工作的百貨公司、屋邨附近的精品店，尋找一份合適的禮物給她和叔叔，有的很精美、有的則價格十分昂貴，我實在不懂得選擇？終於，我在一個商場的精品店發現了「它」，一個刻有「穎」字的心形木鑰匙圈深深打動了我，一點也不昂貴，只是十塊錢，比起另一份我為叔叔挑選的電子錶更便宜。然而，它代表了我的心裏只有子穎，多年來的情感。

對於搬往坑口的居者有其屋，我實在沒有很強烈的意慾，若可以選擇，我想留在這條老舊的屋邨，繼續跟她一起成長，一起面對困難，無奈我只得接受現實。

終於，到了放榜的日子，再一次回到東華附中的課室，同學們神色凝重，我們面面相覷，內心都擔心不已，畢竟若有任何閃失，就不能升讀中六，必須重考。

班主任進來後，她按照學生編號分發成績單，當我向她伸出雙手，準備接過成績單的剎那間，我看到老師露出一抹微笑。

我懷着惴惴不安的心情走出課室，走到花園一個沒有人的角落，慢慢褪開成績單，我看到兩個「優」、兩個「良」，其餘四科都合格，我興奮得叫了出來，想不到我的會考成績超出預期。雖然英文只得合格，但以這個成績在哪一間中學升讀預科也綽綽有餘。

那時候，手提電話還沒有普及，不能馬上跟兩個朋友互道成績，留待晚上致電他們吧，我知道子穎和世勇也為着放榜的事而奔波。我在大姐和她的男朋友的幫助下，坐上他的私家車前往坑口，報讀那一間我早已心儀的中學。我沒有留在原校讀預科，班主任大失所望，但想到終於能離開這間有黑暗歷史的中學，內心便雀躍不已。

輾轉數年間，我從一個末段生變成一個優異生，這個變化相信是我不了解自己的實力，更重要的是實踐了自己對子穎的承諾，考入大學電影系的決心。

即使子穎在中四那年已斷然拒絕了我，但是我還是不死心，我要在未來有一個更好的成績，將來有一份更好的職業，再一次跟她表白。

我。

少年的我懷抱着對愛情夢幻般的追求，一直沒有想過其實子穎並不喜歡

晚上，我先找世勇談，他故作傷感地說：「全部科目不合格，我明天便去報讀職業先修學校，你真的很厲害。」

「那你要加油了！我要找子穎了，有空再談！」除了加油，我真的不懂如何安慰他。

「志修不要那麼重色輕友，記得我們的約定，找我演戲。」

「好呀，我現在只是讀預科，待我考上電影系再算吧！」我匆匆擱下電話。

「重色輕友，再見！」

隨後，我懷着戰戰兢兢的心情找她。

「喂！」久違了子穎溫柔的聲線。

「子穎，我是志修，你的公開試成績如何？」

「我只考得四個『良』，我轉了去另一間中學讀預科，你呢？」

「我考取兩優兩良，在坑口一間中學報讀中六。」我有點不好意思。

「你好厲害，又向成功邁向一步。」她興奮地說。

「你也不錯，我們不如下週吃飯再談。」被她盛讚，我實在不好意思，更

想當面跟她分享這份喜悅。

「嗯，好呀！我們在家中吃飯再談。」

「子穎，謝謝你多年來的鼓勵。」

「那是你自己的努力，你應得的，吃飯那天再詳談，再見！」

我放下話筒，心裏還是甜蜜的，想不到有一天我的成績會比子穎更好，我跟她再沒有那種成績高低的距離了。

我趁這個星期回校跟教導過我的老師道謝，並以電話跟國史學會的同學和學長話別，班主任祝福我前程錦繡，有美好的將來。

隨後，我參加了新校的迎新營，舉辦活動的地點正是我和子穎小六畢業宿營的西貢戶外康樂營，那天晚上我們談了很久，那時候我還是一個膽怯的小朋友，未敢讓其他人知道我們的關係，想不到再次踏足這裏，只有一個人在欄杆，獨個兒看着河水流動的晚上，內心竟有一絲絲寂寞的感覺。

期待的日子到了，我跟父母說好朋友跟我餞行，到茶餐廳吃飯。我帶着兩份小禮物到她的家，內心充滿緊張，不知道自己會如何面對他們。

當我輕輕拍了她家的鐵閘，叔叔開門，一見面便向我放了兩個紙禮炮，並大聲說：「恭喜你，張狀元。」

我感到十分激動，當然少不免有些尷尬。

「叔叔，你令我不好意思。」

當我看到牆上，叔叔用毛筆字寫上「恭喜張志修奪取佳績」的橫聯，我真想找一個洞鑽進去。

子穎捧着兩碟菜走出來，笑着說：「我早叫他不要這麼老土。」

「志修世侄會考佳績，當然要賀一賀！」

「叔叔，多謝您。」我緊緊握着宋叔叔的手，連我的家人都沒有這樣跟我慶祝，實在太感動。

他們的單位很小，我坐在一張圓凳子上，背後便是叔叔的睡床。桌上放了四個小菜，一個湯，都是我喜愛的菜式，內心忽然現了一絲歉意。

「子穎、叔叔，對不起，其實我做了暑期工，應該請你們去酒家吃飯，但我一直想跟你們像家人一樣在家中吃一頓飯，所以才提出這個無理的要求。」

「志修，不要說傻話，這些年來我一直視你如兒子一樣，我也想跟你坐在家裏一起吃一頓飯，既然由你提出，叔叔真的感到欣慰。」

「叔叔，謝謝您。子穎，謝謝你為我烹調這頓飯。」

「吃飯吧。」子穎簡單的回應。

這是我十七年來吃得最美味的一頓飯，一直以來我只知道子穎的成績好，卻不知道她是烹飪高手，我一面吃着她精心烹調的京都骨、菜心炒牛肉、雞翅膀、青紅蘿蔔豬骨湯，感動得落下淚來。

席間，我們有說有笑，談起很多童年往事，包括在石屋一起玩樂的日子。

「那段日子真的很苦，子穎這麼小便失去母愛，她的兄長又意外離世，很難得才找到這個棲身之所，我虧欠了你太多。」叔叔帶着傷感地說。

「爸爸不要說這些話了，今天我們跟志修餞行。」子穎拍一拍叔叔的肩膀。

「嗯，對啊！對啊！你搬走之後，可不要忘記我們。」

「叔叔，我不會忘記你們，雖然我住的地方距離這裏很遠，我會抽時間回來探望你們。」

我從背包中掏出兩份禮物，把那隻手錶送給叔叔。

「志修，不要破費，留給自用吧！」叔叔大喜。

「叔叔，這是世侄送給你的小小心意，只是數百元而已。」

「多謝你。」叔叔珍而重之，走到櫃前鎖起來。

然後，我遞上那個刻上「穎」字的心形鑰匙圈給子穎。

子穎馬上變得不知所措。

我連忙解釋道：「這個鑰匙圈沒有甚麼意思，我只是覺得它很精緻，掛在背包上挺好看。」

叔叔也笑了，說：「子穎，掛在你的新背包吧。」

「嗯，謝謝你。」子穎放鬆了緊張的表情，向我展露出微笑。

我想：子穎，我知道你是清楚我的心意，只是你還未能接受我。

吃了一個多小時的餞別飯後，我懷着不捨之情離開，叔叔臨別前擁抱了我，並在我耳畔說：「志修，你耐心等待吧，等你們都上了大學，我會替你說話的。」

「謝謝叔叔！」我放開他時，跟他說。

子穎伸出手來，跟我說：「張志修，再見。」

我回握了她一下，說：「宋子穎，再見。」

「張志修，我們是一輩子的好朋友。」

「宋子穎，我們是一輩子的好朋友。」

「再見！」

「再見！」

我們互相揮手。

木門關上，鐵閘拉上的一刻，我內心湧現無限的愁思。

當我離開她的家時，懷着一絲絲失望，本以為她接受了我的小禮物，那個刻有「穎」字的心形鑰匙圈後會像電影情節一樣追出來，我扶着欄杆慢慢下樓，她卻一直沒有出現。

我彷彿在上演一套老舊的黑白電影，一個人走到垃圾房的小屋，那裏曾經孕育了我對她愛情的地方，現在已變成一間放置清潔用具的雜物房，物是人非。

即使我考取了兩優兩良的優異成績，此刻我卻不感到開心，我一廂情願的暗戀，隨着我搬離這個居住了十七年的屋邨一起消散！

我只想高呼一句：「子穎，我愛你！」

4.

九月，我們舉家遷往坑口，那是一個未完全開發的社區，附近還有不少地盤在蓋新樓，而我就在一間完全陌生的中學開始我的預科生活。

由於大部份同學都是從其他學校轉過來，大家都不清楚各自的背景，故此沒有人知道我在初中時被集體欺凌的事，我在這裏有一種重新開始的感覺，再加上這間中學被山巒圍繞，附近都種植了參天巨木，同學在午膳後會到山路步行，充滿悠閒的感覺。

我和新同學相處融洽，平日會相約一起做功課，假日也會到同學家中玩，在中秋節的晚上，我們更相約去尖沙咀玩樂，這是我夢寐以求的校園生活。只是，我還是感到寂寞。我的內心還是留戀着子穎，她一直是我思念的全部，只是地域上的距離，不能再像往日一樣。

預科的課程十分繁重，單單中國歷史已分為斷代史、治亂興衰史、交通史、制度史、哲學史和宗教史等等不同範疇，中國文學又有很多詩詞、古文要背誦，世界歷史又有很多複雜的知識和概念，平日的生活便有很多功課，測驗、考試的答題要求更是長篇大論。

我活得很累，我相信子穎同樣活在艱苦的生活當中，只有熬過這段日子，她進入大學後，便有一個更美好的未來。

那時候，我的確是這樣想的。

每晚，我在自修室溫習之後，望着對面停車場保安室的免費電話，總有一個衝動，想撥電話跟她談話。

我沒有這樣做，因為我不想子穎覺得我煩擾，真正的好朋友是不用經常見面。

我內心定下了一個日子，就在十二月中旬，中六的第一學期考試後，接近聖誕假期，打算約會她在平安夜見面，一起度過這個浪漫節日。

縱使對子穎的思念每日俱增，幸好還有排山倒海的功課和學習計劃，讓我排遣內心的苦悶。除了校園生活、自修室溫習外，我還會跟世勇通電話。每次他總是說「你好厲害」、「升上大學別忘了找我演戲」等等虛浮的說話，當問到他在職業學院讀會計高級文憑的情況，他總是支吾以對，岔開話題。

終於，我在勞累的學習生活中完成了第一學期考試，當日我依然去自修室，晚上到停車場借用保安室的電話打給她。本來，我以為她收到我的電話後必然會感到欣喜，畢竟我們足足有差不多三個月沒有交談，只是最終事與願違。

「子穎，你好嗎？」

「找我甚麼事？」她的語氣很冷淡。

「沒有甚麼，只是問候你，你的成績好嗎？」

「嗯，還可以，若沒有甚麼事，就談到這裏。」

當她準備掛線時，我連忙阻止。

「子穎，我還未說完，其實我想約你平安夜到尖沙咀觀賞燈飾，不知你有沒有空？」

「不好意思，我的同學約了我參加香港大學的聖誕舞會，那天很晚才回家。」

「那麼我約你除夕見面好嗎？」我感到猶如中了致命一擊，但依然沒有放棄，嘗試改為除夕倒數。

「我還不知道當日有沒有空？我在三十日晚上打給你，我有功課要趕，再見！」

她匆匆掛斷電話，我愣在那裏，久久不能釋懷，停車場的保安着我放下話筒。當我步出停車場的保安室時，迎面襲來凜冽寒風，那刻我感到淒涼和孤寂，我懷着萬分期待約會她，卻換來如此無情的對待。這三個月間，我無時無刻都在想念她，同時又擔心打擾她的學業，我的內心受着煎熬，但是她呢？

還記得那天，子穎在門外跟我說：「張志修，我們是一輩子的好朋友。」子穎：那句猶如盟約的對話，今天我卻感受到你對我的厭惡，我反覆地想到底發生甚麼問題，你要這樣對我？

當天晚上，我回到家，姐姐們都不在，爸爸也要當夜間保安，只得媽媽一人。我坐在廳中的書桌開始複習作業，不知不覺間，眼淚不由自主地落下，媽媽看到我在哭泣，關切地問：「修，你為甚麼在哭？」

「我只是……感到讀書的壓力太大了。」我只得編一個謊言。

「不要太擔心，你考上中六已經超出我的預期，考不上大學便出來工作。」

「嗯，我會努力的。」

「剛剛完成考試，先休息一下，不用急於溫習。」

「媽媽，我明白，你也早點休息吧！」

看着媽媽步入睡房的背影，我才發覺自己一直忽略了自己的家人，自己只是任性地愛一個青梅竹馬的女同學，當被對方拒絕時才感受到一種錯失，對父母的遺憾。

平安夜那天，我沒有跟同學外出，跟父母一起去尖沙咀東部觀賞燈飾，期間我們還到快餐店吃廉價的鐵板牛扒餐，當作聖誕大餐。父親老了，工廠北移，他已沒有再做染廠的領班，在科技大學和私人屋苑當保安員，姐姐們都跟男朋友過節，只有還是單身和讀中學的兒子陪伴他們。

我跟他們一起在尖沙咀的街頭遊走時，不禁讓我回想起某段兒時回憶。爸爸媽媽帶着我們四個孩子在中環夜遊，那時我們的世界就只有父母，現在長大了，第一個想到的是自己喜歡的人。

我想子穎也許從聖誕舞會，得到她想要的快樂，而我也跟父母共度了快樂的一夜。

我有一個完整的家庭，內心想念的是一個人孤單過佳節的叔叔，他的世界也只有子穎，但是子穎的世界有更多的人，他一定很寂寞，我想念他，在除夕前亦想致電跟他談天，順道約子穎在除夕見面，他一定很高興。

翌日晚上，致電給叔叔，先找子穎，叔叔淡然地說：「她跟朋友去了玩，近來她很晚才回家。」

「我想約她除夕倒數。」

「我想你還是放棄吧，她應該約了朋友倒數。」叔叔有點惋惜。

「這樣……」我又一次陷入鬱結的情緒。

「對不起，志修。」

「叔叔不要這樣說，難得她在新學校中認識到朋友。」

「志修，我跟她說過關於你，你對她的心意，她說不愛你，她狠心地說不會考慮跟你的一起。」

我發愣，久久不能言語。

「喂……喂……」叔叔追問。

「嗯，叔叔，我沒有事。」我忍着快要溢出的淚水。

「志修，不要怪叔叔坦白，你還是放棄我的女兒吧！她決定了的事，沒有人可以改變。」

我忍不住淚水，對叔叔說：「我沒有事，這些年我把你們當作我的親人，無論她喜不喜歡我，我還是你們的好朋友。」

「不要難過，好好過假期。」

「叔叔，你也一樣，聖誕快樂！」

「一個清道夫又有甚麼快樂聖誕？但我還是謝謝你，再見。」

叔叔掛斷了電話，我忍不住嚎啕大哭，幸好家中沒有其他人。

之後幾天的假期，我陷入低潮，雖然叔叔已經明確表示她不會愛上我，然而我還沒有心息，非要當面見到她不可。

三十日當天晚上，我差不多打了十次電話給她，每次都是叔叔接聽。他的語氣有點不耐煩，說：「志修，她還未回家，不如我叫她回電給你。」

「對不起，叔叔。」

「沒事，我會叫她打電話給你。」

整晚，我都在翻閱學校的講義，直至凌晨一時許，差不多該睡的時候，一連串電話鈴聲，令我精神為之一振。

「喂，張志修在嗎？」

「我是，子穎……」

「你幹麼不斷打電話找我？你這樣會打擾我爸爸休息。」她不待我說話，便以一腔怒火罵我。

我感到無地自容。

「你忘了我想約你明天倒數，我致電來便是問你有沒有空？」

「你真的很煩厭，我說過我會打電話給你，既然我沒有打電話給你，就表示我沒有空，我已經約了朋友倒數，很晚才回家，就這樣吧！再見！」

話筒傳來掛斷的「嘟嘟」聲，她沒有待我回話，便狠狠地掛斷了我的電話。

連番挫折令我進一步意志消沉。

一個人靜靜地坐在書桌前，看着堆積如山的講義，已沒有心思再讀下去。我有點想回去屋邨看看，也許因為實在太眷戀這段青梅竹馬的感情，也許我想親身跟她見面，現在的她跟我認識多年的她彷彿判若兩人。

第二天，我跟母親說約了同學倒數，媽媽得知一直鬱悶的我有同學聚會，也感到欣慰，並着我小心人多擠迫的地方，倒數後馬上歸家。

事實上，我只是約了世勇見面，他是我唯一想見的朋友。

只有他，我才能勇於表達自己。

我跟他已有多個月沒有見面，當他聽到我的電話時，興奮地答應見面。

經過顛簸的車程，我終於回到昔日居住的屋邨，內心不禁激動起來。在小巴上，我已遠遠看到世勇，他在十四座樓下玩遙控貨車。

當我下車時，他撲上前跟我擁抱，真的令人尷尬。

他一隻手拿起遙控車，另一隻手提着半打啤酒。

我們走到以前經常談天的乒乓球桌上坐下來，我推說自己還是一名中學生，不能喝酒，他嬉皮笑臉地說：「你已過了十八歲，難道還要喝果汁嗎？」

我說不過他，啤酒雖然苦澀，我還是跟他一罐一罐地喝，正好配合我的心情。

幾罐啤酒下肚，我一鼓作氣，把多日來子穎對我的態度跟世勇一五一十說出來，我實在不明白她何以會變成另一個人？

世勇帶着調侃的口吻說：「坦白說，若沒有你，我跟宋子穎這個人不會認識，這幾個月也沒有碰見她。當年向她示愛，只是一時衝動，看到美女便喜歡，回想起來真對不起你。其實，你也清楚她對你沒有那種感覺，中四那年，你已嘗過被拒絕，你怎麼不心息，為甚麼還要苦苦癡纏？」

我不想說出自己對她還存有希望。

「我只是想跟好朋友在佳節相見，並沒有特別意思。」

他喝一口酒，然後仰天大笑：「張志修，你別裝傻，你對她又豈止好朋友，你根本沒有放棄，你還是想跟她有機會發展。」

他真的很了解我。

「你對她施加了很大的壓力，這些年，你知不知道她究竟如何想？她或許一早想撇清跟你的關係。」

我低頭思忖，但仍想垂死掙扎。

「她在餞別飯那天，跟我説她是我永遠的朋友。」

世勇輕輕拍我的肩膀，帶着同情的目光説：「好兄弟，一個人是會改變的，畢竟放榜之後，你離開這個屋邨已經三個月了。三個月是一段很長的時間，可以發生很多事。我仍然是你的好兄弟、好朋友，至於她，『女人心，海底針』，捫心自問你了解她多少？」

他戳中我的要害，我感到無限愁緒，但還是忍受着內心的痛，骨落骨落地灌下冰冷的啤酒，勉強對世勇展露難堪的笑容。

世勇看到我鬱悶的神情，故意岔開話題説：「跟你分享，我在職業學院認識一個女同學，她的臉形像一個啤梨，同學都叫她『啤梨頭』，她笑得十分甜美，我想或許有機會追求她，你呢？班裏有沒有合眼緣的女生？」

我只是搖搖頭，又灌一口啤酒。

我們就這樣一面喝酒、一面談近況，過了數小時，接着倒數，四處響起非法燃放爆竹的聲音，我們互道「新年快樂」。

過了頃刻，我謊稱要趕車回將軍澳，臨別時他對我説：「要好好過新一年，新年快樂！」

我笑着揮手，道：「你也一樣，新年快樂！再見！」

我又回復一個人，在新一年的凌晨，屋邨依然熱鬧，完全沒有夜深人靜的感覺。

我回到小學的操場，那裏比較幽靜、漆黑一片，看不見任何人影，腦內卻閃現我和她還是小學生的影像，不禁令人感慨。

之後，我又一次回到十座，在遊樂場四處走走，亦在她昔日的小屋前回憶一下，內心十分想見她。我坐在幽暗的角落，那是她必經之路，靜靜地等待她回來。

時間一分一秒過去，輾轉間已過了兩小時，差不多凌晨三時了，要趕通宵小巴回去，我不能再等下去，心想也許她已回家或一直在家中睡，正當我準備離開的時候，我看到遠處有一對年輕男女手挽手從斜坡走下來，那個女生正是子穎，我的心噗通噗通亂跳。

我偷偷走近，不讓他們察覺，遠遠看到他們在升降機大堂，二人依偎着對方，男生輕撫她的臉龐，然後深深地吻下去。

我實在不敢相信自己朝思暮想的人，就這樣跟一個陌生的男生在公眾地方擁吻。那一刻，我領略到失戀的痛，雖然那只是一廂情願的單戀，但真的哀痛欲絕，我的心揪住，這個夢要醒了。

踏入一月一日，我永遠失去了子穎。

＊＊＊

在要完全放棄子穎的日子，我意志消沉了很久，我放學後走進電子遊戲機中心沉溺於打「快打旋風」和『「1941」等電子遊戲，彷彿中了毒癮一樣，成績下滑了許多。

有一天，當我醒來的時候，穿上整齊的校服，深綠色的校褸，我才驚覺自己不再是一個少年的模樣，感覺像一個二十多歲的青年。

我不能再浪費時間放任自己，雖然只是過了一個多月，但我的佳績不復再，我要考入大學讀電影系，不能辜負「那個子穎」對我的鼓勵。

「那個子穎」是從小學到中學畢業前認識的她，而不是現在的她。

這段日子，我只有跟中六的同學一起學習和分享生活，才能排遣內心的苦悶。

有次，我與兩三個同學逛旺角的二樓書店，我找到一本小小的圖書，書名叫《電影的美學》，內文沒有一張插圖，只有密密麻麻的文字，我卻被內容深深吸引，也許這就是書緣。

閱讀這本書後，我更確定自己要成為一個電影系學生。

這段日子，是我苦澀之外的一點甘甜，我曾試過在放學之後，跟同學到尖沙咀看充滿趣味的西片《修女也瘋狂》，亦會在自修之後，獨個兒往觀塘的老戲院看港產片。

走進電影院，我投入主角的世界，能讓我忘掉了現實的孤寂，只有在影像的世界，我才感到安全感。

只是，我還是想念她，每天晚上我離開自修室，看到對面停車場保安室的電話，我便會回想起那次被她冷言相向的時刻，那已是很久很久以前的事。

也許因為我的努力，我的成績再一次攀升，回到頭三名的位置。在大學聯招報名的時候，我諮詢班主任陳老師的意見，我跟他表達了自己想讀電影系的決心，他建議我在申請表格中的「自我介紹」闡述自己想讀電影，不用再提其他選項，我真的如他所說，並沒有填寫對其他學科的意願，其實這是一種十分危險的做法，若然電影系不接納我，便沒有其他學科會收我，但那時我沒有認真想過這個問題。

不久，浸大傳理系竟致電我往首輪面試。

雖然，我在面試時說的英語蹩腳，但我感覺那位外籍教授對我的印象不錯。離開的時候，我感覺自己應該有機會進入這間大學。

事後，我跟世勇談及這件事，他亦替我感到高興，一切都很順利，我對自己往後的人生充滿希望。

時間就這樣在不斷的溫習、考試、測驗與閱讀《電影的美學》中慢慢過去，高中預科是一個令人感到喘不過氣的時間，遊走於不同的自修室，忍受着枯燥乏味的課程，內心卻期盼着公開試之後的愉悅日子，腦海內已沒有再為子穎而煩惱。

從濕冷的春天走到炎熱的六月，我已有半年沒有再找子穎，她也沒有找我，我們已不是永遠的朋友。

我也完成了中六的期末試，回校準備中七的補課。

就在一切回復平靜後，有天晚上我從自修室回到家中，媽媽告訴我有一把中年男人的聲音致電給我，我一時想不到是誰，當接過媽媽遞上那張寫上電話號碼的便條給我後，我知道是宋叔叔。

「誰呀？為甚麼找了你這麼多次？」

「他是世勇的父親，劉伯伯，他想約我去他家吃飯。」我撒了一個謊言，因為媽媽從來不認識子穎和叔叔。

「那你回去，要買一份禮物送給他們。」

我拿起家用無線電話走進房間，撥打子穎家中的電話。

「喂。」電話筒傳來叔叔虛弱的聲音。

「叔叔嗎？甚麼事？」

「志修……志修，找到你真好。」叔叔激動地說。

「叔叔，到底發生甚麼事？」

「志修……對不起，真的對不起，我不應該打擾你的，實在太對不起你了。」叔叔連番道歉，令我不知所措。

「叔叔，沒關係的，到底發生甚麼事？」

叔叔沒有答話，只是不住地啜泣，忽然，我感到有點心寒，難道子穎遇到甚麼不測？

「叔叔，先不要哭，告訴我甚麼事？是關於子穎的嗎？」

「子穎……她退學了，她被人弄大了肚子，你可不可以回來一趟？有些事我想你當面規勸她。」

我跟叔叔約定週末在茶餐廳見面，先了解整件事的來龍去脈。

當我放下電話筒一刻，心情實在難以平伏，子穎竟突然懷孕和退學，我的心彷彿被無形的揪住，再被人狠狠地摑一巴，那種痛徹心脾的感覺，令我明白到內心一直有她的存在，心中也泛起了很多疑問，為甚麼事情會演變成這樣？

夜裏，我輾轉難眠，內心感到極度悲痛，我實在不明白子穎在想甚麼，多年來，她為了升讀大學而努力，為甚麼她會做出這件令自己後悔的事呢？

這半年，我為自己的學業、為自己的夢想而奮鬥，亦同時為了忘卻子穎。當我以為自己已經成功的時候，卻讓我收到這個消息，彷彿一塊大石被丟進海中，激起巨大的漣漪。

星期六早上，當我走進茶餐廳時，叔叔看到我後，面上馬上露出激動的表情。

我們叫了兩杯咖啡後，叔叔的淚水不知不覺奪眶而出，我馬上遞上衛生紙，實在不忍心看到一直尊敬的叔叔，流露悲傷和軟弱的神情。

他抹了兩眼，便說：「志修，對不起，之前我還這樣待你，不斷勸你放棄子穎。」

「叔叔，畢竟子穎不喜歡我，我再死纏難打也沒有意思，我知道她有男朋友，我曾經見過他。」

「你曾經見過那個壞男人？你告訴我他到底是誰？子穎一直不肯說。」

叔叔怒吼，引起茶餐廳的小騷動，其他食客也望向我們。

我連忙遏止叔叔的怒火，說：「叔叔，請不要這麼大聲，我不認識那個人，我只是在除夕倒數那天回來，本想在十座樓下等待她，跟她說一句『新年快樂』便走，卻遇見他們。元旦凌晨的街道很暗，我看不清楚他的樣子。」

「原來，你還是那麼愛我的女兒，若然她也愛你便好了。」叔叔在自言自語，對於這件事，我也感到十分無奈。

「叔叔，為甚麼子穎會懷孕？」我輕聲地問。

「這只能怪我一直沒有關心她的事。」

「放榜之後，子穎表示在原有中學生活得不快樂，她跟我說要轉到另一間中學升讀中六，對於她讀書和交友，我一直很放心，也許因為認識的朋友好像你，都是好孩子。她曾跟我說在上一間中學，她有兩個女同學跟她很好感情，不知道後來不再提起她們，更選擇轉校。只是，我想不到她結識了一些壞朋友，她結識的人經常帶她去玩。起初她還會撒謊，說跟朋友去溫習，後來她更變本加厲，罵我『垃圾佬』不關我事。我實在太傷心，自己唯一的女兒竟當面侮辱我。」

叔叔稍稍停頓，我馬上追問：「怎麼你從來不跟我說這些事？你還說她跟朋友溫習！」

「對不起，她不許我跟你說實話，她說很討厭你，你經常纏繞着她，很嘮叨，好像金魚的糞便一樣，我女兒這樣對你這個青梅竹馬的好朋友，真的很絕情。」

聽到叔叔複述子穎的話，心彷彿被緊緊捏住，但我還是掩飾自己的情感，安慰他。

「我明白的，叔叔不用介懷，我已沒有事了，之後呢？」

「她在平安夜那晚，跟那夥朋友參加港大舞會，我覺得她就是在那時認識那個壞男生。之後，她更多的時間沒有回家睡，有時更曠課，老師打電話來問我，我也不知道如何回覆。」

原來，這半年間，我在努力讀書和認識電影的同時，她在虛耗光陰，可惜我一直不在她的身邊。

「就在六月初，她跟我說她懷孕了，她一直不肯說誰是經手人，我怎樣問她，她也不理會我。她被那個壞男人弄大肚子，而那個男人叫她去深圳做人工流產。所以，我跟學校退學，她畢竟已經二十歲，我也不能報警，始終是你情我願的事。我勸她趁時間尚早，不如真的去做人工流產，她這麼年輕做單親母親，以後的日子更難熬。只是她每天都木無表情，坐在床上發呆，志修，我請你回來，就是希望你替我勸勸她，因為我實在沒有辦法，你可以幫幫叔叔嗎？」

我實在沒法推卻他的請求，只是我認為自己根本做不到任何事。

我跟叔叔一起回家，扶着欄杆一步一步向上走，舉步維艱，彷彿要赴公開試的考場。

叔叔拉開鐵閘，推開木門，對着子穎的床說：「子穎，我回來了，你看我帶了誰來？」

子穎掀開被鋪，望了我一眼，馬上蓋上被子，大呼：「你帶他來做甚麼？張志修，你趕快離開，我不想見你。」

聽到她的叫喊，我已有點懼怕，但在這個重要關頭，我不能退縮，硬着頭皮上前，坐在她的床沿。

「子穎，你怎麼了？」我溫柔地問她。

「我的事與你無關，請你馬上消失。」她暴躁地在被子內大吼。

「叔叔已經告訴我關於你的事，你有甚麼打算？」

她憤怒地推開被子，對我說：「我跟你說多一遍，我的事與你無關！」

「我是你的好朋友，怎麼會不關我事？」

「你別自作多情，我已經說過很多次，我不喜歡你。」

「我知道你不喜歡我，我只是想問你會如何解決，你肚裏的生命，你要生下來嗎？那個人已經跟你分手了，你最終或許會變成單親媽媽，叔叔很擔心你，你的人生、前途全盡毀了，叔叔想你考慮清楚，要不要做人工流產？」

我忍着內心的傷感，她目露兇光，對我大吼：「那是生命來的，那是我的寶貝，你兩個臭男人怎會明白？我告訴你他只是一時害怕，未能接受，到我生了寶貝出來後，他看到嬰孩那可愛的模樣，他一定會改變心意，一定會疼惜自己的親生骨肉。」

她望着前面，沒有焦點，說着她憧憬的結局。

我不知何來的勇氣，抓緊她的雙手，沒有思慮過後果，便說：「子穎，你考慮清楚，若你做了人工流產，你的人生便可以重來，重讀一年中六，再考大學；若果你堅持要誕下這個嬰孩，我願意做嬰兒的父親，一起養育他成人。」

她馬上踢我下床，瘋狂地笑：「張志修，你這樣叫可憐我嗎？你有沒有自知之明，你知不知道從小到大，我都覺得你長得很醜陋，臉形又有缺陷，又長得矮小，你以為你一家搬上居者有其屋便是中產階級？我男朋友是真正的有錢人，一家住港島豪宅，你以為自己是誰？要我一輩子對着你這個醜陋的男人，不如叫我去死！你快點走，回你的將軍澳，不要再煩着我！」

看到她這個模樣，加上她無情的奚落，令我無地自容，我實在幫不了叔叔。

叔叔看到倒在地上，雙眼泛紅的我，馬上扶着我，大聲責罵子穎：「你怎能這樣對待自己的好朋友？他是來幫助你的。」

「『垃圾佬』你以後不要再找這個醜八怪來煩我，我的事不用你管！」

然後，她再一次蓋上被子，這是我第一次聽到她羞辱叔叔。

我對叔叔說：「對不起，我幫不了你。」

叔叔向我苦笑，說：「志修，我明白的，要你老遠跑來被她羞辱，我實在過意不去。」

叔叔拉開鐵閘，送我到走廊。

「叔叔，若果她堅持生下來，你便讓她自己決定，畢竟那真是一條生命。」

「嗯，謝謝你，你剛才對她說的話，令我十分感動，她不接受你，是她沒有福份，你要好好讀書，再見。」

「叔叔，再見。」

我看着叔叔悲傷的背影，感到十分遺憾，我沒有想過這次一別，我再沒有機會看到她。

＊＊＊

若果我說自己沒有受傷害，那絕對是騙人的謊話，但每次想到倚着床坐，一臉惘然的她，內心便不好受，覺得子穎實在太慘，但我能做甚麼呢？我的腦海不斷縈繞着她對我無情的話，我的確是醜陋、矮小和不自量力的喜歡着她。

在她的心目中，我已不是那一個值得信賴、一起成長的好朋友；而她只是一心一意愛着她的前度男朋友，即使那人早已離棄了她，強迫她做人工流產。

對於她，我沒有必要再受傷害，既然她跟我撇清關係，再糾纏下去的話，我也是自討沒趣。

我受到羞辱後，內心很痛，即使我還是掛念着她，但現實中我沒法原諒她當日對我的傷害，而且我們相隔那麼遠，我又有公開試要兼顧，我根本無辦法再摻入這件事。

對於電影系，我充滿期盼，想發展自己的興趣和夢想，所以對公開試更不容有失。

經歷過那天之後，我明白到自己和她的關係已回不了頭，那段青澀的幸福時光，只能埋藏在我的腦海深處。

那段日子，我偶爾收到叔叔的電話，他跟我說關於子穎的事，她種種害喜的現象，他一個中年大叔根本不懂如何照顧，只得找來清潔女工幫忙，教導他烹調補身食物和協力照顧她。

子穎也願意接受這些姨姨幫助，只是當叔叔問起經手人是誰，她總是十問九不答，更不可提及我的名字。

我只得跟叔叔說日後有甚麼需要幫忙的事可以找我，我這只是虛應而已，子穎又怎會再找我呢？

子穎的事在十座掀起了小風波，很多鄰居紛紛交頭接耳，說三道四，叔叔每次聽到這些話時，他亦會跟人說：「我女兒跟一個男人懷了孩子，那男人不幸交通意外身亡。」

叔叔曾經說過不能詛咒他人，但他實在太痛恨那個男人，也許只有說出這番話，他才能解恨。

漸漸，鄰居們亦信以為真，不再蜚短流長。

世勇曾在街上碰見腹大便便的子穎，彷彿發現甚麼趣事，致電問我：「志修，我見到你的子穎大着肚子，到底發生甚麼事？」

「我也不清楚，你找宋叔叔問問吧，另外，她不是屬於我的。」

我無意把子穎的事當作八卦新聞，跟他分享，他大可以找叔叔談談。

「好兄弟，你不要太傷心了！」

「好兄弟，我要溫習，明天還有測驗。」

對於她我充滿無力感，加上子穎的態度，她根本不會跟我打開心扉，我只有將所有心思都放在溫習之上，一切就待公開試之後再算。

轉瞬間，中七的課程開始，很多課程已在暑假期間完成，這一年再沒有中六開學初期的輕鬆，我們每週都有小測，在公開試前還有兩次考試，我實在太忙亂，根本沒空再想她的事。

夜闌人靜，我有時會想在我努力複習的時候，她也在努力孕育她的小生命，當初我和叔叔不負責任勸她做人工流產，我們根本沒有資格叫她做那件事。

她選擇了生育這個小生命，便自然要承擔後果，這是她的人生，她的心裏一定明白。

宋子穎一定有自己的想法。

沉溺於悲傷不是我們應有的生活態度，只有樂觀面對才是唯一生存之道，這樣顯淺的道理，她一定明白，不用我跟她說。

這段日子，我沒有找她，只有跟叔叔通通電話。

在電話中，我多次安慰叔叔，說：「叔叔，不用擔心，好好讓子穎安胎吧！以後，有甚麼事我一定會幫忙你。」

我沒有想到日後我不會履行對叔叔的承諾。

我努力讀書，朝着考進浸會大學電影系的目標進發，白天上課，放學後坐巴士到彩虹邨的自修室溫習，直至晚上十時許，日日如是。

因為我的努力，我成為了班中最優異的學生，父母和姐姐們都稱讚我，只是我依然感到寂寞，生命彷彿缺少了最後一塊拼圖，那塊拼圖便是子穎。

我就在這種患得患失的情況下，完成了中七模擬試後，不久便正式進行公開試。

三月中旬，就在我準備公開試如火如荼之際，叔叔致電我，告訴我子穎已誕下一名女嬰，他説就像再一次看到子穎出生一樣，慶幸當日子穎沒有真的做人工流產，不然便會懊悔一生。

我跟叔叔説待我完成高考之後，我便會去探望他們。

我想去百貨公司買一些嬰兒用品和服飾給她，想不到子穎的人生會從此改變，實在跟我以前想像的不同。

我亦不能再花時間去想這件事，畢竟一個月後便要正式進行公開試，為了這個大學入學試，我足足花了三年時間，壓力太大，我不能重讀，只有獲取佳績入讀浸大傳理系，才不會辜負「昔日的子穎」和家人的期望。

這個月，子穎也要好好坐月子，養好身體，我相信她亦會在照顧自己女兒的這段日子，好好反省。叔叔沒有豐厚的家財，只能靠清潔工作，買一些補品烹調給她吃，我相信有一天，也許就在她成為母親後，她會蜕變。

我沒有奢望她會成為我的另一半，只想做一個陪伴她的朋友，即使不能再在她的生命中出現，也可以默默在背後支持她。

也許這想法太美好，甚至太簡單。

在最後的備戰階段，我在晚上的時候總是睡不着，偶爾我會開啟錄音機，選一些以前喜歡的卡式錄音帶，一面聽歌、一面溫習，腦海內總會泛起了我跟她這麼多年來的回憶，就像自己在遊樂場看着雨點想念她的日子、她敢於反抗張家麗，予我印象深刻的一幕、我幫助叔叔一起推着垃圾車，所有發生在童年時的事，反覆思念着他們。

偶然，我在自修室溫習倦了時，望一下其他學校溫習中的女生，有時她們會談談天、偷吃零食，臉上總掛着陽光般笑容，彷佛在她們身上看到子穎的影子，若果當日她沒有認識到那些不良的朋友，沒有跟那男人發生關係，繼續朝着向上讀書的想法，也許她跟這些女生一樣，帶着愉悦的心情面對公開試。

我不能再想，畢竟再這樣下去會影響自己的考試表現。

日子就在這種忐忑不安的心情下，不知不覺間消逝，轉眼已到了四月中旬了，過數天便是第一科中文的考試，我緊張得胃酸逆流，實在不容有失。

晚上溫習回家的時候，腦袋內已充塞着課文內容，背誦的詩詞歌賦，早已不想再溫習，想快快睡一覺，讓自己的腦袋放空。

當我回家後，媽媽又一次緊張起來，説：「今天劉世勇的父親又找你，你快要考公開試了，別又回去屋邨那裏玩，知道沒有？」

我得悉宋叔叔又致電給我，頭皮一陣發麻，有不祥的預兆，便跟媽媽説：「我跟劉世伯談一談，看看世勇發生甚麼事。」

我拿起室內無線電話，在沙發坐下，打給叔叔。

當叔叔聽到我的聲音時，便緊張地說：「子穎不見了，子穎不見了。」

「叔叔，可否說得清楚一點，告訴我發生甚麼事。」

「我說……子穎失蹤了，她不見了兩天，我以為她只是去了找朋友，過一天便回來，怎料她竟然離開了我們兩天。」

「你有沒有問過她的朋友？」我緊張得手心冒汗。

「除了你，我不認識她其他朋友。」

「你報警了沒有？」

「剛剛才報警，為甚麼會這樣？她為甚麼會留下女兒，一個人出走？」叔叔又一次啜泣。

「叔叔，你不要哭，也許她只是四處走走！」

「志修，你可不可以幫我一起找她？」

我感到十分為難，兩天後便考中文科了，而且我也不知道怎樣找一個失蹤的人，但我還是決定第二天跑回屋邨一趟。

「叔叔，我明天早上回來看看。」

「謝謝。」

第二日早上，我一早背着中文書和講義出門，跟媽媽撒謊回校請教老師，然後坐上小巴趕回屋邨。

當我抵達叔叔家門外，已聽到嬰孩的哭泣聲，這是我跟子穎女兒的首次見面，心裏百感交集。

叔叔看到我後，緊張地說：「她失蹤了，我的女兒不見了，我找不到她。」

「叔叔，先不要着急，我們四處找找，那麼嬰孩怎麼辦？」

「我們帶着她一塊走吧！」叔叔抱起女嬰，關門離開。

於是，我們一老一少抱着女嬰在屋邨附近，以至子穎讀過的第三間中學附近的地方，四處尋找她的蹤影。坦白說，又怎麼會這麼容易找到她呢？我們既不認識子穎新相識的那些朋友，也不知道弄大她肚子那個男生的真正身份，香港雖說是彈丸之地，但要尋找一個人又談何容易？

我嘗試幫輕叔叔抱子穎的女兒，只是她在我懷中不停扭動身體，要掙脫我的懷抱並哇哇大叫，叔叔看到後，馬上接手抱起她，她只有在外祖父的懷裏，才會回復安靜。

折騰了一天，我們都身心疲累，沒有找到她的蹤影，我只得向叔叔告辭，臨行前跟他說：「叔叔，請放心，警方會找到她的。」

「謝謝你，志修，你先回家吧！」

我在子穎的書桌上隨手拿起一張紙，在紙上寫上公開試的日期和時間，然後交給叔叔。

「叔叔，紙上的日子是我公開試的日期和時間，那些日子我沒法回來幫忙。另外，你不用打電話找我，因我的媽媽擔心我在考試期間玩樂，我每天都會抽空致電給你，問問子穎的事。」

「謝謝你，志修，我不知道如何報答你？」

我笑一下，撫摸嬰兒床的女嬰，頭上那些稀薄的頭髮十分柔軟。

「叔叔，她叫甚麼名字？」

「穎童，子穎説這是她所生的孩子，所以叫宋穎童。」

「很動聽的名字，穎童，你要乖乖，等媽媽回來。」

我忍不住再撫摸她兩頰的胖肉，她回報一笑，真可愛。

「叔叔，那我先回家了。」

「好的，再見。」

當我準備離開的時候，我忽然想起一件事。

「叔叔，可否給我子穎的照片，讓我拿去照相館翻印。」

「哦，有的也是小學和她媽媽、哥哥一起時拍的，我嘗試找找。」

叔叔打開子穎的抽屜，翻弄她的東西，我感到不好意思，便説：「叔叔，若果沒有照片便算了，不要找了。」

「一定有的，你等我一會。」

他從一本筆記簿中找到幾張照片，其中有兩張是跟前一所中學的兩個女同學的合照，他遞給我一張她單獨的照片，從記憶中的印象搜尋，那是她讀中三、中四時的照片。

「可惜，就只有這張比較接近她現在的樣子。」叔叔把照片交給我，臉上流露出不捨。

「謝謝，我會好好保存，翻印後交回給你。」

我向叔叔告別後，再一次踏上孤單的路，在回家的路程中我不斷翻看子穎的照片，發生在我和她之間的事，彷彿消失得沒有蹤影。我的內心極度忐忑，害怕她會做傻事。

我懷着不安的心情完成中文科考試，自己也忖度了成績應該不會太高，我盡量不去想她的事，可是混亂的思緒總不受控制，那份閱讀理解和作文的分數應該都不會高。

完成考試後，我第一時間走到公用電話亭致電給叔叔，叔叔帶着興奮的口吻跟我說：「有她的消息了。」

「吓，真的嗎？」我也莫名的亢奮。

「警方通知我入境處有她的出境紀錄，就在她第一天失蹤那天，她坐了午機去印度新德里。」

「她去印度幹甚麼？」我大惑不解。

「我也不知道，但我會去印度找她，你能不能陪同我一起去？」

「叔叔，我在考公開試，不能離開，加上我沒有申領護照，根本無法去印度。叔叔，你貿貿然去印度，印度那麼大，你人生路不熟，這樣渺茫，怎麼找她？」

「我不理會那麼多，無論如何我一定要找到她，既然你沒法同行，這點我也明白，就讓我一個人去找她。」

叔叔帶着憤怒的語氣對我說，我明白他很想我能跟他一起去印度，只是現實上無法成事，若然我放棄了高考，我的父母、姐姐一定很失望，始終這是我期待了多年，一張可以入讀大學的入場券。

「叔叔，那穎童又如何？」

「我已經跟社工商量好了，她讓穎童入住暫託中心，待我回來為止。」

「叔叔，對不起，我沒法同行。」我不自覺向前鞠躬道歉。

「志修，沒有問題，剛才叔叔的語氣太重了，你也有自己的生活，你等我帶她回來，再見。」

「再見。」

我十分愧疚，着實也擔心他，即使去了印度，也未必能夠找到子穎。印度這個國家那麼陌生、那麼大，年紀大的叔叔去到那裏，實在令人不放心。

那夜，我致電給世勇，我想他或許能代我陪同叔叔去印度尋找子穎。當我把整件事的來龍去脈跟世勇説明後，他第一時間拒絕。

「我不能陪同宋叔叔去印度。」

「世勇，我從來沒有請求你，但是叔叔一個人去印度，我實在不放心，印度這麼大，又語言不通，我又在考公開試，你可以跟職業學院請數天假陪他去，好嗎？」

我內心想反正他都不認真學習，請假沒有太大影響。

「志修，我也有自己的學業，不能説走便走，而且數天未必能找到她，你也説印度那麼大，我不能保證可以找到她。」

「當我請求你一次，我一直跟你那麼要好，你就幫忙我一次吧。」

「你對我好就要我付出超越同等的好，你對我的好就不是真心的好！張志修，你真的很自私，自己去考大學，就迫朋友陪宋叔叔去印度找女兒，説到底我跟他一點也不熟絡，宋子穎這麼多年也表明不喜歡你，還跟其他男人生女兒，你就別管她，説實我也有自己的學業，也跟『啤梨頭』在談戀愛，你就隨叔叔一個人去印度找吧，反正都找不到……」

我沒有待他說完便掛斷電話，他的話其實也有道理，只是從他口中說出來實在太無情了，我也很自私，為了自己的高考，沒有勇氣放棄一切，陪叔叔去尋找子穎。

年少的我只是一個沒有經濟能力，依附着家庭生活的人。對於這件事，我只有無力感。

＊＊＊

最終，我完成了高考，因為子穎失蹤事件的影響，我的表現沒有會考時的理想。但由於會考的成績優秀，加上聯招表格的闡述和面試的表現，我真的考入了浸會大學傳理系讀電影。

叔叔在駐印度的中國領事館協助下，嘗試尋找子穎的下落，只是這個國家幅員實在太遼闊、人口實在太多，加上語言不通，叔叔在萬無頭緒下，就像大海撈針一樣，他花費了半生的積蓄，在印度逗留了半年。

及後，他不慎在山區發生意外，跌斷了左腳，成了一個瘸腿的人，面對身上的錢花光和成了殘障的現實，他不得不放棄這次尋找女兒之旅。

他在中國領事館協助下回港，由於他成了一個瘸腿的關係，無法再做清道夫的工作，要申請傷殘津貼和綜援過生活。

他回來之後，我曾往十座探望他。

沒有子穎和穎童的家變得異常冷清，叔叔亦變得寡言，我把子穎的那張照片還給他，他看到照片上青澀可愛的女兒，淚水奪眶而出。

我內心充滿愧疚，對他說了一句「對不起」。

「志修，整件事都與你無關，你不用內疚，即使你同行，我們也找不到她，這是她的命運。」

「叔叔，那麼你如何處理穎童的事？」

「社工陳姑娘已經替我向社會福利署辦妥手續，我現在已經是一個廢人，無力再把她養育成人，她暫時會住進關懷兒童家園，由一些社工和義工照顧，到年歲大一點便會再轉到一些宿舍居住，直至十五歲之後，若到時我還未死，她又願意跟我一起生活，我就會接她回來。對這個外孫女，我實在是有心無力。」

他的話充滿悲涼和絕望，他的一生彷彿一套悲劇，妻子、兒子、女兒相繼以不同形式離他而去，只剩下殘缺的身軀和一個尚在襁褓的外孫女。

之後，那條屋邨進行重建，我曾協助他把所有傢具雜物搬去新居，而我也因為不懂如何面對他而沒有再去探望他，偶爾只會談談電話。

成功入讀電影系之後，我的人生變得不一樣，認識到一班志同道合的同學，我們一起談電影、一起看電影和一起拍電影，我沒有忘記對劉世勇的諾言，我的所有影像功課也是找他演出，只是我們之間的友情已不復中學時代的美好，也許因為他那次的無情，我也不禁回想自己同樣自私和無情，嘗試在大學裏重生。大學時，我亦曾跟鄰班的女同學嘗試發展感情，但往往無疾而終，正如康曼花同學所講，我這種男人根本無法明白愛情的真諦。

大學畢業後，我加入了香港最大的電視台做了兩年助理編導，那時候碰巧世勇也加入了藝員訓練班，我拍了兩套沒有人有印象的古裝片、兩套編得亂七八糟的時裝劇，我發現現實跟理想是相距那麼遠。之後，我嘗試加入文字媒體工作，像在《快報》做助理編輯，最後加入了這家靠翻印舊武打漫畫生存的漫畫公司，一做便是九年。

若非重遇劉世勇，我也許會把這段封塵的記憶長埋心裏。

這麼多年，子穎，我經常夢見你，其實你現在是生還是死？

若然當日我肯放棄高考，陪同叔叔去印度，也許我不會感到長年累月的內疚，但是以一個三十多歲男人的心態去論斷一個十八九歲的自己，是多麼不公平。

三個姐姐在這十多年間相繼結婚，搬出了將軍澳的居者有其屋，就只有我還陪同着父母，佔有一間房間，堆滿着看不完的書籍和電影光碟，成為一個孤獨的三十多歲男人，慢慢步入中年。

梅雨的春天使我十分鬱悶，我拖着疲累的身軀回到這個孤獨的家。

當我回到這個家時，年邁的母親緊張地遞上一張紙條，跟我說：「有一個女生找你，聲線很年輕的，你在交女朋友嗎？」

我感到愕然，認識我的女同學早已有我的手機號碼，到底是誰找我呢？

我接過紙條，看到上面的名字，頓時感到疑惑。

第三部

宋穎童

無以名狀的孤獨……

1.

程老師，我感到有點冷，可否調高冷氣機的溫度？謝謝。老師，我清楚你們要我說出整件事的來龍去脈，我亦知道這件事事關重大，在我的中學生涯會有很負面的影響，說實我亦有些後悔，因為我弄污了外公送給我的原子筆。

我想你們一定認定我有暴力傾向，才會這樣傷害區家欣，你一定會想這個外貌娟好的女生，為甚麼會做出以原子筆插傷同學手臂這種可怕的行為？

我可以告訴你，我跟區家欣本身無仇無怨，河水不犯井水，只是我實在看不過眼她和她的跟班對陳巧英的傷害，難道你們真的不知道她一直在欺凌陳巧英嗎？到底是她掩飾得好，還是老師們視而不見？程老師，你是新老師，也許不懂處理校園欺凌問題，我不會怪你，但那些資深老師，難道沒有一個人察覺整件事的端倪？

我很懷疑。

我跟陳巧英不算是朋友，基本上我是一個獨來獨往的人，我不需要朋友，結交朋友實在花太多時間，而且我曾經被人傷害過，那種心傷的感覺，我是永遠不會忘記的。

老師，我相信你不會否認陳巧英長得不好看，甚至可以用醜陋來形容。

我知道你一定會跟我說人的外在美不及內在美，又或許說美與醜的準則不是客觀。這些大道理，我相信每一個人都明白，但是明白歸明白，只是若果大家都追求內在美，電視台便不會每年搞一場選美大會。還有，那些有錢人追求明星、名模，拋棄自己的太太，當日他們在婚禮上信誓旦旦，跟當時的女朋友結成夫婦，最終也敵不過分手收場。所以，我覺得說內在美比外在美更重要，只是騙人的謊言。甚麼？老師，你說我偏激。好！就當我偏激吧！

雖然陳巧英長得不好看，但這並不代表她要受區家欣等一班人的欺負。其實她們已連續兩年欺凌她，也許你們會奇怪既然她受了兩年欺凌，為甚麼不會向老師投訴？老師，你們也做過學生，應該明白他們不能隨便向老師告發任何事，不然她會受到杯葛和唾罵，陳巧英當然也是懼怕這種後果。起初，她們只是取笑，當陳巧英經過時，區家欣一夥人便會露出輕蔑的笑容，連同她的跟班也會跟着冷嘲熱諷，其他同學看到班中的重要人物都在攻擊她，也一起跟風；那時，我以為這只是短暫的語言上的欺負，只要時間一過便不會再有嚴重事情發生。

誰料這只是前菜，她們的行為越發變本加厲，她們曾經畫花巧英的桌子；在收集功課時，會故意把她的習作收起，令她欠交功課。後來，她在廢紙回收箱找回那本習作，可惜內容已被撕破。之後，亦曾發生了不見運動衣、有同學向她淋水，她實在太軟弱，沒有人向她伸出援手，當中包括我在內。雖然這件事跟我沒有任何關係，但是當我看到一個女同學被人這樣欺凌，內心真的充滿憤恚。當我看到區家欣身邊的女同學都在看熱鬧，甚至一起起哄，我便更加憤怒，甚至討厭自己，討厭自己的懦弱。坦白說，我不想與所有人為敵，但是當身邊的人沒有一個肯為她出頭，甚至敬而遠之，我覺得自己有責任去幫助她。

有一日，那天的夕陽很美，我留校完成欠交的課業才離開，剛好碰到同是一個人歸家的巧英，我叫着她，說不如一起去吃東西。她好像有點受寵若驚，連連點頭，我清楚那是因為她從來沒有受同學邀請，我對她展露友善的笑容，表明自己跟那些欺凌者不同，這是中學生活兩年來，首次於放學後跟同學吃東西，接近六時半還未回宿舍。

我們在漢堡包店點了一份雙層芝堡套餐，我跟她說：「我沒有太多零用錢，不如一份套餐，我們兩人分來吃。」

她表現欣喜，也許從來沒有人視她如閨密看待，我將漢堡包和汽水一分為二，這樣我們就有兩份漢堡包，有兩杯汽水了，感覺十分滿足。我們一面吃、一面聊老師和同學之間的八卦，待氣氛熟絡後，我把自己一早在心裏擬好的話說出來。

「陳巧英，你有沒有想過把她們欺負你的事，告訴程曉麗老師？」

她搖搖頭，氣若游絲地說：「穎童，謝謝你的意見，但是我鬥不過她們的，我不想與任何人為敵，我不想再受攻擊，也許不久之後，她們便失去欺負我的興致。」

「她們不會改變的，你越懼怕她們，她們只會變本加厲。」我禁不住內心的憤恨，大聲說出來。

「也許每一個人都有自己的位置，而我的作用就是要讓她們快樂，我媽媽年紀大，我不想她擔心，若果她知道心愛的女兒在校內受人欺凌，她一定很難過，我不想加重她的負擔。」

之後，我決定不再說這個話題。

既然受害者也選擇噤聲，作為局外人的我有甚麼資格代她發聲。

從她的眼中，我看到這個同學的善良，我們未必會成為朋友，但我會盡自己的努力去守護這個人。

別離前，她不停地跟我揮手，我着她快點回家，看着她的背影，我立定心志，不能再讓人傷害她。

每一個人都有自己的父母，每一個人都不能受到其他人欺侮，老師，也許從一個孤兒口中說出這種話，實在難令人信服。

我不算一個很有正義感的人，但是我實在不忍心繼續看到陳巧英受欺凌，若然再發展下去，她或許會走上自殺那一條路。無論如何，我都不能讓這個同學被無止盡的傷害，直至某一天，她走上絕路，從高樓墮下，然後我們才虛偽地表示哀悼、虛偽地表示惋惜。

我被自己的正義感驅使，要做這個人的守護者，要在悲劇發生之前，阻止這件事發生。

「每一個人都有父母，每一個人都有自己的生存權利，沒有人可以公開欺負另一個人。」

我腦海內縈繞着這句話。

我和她友好的關係，沒有被發現，只是她還受着些許語言上的欺凌，以及在她經過身邊時，她們都會嘲弄一下，我看在眼內，當然恨之入骨，但相對於她們早前的行為，這班人已經收斂了。班中的同學並不是全都喜歡區家欣所做的事，只是事不關己，己不勞心；有些則選擇不理會這件事，不敢作出任何幫忙或告發的行為，明哲保身。

我已成了她在班中唯一的依靠，不能置身事外，所以我要暗中守護她。

我內心已擬好了，若然她再欺侮這一個善良的女生，我一定會教訓她的。當然我不是有心用我外公贈送我的生日禮物來傷害她，只是人總會有衝動的時候。

昨天放學後，我心血來潮，在校園內蹓躂。我一直有一種想法，想在這間中學好好生活，不用跟其他人爭論甚麼，好好享受學習，只是我想不到這麼簡單的願望竟事與願違。

我由學校最高的樓層慢慢步下來，最後到地面，我走向荒廢了的花園。

那一個呈三角形的小花園，沒有人修葺過內裏的樹木、遍地枯葉、雀糞，還有一些學生丟棄的飲品包裝，環境齷齪，沒有人願意走進去。我差不多到達花園外面，聽到內裏有哀哭聲。我內心悸動，樹木都把入口遮掩，我一步步走近，看到陳巧英，她哭喪着臉，兩腳癱坐在骯髒的磚地上，區家欣竟然拿起一瓶礦泉水淋向她的頭。

「家欣，可以放過我嗎？」她悲鳴着。

只見區家欣和她的跟班輪番折磨她，説：「你可以每星期給我一百元，我便不再玩弄你。不然，你在這個班裏，想好好生存也難。」

「家欣，我沒有錢，之前給你的二百元也是從我母親的抽屜偷出來的，我也不知道如何填補，我已沒有錢給你，你不要再欺負我。」她的聲音充滿悲哀。

「沒有錢，你只能做我的玩偶，任人魚肉。」

我實在忍無可忍，我衝進去，在完全沒有先兆下，從裙袋拿出外公送我的原子筆，推倒她在地上，然後大聲叫罵：「我跟你説你不要再傷害陳巧英，不要再傷害她……」我發狂似的用左手按着她的頸項，另一隻手則把那枝原子筆插進她的手臂，她被我按在地上，動彈不得，巧英癱坐在地上不住地發抖，所有人都被我歇斯底里的表現嚇倒，背後的兩個跟班也不能分開我們，其中一人出去，說要去找訓導主任。

我想你們這種欺凌者，竟然夠膽去找訓導主任求救，真的很可笑。

當然，老師你們聽到的版本跟現在的不一樣，陳巧英也矢口否認她們的惡行，只是說跟她們在那裏鬧着玩。

我這個帶着所謂正義感而又衝動的旁觀者，竟變成了一個有暴力傾向的欺凌者，這真的是一件最無奈、最荒謬的事。

老師，這便是我跟她們發生的事件的前因後果，有些人總會認為自己的能力比對方強，對方便要屈服，就像區家欣她憑甚麼以為自己的人生比陳巧英更重要？陳巧英除了長得有點醜陋，家境比她差之外，學業成績和性格都比她好，她有甚麼資格要一個家境比她差的同學供錢給她花，還要視她為領袖？

陳巧英說的版本跟我說的不同，你們以為我有躁狂病？請看看當時的巧英，她滿身濕透、表情驚慌，她說她們不過是在玩耍，老師，難道你們看不出那是謊言嗎？她實在太怕事，區家欣的母親要報警？我可以跟她的母親說明一切，我同樣可以把她們一直以來欺凌陳巧英的暴行告訴警察，甚至可以告上教育局，申訴專員公署，所有可以嘗試的渠道。你跟她們說我沒有父母，我就是孤單一個人，不會有任何問題，只是若然她們肯放過我，我願意退學和轉校。

我不是為了自己，只是為了這個最終沒有說實情的陳巧英。

程老師，你是一個好老師，我希望你相信我，我不是一個有暴力傾向的人。對於這件事，我十分愧疚，但是我所做的一切，都是害怕她出事，我想不到她因為怕事而不坦誠自己一直所受的欺凌，我不會怨恨她，只是替她感到難過。我已決定了轉校，我會接受訓導主任的停課安排，並在這段時間再找另一間中學，我不想再介入這件事了，就當這是我和她家人交代的方法吧！

我已經習慣了漂泊，你也知道我是一個孤兒，你先不要哭。你，這個新老師，這麼容易落淚、傷心，就是因為你這副模樣，才會讓學生玩弄你，我只對你坦白，因為我喜歡你，你不是那種虛偽、裝好人、滿口道理的老師；但是，你也要保護自己，你太喜怒形於色，把自己的情感在網上公告，是一件很危險的事，你失戀的事已傳遍全校了。你不要傷心，總會找到另一個更好的，你不算長得美麗，但是有一種親和力，給人親切、溫暖的感覺，你一定可以找到一個愛你的男生。對不起，老師，希望你不要介意。

我告訴你，一直以來我都有一種無以名狀的孤獨感，總覺得自己是一個被遺棄的東西，不是人，不是一個活生生的人，不是一個應該受人愛惜的女兒，甚麼也不是。

從我有意識和記憶以來，我覺得這個世界很奇怪，完全不知道一對男、女叫父親和母親，我在一間叫關懷兒童家園的志願機構長大，每天我們一班小朋友聚在一起，相互間不認識，年幼的我感到莫名其妙，我們總會哭哭啼啼，發出尖叫聲響吸引身邊的大人注意。

之後，就會走來一個姨姨輪番抱起我們，剎那間，我們會感受到一種溫暖的感覺，只是那種感覺不能持久，在我們稍為停止了哭泣後，她便會把我們放回鋪上墊子的地上。在那一片放滿了小人兒的世界，我現在回想起那種感覺只有空空落落、冰冰冷冷，小人兒不懂得那是缺乏父親、母親這種親人的愛，到我年紀再大一點，理解更深一點，才明白這些照顧我們這班小孩子的姨姨，只是為了賺取微薄的收入，供養她們自己的兒女，我們只是寄養在一個志願機構裏，那不算是一個真正的家。

兒女，是我再長大後才明白的詞彙，正如父母一樣，對於孤兒來說，除了聚集的一堆人，便是面目模糊，現在已記不起他們的模樣。

作為稚子，我們熱切期盼着成年人的愛，也許因為這個緣故，志願機構會安排一些善良的大人來探望我們。這些人跟那班偶爾閃現厭惡表情的大姨不同，他們多是衣着光鮮，每每為我們帶來玩具和食物，面上掛着真摯的笑容。

當我們一班孤兒看到他們時，便會湧上前，他們會抱起我們，也會親我們，我們在他們的擁抱中得到前所未有的快樂。有這些人來的日子，多數是週末和星期日，這些人帶給我們的快樂都是短暫的，當他們離去後，我們這群無依無靠的小朋友只能回到那些姨姨的照顧。

在這些外表帶點兇狠的姨姨的照料下，我們都不敢吵鬧，只要看到她們的目光和感受那雙冰冷的手，我們只得噤聲，乖乖吃飯和睡覺。

後來，我才得悉那些待我們如寵物的人，原來是義工，這些人除了會在假期探望我們外，更會捐錢給機構，或許有些人會有優越感，可以為我們這些沒人要的孤兒付出愛心。

嗯，老師，這樣說這些善良的義工，實在有點過份，對不起，我收回這番話。

當然，我不是一個完全沒有親人的孤兒，這個人你也認識，他就是我的外公。

他跟那些義工不同，我從他身上感受到一種親切的感情，他來到的時候，我不由自主地全身活躍起來，我相信這就是親情跟一般感情不同的地方。

自我出生以來，外公一直存在，只是一、兩歲的時候，沒有清晰的記憶。我想大概是三、四歲開始，我開始知道有這個親人的存在。

他每隔兩個星期便來機構探訪我，他是一名殘障人士，用一枝拐杖支撐着身軀，一拐一拐來探我。由於我住的幼兒部是在香港島半山，這個肢體殘障的長輩因為不想花錢坐小巴，從山下一步一步走到這裏，他説起這件事時，我也感到痛心。

只是，我從沒有在他面上看到憂傷或疲累，他看着我的時候，會露出慈祥的笑容，彷彿看到我，一切煩惱也消失了。

當然，我也一樣，他讓我明白到自己不是一個沒有親人的人。

年幼時，他跟我説了很多我不明白的事情，他説我本來不應該存在這個世界的。我的內心總是充滿好奇和疑問，他説了很多事情，我根本不知道他的底蘊，我的外公，他到底在説甚麼？我只是喜歡這個伯伯，他跟那些善良的義工不同，每次到訪帶給我的是一份溫暖。現在回想，其實當時他的年紀一點也不老，只是他所經歷的一切，令他提早衰老。

我是誰？那是思想還處於未清晰的階段，我總有一種奇怪的想法，當我靜下來，看到身邊的事物，感覺一切都很奇妙，我為甚麼會出現在這個地方？為甚麼我會有手有腳？我再望望身邊的同伴，他們用心地玩手上的玩具，他們跟我有甚麼關係呢？我為甚麼會存在在這個地方？我想我是不是唯一一個有這種想法的人呢？

我沒有跟任何人談起這件事，免得他們對我投下奇異的目光，故此這是我的小秘密。

哦！程老師，原來你也有這種想法！那太好了！

處於那個懵懂的年齡，即使外公跟我談及關於我的事，我也不會明白，只記得他對我說得最多的是「對不起」，我心想你來探望我，我已很高興，你沒有對不起我，但我沒有說出口，也許他只是自言自語，也許他不是跟我說，而是對其他人說。

後來，他跟我說出一個秘密，我是有媽媽的，當然她就是他的女兒，更重要的是我本來不應存在於這個世界裏，那就是他不斷向我說對不起的原因。

我的母親跟一個身份不明的人發生了關係，然後有了我，再然後便人間蒸發，沒有再出現。

外公跟我說他本來力勸母親把我打掉，然後便可以重新過美好的生活，而我也不會存在。

聽到外公說出這件事後，我真的十分討厭他，他跟我多番道歉，我試過不理睬他，向他發脾氣，只是當我再看到他踉踉蹌蹌的背影，我再也不忍心討厭他了。

若果連他也不再來，我在這個世界上便再也沒有親人了。

當嘗過親人的愛，那些照顧我的姨姨，以及探訪我的義工，他們已不能與外公相比。我每天都渴望着外公的到訪，即使只有一兩小時，我也十分珍視那段時光，於是我不再討厭他了，要恨一個人很容易，只要永遠不理睬他便可以；但要寬恕外公，便要打從心底裏原諒他當日的想法，接納一個曾經有傷害你的想法的人。那時候我只是一個幼童，恨意沒有植根心裏，長大後更明白外公多一點，知道他那時一心只為媽媽好。

我希望能從外公口中，了解媽媽多一點。

我媽媽到底是一個怎樣的人呢？好奇而思想尚在發展的小朋友，內心渴望了解自己的身世，外公只說了三件事：媽媽的名字叫宋子穎、媽媽誤交了一個男人，誕下我、媽媽在坐月子後便失蹤了，去了一個叫印度的遙遠地方，再也沒有回來了。

其後，我被姨姨帶到外面的遊樂設施玩樂，我的世界就只有這一片小天地，而我那位陌生的媽媽，那個叫宋子穎的女人去了一個叫印度的地方，然後消失了。

印度在哪裏？

天空一片湛藍，漂浮着一堆堆雪白的積雲，我極目遠眺，看到最遙遠的景致，有山，也有海，印度是在這些地方嗎？幼稚的小朋友永遠不懂得那個地方是遠隔千里，是要坐多個小時飛機才能去到。我只是生活在一個柵欄重重包圍、保護着我們的志願機構裏，過着千篇一律的生活。

程老師，我想你作為有父母的女生，透過自己努力讀書、賺取獎學金，入讀大學教育系，在家人愛顧下成長，絕對體會不到我在家舍生活的孤苦無依，那是難以用語言解釋的孤獨。

説出我的故事，並不是需要你的同情，只是想跟你分享我的經歷，因為這是導致我不信任別人，也是攻擊欺凌陳巧英的區家欣的原因，之後我會跟你解釋，你還有時間聽我的故事嗎？謝謝程老師。

在我四、五歲的時候，有一對住在家舍附近，在外國領事館工作的夫婦，他們是家園的義工，他們定期會來探訪我們。在他們的探訪中，最喜歡逗玩的孩子是我，而我亦對他們充滿好感，他們會送很多小禮物、巧克力給我，在那位外籍女士的懷裏，我感受到一種類似母親的愛，而那位領事館職員則是一名禿子，我喜歡撫摸他禿頂上僅餘的毛髮，他會作勢憤怒，然後再做一個鬼臉。

我喜歡他們，也期待他們的到訪。

有一天，一位穿上裙子的姨姨問我：「你想不想做他們的女兒？」

我不由自主地點頭，他們待我實在太好了，我願意每天都跟他們一起生活，那一刻我竟忘了最疼我的外公，我唯一的親人。

家園的職員李姑娘跟外公商量有關領養的事，外公捨不得我離開，日後要跟領事夫婦一同回歐洲生活，我瞥見外公跟李姑娘商談時，他眼眶裏噙着淚水，我隱約聽到外公說：「若果我女兒回來後，看不到穎童，她內心一定很傷心了。」

李姑娘跟他說：「你女兒已經失蹤多年，你還以為她會回來嗎？若果她要回來，老早便回來了。宋伯伯，是時候要放手，讓你的外孫女有一個完整的家。」

我不忍心李姑娘逼迫外公做決定，我那時也想見到真正的媽媽，我馬上摟着公公，聲淚俱下：「我要外公，我不要離開他。」

不久之後，外籍夫婦也回到他們的祖國，若然當日我沒有拒絕他們，也許今日我已在外國生活了十年，成了一個外文了得，過着富裕生活的外國公民。我不能後悔，也許成為有錢人的養女，我會衣食無憂，但是我相信我的內心世界永遠不會平靜，我會內疚自己遺棄了唯一的親人，我的外公宋曉忠。

隨着時間的流逝，我的智慧和對事情的清晰度慢慢增進，亦明白到自己是一個無父無母的孤兒的命運，我亦從幼兒部轉到小學部。由於關懷兒童家園沒有小學部，我被安排到由多個屋邨單位改裝而成的兒童宿舍居住，開始過着這種以宿舍為家的生活。

宿舍由三個公屋單位打通而成，內裏有兩對住宿家長輪流照顧我們，鄰居不知道住在這裏的小朋友都是家庭有問題的人。升上小學後，我們已不再被視作需要大人全心全意照顧的小孩子，住宿家長對我們有嚴格的要求，每天早上必須在六時起床，整理床鋪、梳洗，時間表分配每個小孩的當值時間，到廚房準備早餐，放學回來準備晚餐。

家長對我們有嚴格的要求，當我們做得不好的時候，他們便會露出兇惡的眼神，嚴厲斥責，他們都是為了我們好，讓我們學會獨立，學會照顧自己。只是，在年紀尚小的時候，根本不會想得那麼透徹，總覺得自己這麼不幸，你們作為大人不好好關懷我們，還要那麼兇狠地對待我們。

小學的日子，就是這樣平平靜靜地過了三年，在家舍中，我跟其他同病相憐的小朋友建立起一種類似兄弟姊妹的關係，其中有一個比我年長兩三年的哥哥跟我的感情最好，他有父親和母親，只是父親吸毒，入了喜靈洲戒毒；媽媽則患了躁鬱症，他們都不能照顧他。當我遇上功課上的難題時，這個哥哥便充當補習老師，教授我知識。

我一直好喜歡他，並視他為摯友，希望他能成為我的哥哥，只是我萬萬想不到，他竟是一個壞人。

有一天黃昏，當其他同房有的在房間休息，有的協助住宿家長在廚房烹調晚餐，只有我和他在客廳研習課業。當我專心做功課期間，我感到大腿有一種溫熱的感覺，我回過神來，看見他的手竟撫摸着我的大腿，我嚇得不懂反應過來，連忙推倒他，跑進廚房找住宿家長。

我聲淚俱下，大聲呼喊：「姨姨、叔叔，他撫摸我。」

那個人竟耍無賴，矢口否認，説我冤枉他，説自己只是跟我鬧着玩。

由於事態嚴重，住宿家長跟社工商量後，決定報警處理。

那個人沒有真的對我作出侵犯，而且我們還是未成年兒童，結果他接受警司警誡後，被放行。

為了避免他再對我作出任何侵犯行為，他和我將分別調往男生和女生的宿舍，家長暫時把我們隔離。

臨別的時候，他含情脈脈地望着我，對我説：「對不起，其實我一直喜歡你，那時實在情不自禁。」

我沒有答話，並打從心裏面不再相信任何人，不想再跟其他人建立朋友關係。

我變得寡言，充滿顧忌，對任何人都不再信任。

老師，也許你現在明白我為何會這麼痛恨區家欣那夥人，當我看到她們這樣欺侮一個弱勢的同學，便不知不覺間想起那個在宿舍中非禮我的男生，就這樣犯了這個錯誤。

我真的不想傷害區家欣，而且還弄髒外公送給我的筆。我只想稍微教訓她一下，從沒有想到自己的蠻勁，會把那枝筆深深插進她的手臂，幸好最終沒有造成嚴重傷害，否則我會內疚一輩子。

程老師，坦白說，剛開始跟你談這件事時，對區家欣，我是充滿憤恨和不滿，但是經過跟你談話這段時間，我有一些反省，自己的確做錯了。若然她的父母決定告發我，而我被送到女童院，我的人生便染上污點，我不想博取別人的同情，但為了平息他們的怒忿，我願意轉校。

老師，剛才我跟你談起有關外公的事，自從我升上小學以來，我跟他經常在公園或茶餐廳見面，其實我不便帶他上家舍，因為我實在擔心其他人看到這個潦倒的人，我自己也看不起自己的外公，我內心對外公充滿愧疚。

你也曾經見過他，就在中一級的家長日，他衣衫襤褸，身體上總散發出一種酸臭的老人味，一拐一拐走進學校。

那一刻，我極其自卑，看到身邊的同學，有的母親穿金戴銀、有的父親駕着名貴房車進入校門，而我就只有這樣一個骯髒、腐朽的老翁，他是我的唯一依靠。跟你説，我有時會想若果跟我進校門的是那對外籍夫婦，我會多高興。

我對外公的嫌棄，實在罪無可恕，我真希望有一天我會勇敢地拖着外公，走進新一所中學的校門。

雖然我是一個無父無母的孤兒，但上天眷顧，我還有這個親人。

老師，只是我實在很擔心他的問題。上個月，我陪同他一起到仁愛醫院覆診，醫生跟我說他因為多年的積勞過度，年輕時的身體累壞了，他患上了肝癌第二期，幸好及早發現，還可以用化療來醫治。

我沒有用，看到他這樣痛苦，我還為他添煩添亂，我竟然嫌棄這個唯一的親人，我竟然這樣不乖巧，在學校裏刺傷同學。他連生病，也不願意買好東西吃，省吃儉用，知道我喜歡那枝昂貴的原子筆，這枝差不多花了五十元的原子筆，他用一張名貴的花紙包裹着，送給我做生日禮物。

我竟然把這樣寶貝的東西，用來傷害同學。

老師，我實在對不起外公，我內心只有齷齪的想法，只想着自己的事。

我一直想了解自己的母親多一點，想知道她的真實一面，外公跟我説我的樣子大部份跟我的母親相似，只是鼻子不太像她，有另一個人的基因，這個就是拋棄媽媽和我的那個男人，我不想稱他為父親，因為他不配。

老師，今天我把自己的事，一五一十告訴了你。

你或許明白為甚麼我會犯了彌天大錯，我不是一個好孩子，有時會想因為自己的叛逆才導致自己有這樣的人生。我不敢説自己未來會變成一個怎樣的人，只是我不想有犯錯的紀錄。程老師，我請求你幫幫我，替我跟區家欣的父母說我願意接受退學的懲罰，請他們不要把這件事鬧上警局。

我希望在我離開這裏之後，你多多關顧陳巧英，留心區家欣她們的行為。這班同學不是全部都喜歡欺凌同學的，只是很多人都屈服於她的勢力之下，他們也許沒有自己的分析能力，靠小圈子找回一些個人存在價值。

老師，他們需要你，你自己不要垮下，失戀的事總會過去的。

老師，你哭泣的樣子，真的很可愛。

2.

早上還是陽光普照，下午卻突然下起傾盆大雨，我又沒有帶雨傘出來，以學校的毛外套護着頭，在大廈間簷蓬穿插，好不容易才回校。雨水早已沾濕我全身，我真的後悔應程曉麗老師的要求，在放學的時候，回來跟同學道別，只是我禁不住內心的想法，我想跟陳巧英說再見。

坦白說，我當初真的有點憎恨她，為甚麼她不肯站出來替我說話呢？只是當我靜下來的時候，我想以她的性格，她只想平平淡淡地在這間中學過完她的六年，不敢得罪人，也許出於怯懦，也許這才是一個人在學校這個小社會中面對惡勢力的無力回應。

雖然關上門，我還能隱約聽到程老師的話，跟他們談論我的事。

「各位同學，大家都清楚我們這班發生了一件不愉快的事件，宋穎童同學在放學的時候，在三角花園誤傷了區家欣同學，區同學現在還留院，接受治療，而宋穎童同學則受訓導懲處，停課一週。在這一星期的停課期間，宋同學為自己誤傷同學的事感到十分後悔和內疚，而她作出轉校的決定。無論如何，我們都要明白在任何情況下，我們都不能做出暴力傷人的行為。今天，宋同學特別回來跟大家道別。」

以上的話是程老師跟我在電話中反覆討論的結果，盡量不要把那件事説出來，我跟老師承諾，不會供出區家欣的劣行，會一力承擔自己的過失，始終我真的傷了她的肌肉，幸好那枝筆插得不深，不然我更後悔。

我敲了兩下門，所有人的目光都投向我身上，我望向程老師，她示意我前行，並讓出位置。我望着所有同學，他們也同樣看着我，這班同學佔着很大部份是區家欣那一夥，亦有曾經向我表白的男同學，當然少不了陳巧英。

陳巧英望着我的眼神，充滿激動，亦帶着慚愧，沒有供出欺凌事件，令自己的朋友變成欺凌者，雖然如此，但經過一星期的沉澱，我已不再憎恨她了。

我開始説話前，先望向她，再把視線移向其他同學，我深深地鞠躬。

「我因為自己的衝動，傷害了區家欣同學，令她現在躺在病房，我實在難辭其咎，在此向她道歉，只是我想跟大家說一句，若果遇到問題，要跟老師坦白說出來，不然就會後悔。任何情況下，我們都要堅強，對於今次的事，我因為自己一時衝動傷害了區同學，內心很不安，也感到對不起她。為了讓事情得以解決，我決定轉到另一所中學，在此跟各位道別。」

「你這個人真厚顏無恥，還說大道理，傷了人便一走了之。」

「你連累家欣在醫院受苦，你這個壞人。」

區家欣的跟班們七嘴八舌地攻擊我，我握緊了拳頭，按捺自己的一腔怒火，真的不該回來，怎麼辦？內心糾結成一團，陳巧英看着我一臉窘態，想站起來，我以眼神示意她不許妄動。

「好了，大家不要再吵了。既然宋穎童同學肯承認自己的過失，我們是不是要給予她改過自新的機會呢？今天她特意回來，跟你們話別，希望你們能給予她一點尊重。」

程老師替我解圍，剛好下課鐘聲響起。

廖米奇同學舉起手，說：「老師，可以放學嗎？我要趕到補習社。」

「好的，宋穎童你還有話跟大家說嗎？」

我連忙搖頭，幸得廖同學解圍，我再向全班同學深深鞠躬，就轉身離開。

下課的走廊擠滿了人，我內心只想逃離這個地方，我加快步伐鑽出重重的人群，下了兩層樓，背後響起聲音。

「宋穎童……宋穎童，不要走得那麼急。」程老師叫住了我，身旁還有氣喘吁吁、身形肥胖的陳巧英。

「宋同學，對不起，我不應叫你回來跟她們道別。」

我拍了一下老師的肩膊，說：「沒問題的，程老師，以後你要堅強一點，不要再把感情事公開。」

「我明白的了，你也一樣，在另一所中學要好好讀書，不要再惹事，有甚麼事給我發短訊。陳巧英同學有話跟你說，我先回教員室，再見。」

「程老師，再見。」

程老師離開後，就只剩下我跟陳巧英二人，氣氛馬上變得尷尬起來。

她默默地送我出校門，最後在門外說：「對不起，我沒有指證區家欣欺凌我，沒有還你清白。」

她簌簌淚下。

「坦白說，直至我進課室前一刻，我還有些不快，但現在已沒有事了。你這樣做，我想有你的原因。」

「我只是不想與人為敵。」她垂下頭，一副懦弱的表情。

「區家欣那種人，你若然讓她欺負你，你只會永遠成為她的奴隸。以後，你一定要學會保護自己，不能再讓別人傷害你。」

她緊緊地擁抱着我。

「穎童，不要離開，我跟訓導主任解釋。」

這已經太遲了。

「巧英，我已找到新學校，亦不想在這裏讀書了，而且我得處理我的家事，你要好好保重。」我鬆開她的手，轉頭離開。

「我還可以跟你一起吃下午茶嗎？」

我走了一段路，卻聽到她的呼喊。

「當然，你想找我的話，隨時打電話給我。」我轉身，對她展露久違了的微笑。

「我會找你的。」她向我揮手。

「嗯！」我也向她揮手。

終於，她是我第一次有做朋友感覺的人，即使我的外貌也算長得漂亮，吸引一些追求者，女同學也有主動跟我交往，然而我一直不願再跟其他人扯上關係。

我是一個無父無母的孤兒，內心總有一種自卑感。雖然我還有外公，只是我一直缺乏父母的愛，外公也年紀老邁，而且身體也出現問題，相信不久之後又會離開我。

最終，我還是一個孤苦伶仃的人。

想到這裏，內心不期然感到憂傷，我致電給宿舍的姨姨，告訴她我想逛逛街，不回來吃飯，最晚九時回來。

雖然發生了這件事，但是家長和社工陳姑娘都聽我的解釋，她們明白我的為人，我一直都不喜歡與人爭執起事端，也不會隨便傷害別人，誤傷了區家欣，她們明白我是救人心切，一時衝動。

天沒有再下雨，我登上前往尖沙咀的巴士。去尖沙咀遊逛，是我以往空閒的時候喜歡做的事，沒有目的地隨意在街上遊走，只有在那熙來攘往的街道上，混入人群當中，我才會忘掉自己無父無母的不幸。

下車後，我照例走進那間震天價響的唱片店，外面的大電視正播放鄭秀文演唱會，我從來沒有去過演唱會，亦對於在電視重看演唱會沒有興趣。我走進店內，老闆娘看見來者只是一個小女生，沒有特別殷切招待，我也樂得沒有勸賣聲下看影視光碟，我們的宿舍姨姨不許我們花錢買電影光碟，加上我沒有多少零用錢，也不會花錢去買一張看完也不會再看的影視光碟。陳列架上很多影片，我也沒有看過，只能透過翻看碟背的圖片和文字，了解影片的大概內容。逛了一會兒，那位老闆娘便在我背後走來走去，也許是下逐客令，也許是我想多了，我也不想再逗留在這裏。

我再走進鄰近的炸雞店，我叫了單人份的炸雞套餐，竟想念起那次跟陳巧英分享下午茶的時光。在窗邊有一家三口，他們在分享一大桶炸雞，只見那位母親不停地喝罵在玩遊戲機的兒子，我十分羨慕這個小孩子。我從沒有被母親或父親責罵過，只能透過外公給我的照片想像她的聲音和變老了的容貌，若她還在世上，也許就跟這個孩子的母親差不多年紀。不，她應該比這名媽媽年少，她懷我的時候只是一個十九、二十歲的中學生。

從小到大，我只能想像自己的父親、母親，小學的作文總離不開家庭，《我的父親節》、《母親的生日》、《暑假家庭樂》等等。雖然老師也清楚我的身世，卻沒有特地為班中的一個學生改作文題目，那時我便利用觀看劇集、紀錄片和故事書的內容，虛構出親子關係，創作一篇又一篇關於家庭的文章。

在虛構的世界裏，我的父親是一個醫生，母親是一間國際學校的老師，我還有一個兄長和妹妹，一家五口住在半山豪宅。週末時，我和妹妹會去學芭蕾舞，哥哥則跟外籍老師學法文，在長假的時候，我們會去世界上不同的地方旅行，住在古堡改建的豪華酒店，吃最美味的魚子醬、法式田螺，享受最美味的餐飲。

我只有在創作這些文章的時候，才能感受到些微的幸福，不再是居住在宿舍的那個沒有父母的小孩子。

我的作文分數永遠在頭三名，也經常成為壁報上展示的內容，同學閱畢我的文章後，總會露出驚嘆的表情，也有人妒忌作文的我，亦有人認為我在說謊，對於作文的內容，老師不能公開在同學面前透露那些內容是虛假的，說出宋穎童只是一個孤兒，而且作文從來是一件虛構的事，就像寫小說一樣，你沒法分辨小說內容的真偽。

對於別人的看法，我沒有刻意理會，他們的疑問，我總是一笑置之。所以，我是活在謊言中的孤獨女生，沒有打算向任何人透露一切，從小學開始，我便是一個人，閱讀和寫作便是我的全部。

飽餐過後，我又走到街頭上，街上充滿各式各樣的人，一班地產經紀向途人派傳單，追着街上的情侶、夫婦去看示範單位，當然不會有人理會一個穿校服的女生。逛了一會兒，又一場驟雨來襲，沒有雨具的我只得在街上左穿右插，再一次全身濕透，匆匆跑進那間大型書店，讓沾滿雨水的身軀在冷氣下風乾。雖然，我很喜歡看書，但是我沒有足夠的金錢購買書本，只能站在書架前翻書，連帶店內的文具、日用品，我統統都沒法購買，我只能在櫥窗瀏覽，內心渴求擁有屬於自己的東西。外面下着滂沱大雨，店內恬靜舒適，我安靜地坐在椅子上，望向碼頭和維多利亞港狼狽的搭客，內心竟泛起一份失落，在風雨交加的晚上，沒有人關心我。

停雨之後，我走到文化中心，長椅上還沾有雨水，我用衛生紙抹去上面的水，望着維港兩岸，剛好碰上旅遊節目「詠彩耀香江」，射燈來回兩岸投射，配合節奏明快的音樂，在絢爛的閃爍燈光下，途人和遊人都發出歡呼聲。在閃爍的燈光下，我忽然悲從中來，眼淚不由自主地流淌。我從來沒有一個做醫生的父親、沒有一個做老師的母親，更沒有兄弟姊妹，我只有一個親人，就是患了絕症的外公，他是我唯一的精神支柱，若果連他也失去了，我就甚麼也沒有。

又一次，我陷入自憐自棄當中。

此時，才發覺背包有一些震動的聲音，我想起剛才為了避免手機在課室響起來，我關上聲效，之後只打了一通電話給宿舍姨姨，便一直擱下手機。當我拿起來察看，才驚覺有十多個「未接來電」，而短訊也有十多個，都是一直跟進我和外公的陳姑娘和宿舍姨姨。

當我打開信息一看，頓時驚訝，原來外公在家中昏倒，送飯的姨姨報警，他被送到仁愛醫院，我連忙致電跟陳姑娘道歉，並趕往醫院。

計程車到達醫院大門，我馬上衝上陳姑娘所說的「老人男內科」樓層，一面跑、一面落淚，內心感到自責和憂心，內心呼喚着「外公不要有事、外公不要死」！外公是我唯一的親人，除了你，我已沒有任何依靠，我竟然為了自己的事而忽略了這個唯一的親人。當我走進病房時，只見陳姑娘坐在床邊，而外公早已插上點滴，看到他的模樣，我忍不住哭了出來。

陳姑娘走上前，搭着我的肩膊，安慰我：「沒有事了，醫生説你外公只是有點營養不良，加上他之前做了化療，所以才會突發昏迷。幸好，福利機構送飯的姨姨及早發現。」

我鬆了一口氣，對於自己一直沒有回電話，感到十分內疚。

「對不起，陳姑娘，我開了震機，不知道外公出事。」

「不要自責，你外公沒有事的，你多留一會吧，探病時間差不多要結束了。」

陳姑娘離去後，我獨坐在外公的身旁，他早已昏昏沉睡，我只能安靜地看着他，認真端詳他衰老、疲憊的樣子，這個年老的男人，一生到底得到甚麼？他的故事，我又了解多少呢？除了知道他是我消失的母親的爸爸外，我對他一無所知，而我又了解自己多少呢？我也不認識自己，我是一個空白的人，我只知道媽媽的簡單資訊，更不清楚誰是我的親生父親。

這一夜，我沒有好好入睡，半夜醒來，反反覆覆思念在病榻的外公。

距離轉校還有一個星期，新校服、新課本我已購買，所以姨姨認為我應該抽多些時間去醫院探望外公。而我除了探外公之外，我也想念關懷兒童家園的小朋友和姨姨，我在那裏成長，喜歡多撥出時間回去做義工，照顧跟我有相同際遇的人。

我即將有一個新開始。

當我步進病房時，外公已醒來，並吃着醫院提供的早餐，我頓時放心了。我展露甜美的笑容，把買來的水果放在桌上。

「外公，你好嗎？」

「穎童，你來了。」外公氣若游絲，嘗試坐直身子，我馬上上前扶起他。

「外公，對不起，昨天我不知道你出事，還四處逛。」

「沒有事，我之前也昏暈過多次，只是剛巧被那位送飯的姐姐發現，她太大驚小怪。」

「怎麼會沒有事！你有事要跟陳姑娘和我説，再遇上這種事，你也要按平安鐘。」

我捉緊他那雙充滿皺紋的手，深怕他永遠離開我，我強忍着淚水。

他轉身，在床邊的小抽屜拿出一串鑰匙和電費單，然後遞給我。

「這是我居住的公屋地址，你替我回去澆花。」

我接過鑰匙，這是外公第一次把家中的鑰匙交給我，想不到他竟放心，亦是我第一次可以走進外公的世界。

「外公……」我捉緊他的手，不知道該說甚麼。

「穎童，家裏還有不少你媽媽子穎的東西，你可以找出來看看。」

我待在病房直至探病的時間結束，期間我只是輕描淡寫地說出轉校的決定，對於他的身體狀況，我內心惴惴不安，但我明白糾纏於他的病，我也不能改變這個事實，事實是他快要離開這個世界，從此我便失去了唯一的親人。

最終，我便成了一個真真正正的孤兒，以往我還會慶幸自己尚有一個外公，但是若他真的走了，我便只能留有跟他的合照，跟我的媽媽一樣不真實。

想起母親，在離開醫院的道路上，我拿起那串鑰匙以及電費單據的地址，我有一個強烈的慾望，打算第二天便去外公的家，看看有沒有關於母親的東西？我又能從中找到甚麼關於她的線索呢？

外公的家距離我的宿舍很遠，以往都是外公到我宿舍附近見面，難為了他一直撐着拐杖走那麼遠的路，我沒有想過要遷就他，到他居所的附近相聚，以後的日子，我要更孝順他，替代母親跟他走最後一程。

舊屋邨的梯間十分昏暗，我一步一步走上去，內心難免有些惶恐不安，這裏的一切對我而言都是陌生，外公的家就在五樓盡頭的單位。終於，我望着門上印有504室的木門，鬆了一口氣，插進鑰匙，拉開摺閘，再插進木門的鑰匙，然後扭動，心情有點緊張。

推開木門，眼前所見的是一間堆滿雜物的單人房，內裏瀰漫着局促的空氣，我連忙推開窗戶，透入新鮮的空氣，再為那些快將凋謝的植物注入清水。

我拍一下手，決定整理這間雜亂的房間。

外公曾説這裏是他一個人居住的單位，並不是媽媽失蹤前成長的地方，也許因為牆上貼滿褪色的舊照片，內裏有年輕時的外公，還有他身邊的兩個小孩子，女的應該是媽媽宋子穎，男的也許就是外公口中那個早逝的兒子宋子傑，就是這些歲月的痕跡，讓我感受到母親的氣息。

我洗了一塊清潔抹布，把所有儲物櫃、玻璃上的積塵抹掉，足足換了兩盆黑水，之後再包紮好堆積如山的舊報紙雜誌，待回拿去給回收商收購，並把一些沒有用的廢物清掉。

經過兩小時的清潔，房間煥然一新，我休息一會，看到那雙層床的上鋪有幾個紙箱，泛起了好奇心。

整個下午，我把紙箱拆封，其中幾箱都是女裝便服、中學校服，還有一些教科書、書本，所有物件予人一種過了很久的感覺，畢竟媽媽已失蹤了十四年，她遺下的東西只去到二十歲便結束了。我隨便套上一件便服，照照鏡子，望着鏡中的自己，感受曾經穿上同一件便服的媽媽，她的氣息彷彿透進了我的身體，再看看牆上的照片，我有少許似少年時代的媽媽，我不禁忍不住哭了起來。

我關上門，在沒有人的空間，回想從關懷兒童家園到今天這十多年，從一無所有的孤兒，到發現自己有外公及關於母親的事情，及後又因為替同學出頭而被迫轉校，我盡情釋放抑壓已久的情緒，沒有人明白的處境，我哭得呼天搶地，耗盡力氣把積壓着十四年的不幸釋放出來。

我哭得太累，躺在外公的床上睡着了。

我做了一個夢，夢中我還是一個小嬰兒，我躺在一個年輕少女的懷裏，她應該就是我的媽媽，樣子跟我有點相似。她抱着我，哼着動聽的歌聲，歌詞內容已不太清楚，感覺十分溫柔。

夢醒的時候，我難掩內心的失落，但慶幸來到這裏，從媽媽留下的東西，感受到她曾經存在過，我隨手包起她的舊衣，並在她的小書櫃拿走兩本筆記，便匆匆關門離開。

我相信外公是有意讓我來他的家，因為我可以在這裏了解母親多一點。

我坐上地鐵，回程返宿舍途中，內心充溢着飽滿的感覺。

我的日子從此改變，因為我找到一個可以讓我盡情放鬆的地方，宿舍裏有其他不同的人，我不能自由地享受獨處。在外公的家裏，我可以透過整理外公的東西，了解母親是一個怎樣的人，媽媽留下的書本、筆記真的太多，外公又不太懂歸納，所以我整理上十分困難。

我發現一些照片，媽媽和一些中學朋友的合照，有的已褪色，甚至看不清容貌，其中她和兩個女同學有多張合照，由於照片褪色的關係，我只能大約估計相片中人的模樣，其中有一個女孩子有些像外國人，而另一個則較平庸，予人好孩子的感覺，我想她們現在應該三十多歲了。我有點羨慕媽媽，在中學時代，竟然有兩個好朋友。

她們的照片好像只停留在某一個階段，這讓我好奇，這兩位姨姨，到底知不知道媽媽的事，她們現在又在甚麼地方呢？

照片中的外籍女生很美，彷彿一個明星，只是樣子清純，清湯掛面的媽媽，更儼如一個脫俗的女神。

若果媽媽沒有失蹤，她現在會是甚麼模樣呢？她又會不會想到外公對她的思念，看到這些舊物，想到外公現在的情況，我不禁感到悲哀。

外公的病反反覆覆，醫生說進行化療，只要休息一段時間便會康復，當然肝癌有復發的可能性，我要做好心理準備，他隨時會走。

面對我將會失去唯一的親人，我的內心充滿悲愴和孤寂，事實上外公的年事已高，加上病重，我只能接受失去他這個無奈的事實。

雖然，我感到十分悲傷，但是我迫自己不要在外公的面前顯露出來。每一次見面時，我總是裝出一副開朗少女的模樣，跟他分享中學的故事，我跟他撒謊，說在新校裏，大家都相處融洽，認識不少好學不倦的同學，比起以前就讀的中學，開心了不少。

事實上，我轉校的是一間第三等中學，若果用區家欣欺負陳巧英的手段來比較，區家欣簡直是善男信女。我班上的男同學，那些男生每天都在集體欺負其中一個有讀寫障礙的男生李達明，他們的手段十分兇殘，我們真的不敢想像那些人竟然在一個充滿女同學的班房，公然脫下那可憐的李達明的褲子，而那些女同學竟好像沒有事一樣，笑呵呵。

我討厭欺凌，但更討厭那些圍觀者，我記得閱讀過魯迅的《吶喊》，《吶喊》序中提及那班圍觀日本軍人斬殺中國間諜，那些圍觀、麻木不仁的無知中國人，而我的班房每天便上演着這樣的戲碼，圍觀者卻是一班樣子天真純良的學生。

面對這樣的困境，我是同情李達明的，但嘗過在之前的中學的經歷，替人出頭，卻換來被誣陷為欺凌者，而被欺凌的人卻沒有出來澄清。我決定不再理會，只能逃避，離開這樣的情景，做一個忍辱偷生、對別人的痛苦不聞不問的人。

當然也少不免受到那些惡少年的追求，在那些人纏繞不休的滋擾，我只得說自己有男朋友在另一所中學，他們當然不會輕易放過我，我唯有每天放學後馬上逃離學校。

面對如此坎坷的中學生活，我只有逃到醫院、跑到外公的家，才能找回一些生活的樂趣。我真的想把自己的痛苦告訴別人，但可以告訴誰？陳巧英？她比我更懦弱；外公？他的生命已進入倒數；這間學校的老師和社工，我不相信他們，我只有告訴舊校的程曉麗老師，但遠水不能救近火，她也不能影響另一間中學的老師和學生。

我只能對着照片中年輕的母親傾訴。

有時候，我更想念住在關懷兒童家園的日子，那裏才是我最幸福的家，沒有人會耍攻心計，童年總是美好世界。雖然我們只是一班受他人照顧的孤兒，我們在集體生活中成長，沒有一對肯為我們花心思、無私付出的成年男女，但也是單純的美好世界，心靈的家園。我會抽時間回去做義工，焗曲奇，參與機構舉辦的籌款活動，開拓一些新的資源。

剛好，收到兒童家園李姑娘的電話，告訴我兩個星期後的週末便進行年度籌款開放日，請我們這些在家園成長的孩子回來幫忙，順道向參觀者講解這裏的生活，她在電話那頭說：「那天，院長請來了一個神秘嘉賓為活動剪綵。」

她引起我的好奇心，到底是甚麼人呢？

在艱苦的成長歲月，家園是我的家，我得到一班社工、姨姨和義工照顧，對於回去幫忙的事，我當然義不容辭。

然而，生活總是殘酷，更多的日子在這所第三組別中學，欺負別人已成了它的常態，不要為此顯露驚訝和害怕的神情，要在這裏生存，便只得沉默，甚至助紂為虐，或可以用自己認為對的方式生存下去。我就是只有這種想法的人，做着相同的事，坐在老師桌前方的人，代表我們是肯學習的一群，相反愈後排的學生，愈胡作非為。

幸好，我還有外公的住所和病房可以去，面對不喜歡的同學和課外活動，我可以以照顧外公為藉口，漸漸，我已不再被人視作一分子，成為一個隱形人口。我更在廟街買了一副平光鏡，經常不清洗頭髮，已沒有人對我有意思，沒有對我感興趣的追求者。

終於，我得到一直渴望的平靜。

到了開放日那天，我打扮得整潔、乖乖女的模樣，向前來的市民和嘉賓介紹關懷兒童家園的歷史，在那裏的生活點滴，亦向他們義賣曲奇籌款。回到家園，最開心的莫過於跟其他孩子、退休的姑娘相聚，感到歲月在快速閃過，成長的回憶就像昨天發生一樣。

當然，我們更期待誰是今趟活動的主禮嘉賓，這比起敍舊吸引。

當那個高眺的身影進場時，我聽到身邊退休的姨姨笑姐發出驚嘆聲：「怎會是這個女人？」

我好奇走近，說：「這個女人好美呀，她是外國人嗎？」

笑姐不屑道：「她是國際名模，亦是一個破壞別人家庭的第三者，你沒有看雜誌嗎？」

我搖頭。

「總之，她不是好女人，真不明白王先生，為甚麼會請這個女人來做剪綵嘉賓？」

我看出笑姐十分討厭這個人，只是我對她沒有甚麼感覺，我鑽進人群，走近活動展台的附近，眼前盡是攝影師和記者，還有更多的圍觀市民，她很熟練地向着不同方向的攝影機露出甜美的笑容，我真的看不出這個像外國人的女人有甚麼壞的地方，而且她好像很眼熟，彷彿在甚麼地方碰過似的。

「有請國際名模魏菁菁小姐、關懷兒童家園主席王義雄先生為我們的開放暨籌款日剪綵。」

大會司儀讀出講稿後，各人金剪一揮，鎂光燈四射，魏菁菁向前方的攝影師和群眾揮手、微笑。

當她瞟向我時，我看到她的表情起了些微變化，好像有一點驚懼，也許只是我多心，一瞬間，她又回復了美麗的笑容，向台下的市民和攝影師展露友善的一面。

到底是不是錯覺？

她和我對視的一刻，彷彿我們都停下來，她好像看到甚麼可怕的東西。

之後，笑姐和我一起到廚房協助，並說了關於魏菁菁的花邊新聞，她如何介入茶葉大亨的婚姻，如何迫使茶葉大亨的太太離婚，令他的太太成為一個重病的人，甚至多次自殺。

「不要以為一個女人長得漂亮，便是好人，認識一個人要花多些時間觀察。穎童，你還年輕，要花多點時間學習，還有你這樣漂亮的女生，長大後不要耍手段，學這個女人做富豪的小三。」

「笑姐，你吃了藥沒有？」我逗她笑。

「臭妹頭，我吃了減肥藥！」

然後，我們便大笑起來。

笑姐的話深深影響了我，我十分厭惡這個女人。

其後，我走進那間會客室，為嘉賓送上手製曲奇和水果茶，只見魏菁菁跟王主席交頭接耳，她看到我的時候，又出現剛才的表情，好像想開口叫我，我放下茶點後便急步離去，我討厭這種破壞別人家庭的女人，不願意跟她搭話。

我不清楚這個女人為甚麼好像對我有興趣，我就是不想理睬她，我去了育兒室幫忙姨姨們照顧孩子，直至她離開為止。

＊＊＊

時間悄然淡去。

有一天，外公跟我說了一番話，令我的世界彷彿全然改變。

那天，就像往日一樣，我在下課後，趕及醫院的探病時間，帶同水果和保健食品給外公。

他躺在床上，以枕頭墊背，接過我替他剝皮的橙放進口裏，之後說了一個關於母親跟一個男同學，他們之間青梅竹馬的故事；我不明白他為甚麼告訴我關於這個陌生人的事。

他說：「那個男生跟你媽媽的感情很好，在你襁褓的時候，他曾經幫助我一起尋找你的媽媽，他一直很愛你媽媽，只是你媽媽只視他為好朋友，甚至用了很傷人的話去羞辱他。我一直過意不去，在你媽媽失蹤這十多年，也不敢再打擾他。雖然我的生活環境充滿困難，但我也沒有去找他幫忙，因為我沒有面目再見他。

穎童，我的病、我的身體狀況，我自己最清楚。也許我不能繼續看顧你成長，我想把你交託給他。我記得當日他曾經想過跟你媽媽結婚，然後把你當作女兒撫養，只是你媽媽不肯接受他，那時候她對你那個不知是誰的父親還抱有幻想，我相信她去印度便是找那個人。這麼多年了，我想她已不在人世。我一直想若當日，她接受志修這個跟她青梅竹馬的朋友，她的人生定當改寫。」

外公稍稍停頓，他咳嗽得十分嚴重，我倒了一杯水給他。

他喝了兩口後，再努力說他的話。

「你的媽媽就是錯過了一次機會，而我不想你跟她一樣，或許志修是改變你人生的機會，我這樣說，是因為我認識他很久，對這個男人有信心，他會做你父親的角色，我想你有另一個人生，畢竟你還年輕，你為了外公曾經錯失了一次機會。」

外公說的就是那對領事館工作的夫婦，他還介懷着那件事，我沒有接受那對外國人的領養不是外公的錯，而是我也捨不得離開他，也許我的人生因而改變，但若我去了外國，我相信我會永遠後悔。

外公，你是我唯一的親人。

我沉思了頃刻，然後緩緩地說：「外公，我不認識媽媽的這個朋友，我也是第一次從你口中得知這個人，而我不敢想像自己會有父親，或者說是用義父比較合適，這麼多年了，他或許有自己的妻子、兒女，我覺得這樣勉強一個人照顧我，我覺得不太好。」

外公捉緊我的手，眼眶早已溢出淚水，我實在不忍心看到他這個模樣。

「穎童，即管試試吧！」

我不想令外公失望，既然他這麼想我跟這個人相識，我也如他所說即管試試。

外公跟我說他的名字叫張志修，大約三十三、四歲，他的聯絡電話就在家中書桌的抽屜裏的電話簿，外公吩咐我回他家中尋找這本電話簿。

對於這個被外公讚口不絕，媽媽青梅竹馬的好朋友，我實在充滿好奇，只是我已過了需要父親的年齡，更重要的是這個人並不是我真正的父親，而且我的媽媽又曾經如此傷害他，我怎能夠如此厚顏無恥地要求這個人照顧我呢？我想一切還是留待外公處理好了，他想怎樣，就隨他跟這位素未謀面的叔叔說好了。

在外公家中，我輕易找到那本電話簿，張志修的名字就寫在第一頁的顯眼位置，那是家用電話，其他的都是社工、福利機構的電話，我內心噗通噗通地跳，然後鼓起勇氣打那電話。

心想：這個電話會不會找不到他，畢竟外公已跟他失聯了十年。

「喂，你好，請問找誰？」接電話的是一把老婦人的聲音。

「我想找張志修。」

「他還未下班，請問你是誰？你留下電話號碼，我叫他回電給你。」

「謝謝，請記下我的名字，我的名字叫宋穎童，宋朝的宋、聰穎的穎、兒童的童，電話是……」

直覺告訴我，這個老太太就是張叔叔的母親。

當我放下電話時，內心有一種如釋重負的感覺，幸好他不在家，然而我又慶幸能找到他。

我告訴宿舍的姨姨，我晚一點回去。

我打算在外公的家中找尋一些有關張叔叔的任何資料，只要找到丁點蛛絲馬跡就好了。

我再一次翻箱倒櫃，翻每一本書、每一本筆記，卻找不到任何關於張叔叔的照片，我唯有逐一收拾所有東西。

正當我準備放棄時，想起外公的書桌，那裏有三個抽屜，而我只看了第一格，於是我再拉開另外兩個抽屜，內裏都是一些過期的電費單、電話費單和水費單和一些沒有用的卡片。當我拉開最底層的抽屜，卻有所發現，在一些舊廢物下面有一個月餅盒，我直覺自己會從中找到一些東西。

我懷着戰戰兢兢的心情打開盒子，在小雜物下蓋着三封信，一封給外公、一封給我、一封便給親愛的朋友張志修。

外公竟完全不知道這三封信的存在，泛黃的信封下，內裏的正是媽媽給我們三人最後的文字。

我想立刻打開這封信，然而我還是按捺着好奇和激動的心情，留待日後跟外公和張叔叔一起看。

第四部

幸福時光

即使沒有血緣關係，
我們也可以成為家人。

1.

謝東樂的死震撼了整個財經界。

他發展如日中天，除了是跨國投資銀行的副總經理，亦在電視台擔任一個重要的財經節目《股壇狙擊手》的分析師，是大眾眼中的金融財俊，天之驕子。

那一夜，他從他工作的銀行辦公大樓八十樓一躍而下，粉身碎骨。

汪凱琳被她的舊同學兼舊同事葉茵喚醒，她不相信這件事，想自己還在做夢嗎？

只是葉茵的話令她明白到這一切都是真實的。

「據聞他收到內幕消息，私底下進行大手的股票交易，當初有不少斬獲，令他心雄了。後來，他擅自挪用公司三千萬，但是那隻股票大瀉，資不抵債，令他走投無路。凱琳，明天或許會有很多人追訪你，你要有心理準備。」

汪凱琳的淚水不由自主落下，始終他們曾經相愛，雖然最終因為第三者的介入，導致婚姻破裂，但她真的沒有想到他會以自殺了結自己的生命。

「凱琳……凱琳……」

話筒裏的聲音，呼喚她回到現實。

「茵，怎麼了？」她感到暈眩。

「我致電給你，除了告訴你他出事之外，還想問你可否替我做獨家專訪？」

「茵，我無話可說，你可以問問他那個情婦，不，應該是他的未婚妻才對。」

「難道你不感到傷心嗎？你們曾經那麼恩愛。」

「茵，作為舊同學兼舊同事，你能放過我嗎？半夜打來告訴我這樣的事，我還未清醒的情況下，你想我說出甚麼感受？」

「對不起，若你日後改變主意，便致電給我。」

葉茵被拒絕後，掛斷電話。

她呆坐在床上，當然感到傷心，然而她還感受到這一切似曾相識，當日她也是為了採訪而傷害了好朋友魏菁菁。

自從那篇訪問刊出後，菁菁就像人間蒸發一樣，失去了蹤影，據說她沒有再跟茶葉大亨在一起，去了外國發展。無論如何，她和她之間再也不能回到翻臉前的日子，這已成了久遠的過去。

她徹夜難眠，躲在被窩裏飲泣，腦內反覆上映着她和謝東樂的一切。很多人都不明白一個新聞系高材生、報館的高級記者為何會跟一個玩弄財技的男人談戀愛，他們的結合令所有人跌眼鏡，因為她與他以前交往過的女朋友分別太大。大學畢業後，踏入社會後的她開始懂得打扮，加上新聞系的訓練，獨特的時事觸覺，令她變得自信和魅力，就是這一份知性美深深吸引了謝東樂。

當時她負責財經版的採訪工作，每週都要訪問財經界名人，正好訪問當時在投資銀行擔任顧問的謝東樂，在多次訪問後，謝東樂約會她，而她經過大學時短暫的戀愛後，亦欣然迎接這段新的感情。

只是，最終如她母親想的一樣，他們沒有好結果。

她的媽媽看人挺準確，他們的婚姻不能走到盡頭，而他亦如她媽媽所想，不是一個對妻子從一而終的男人，跟另一個女人有染，忘記了他們之間的盟誓。

整夜，她沒有睡多久，只是迷迷糊糊地睡了兩小時。

其後，她跟母親訴說有關謝東樂自殺身亡的事。

母親不住搖頭，面容悲傷地說：「為甚麼我們這個家，所有男人都死光了。」

汪凱琳跟她解釋：「我跟他已離婚差不多半年了，媽，他已不是我們的家人。」

媽媽並沒有把她的話當一回事，只是不停地搖頭，神情恍惚地說：「所有男人都死光了，我們這個家已沒有男人了。」

母親的情緒病十分嚴重，十分需要治療，只是她不肯接受女兒的好意。

汪凱琳離開那間八卦雜誌社後，已沒有再找相關新聞或傳媒的工作，只當一個兼職補習導師，這段日子就靠着以前的積蓄和贍養費生活。現在，她的前夫死了，加上他欠下巨債，相信她不會再分得任何錢，而她也不打算跟前夫的家庭有任何錢銀瓜葛。她感慨一個人只要行錯一步，便斷送生命。

她換好衣服，打算外出走走。

當她步出鬱金香大廈一刻，不出葉茵所料，門外已聚集了多名記者，很多像二十出頭的大學生模樣，他們就像自己年輕時的模樣，追着獵物不放，她雖然有點驚懼，但仍然推開他們往前行。此刻，有些鄰居亦停下來，觀看這齣戲。

她只想走出困局。

突然，有一隻手拉開她，她抬頭一看，正是葉茵。

「各位同業，汪小姐已跟我約好了，跟我報社做獨家訪問，她不會向其他的報刊發表意見。」

「汪小姐、汪小姐，你對前夫突然跳樓身亡有甚麼看法？」

那些年輕記者還是窮追不捨，葉茵拉她上七人車，車窗貼上反光膠貼，記者只能勉強拍下低頭上車的汪凱琳。

七人車揚長而去。

汪凱琳不知所措，跟葉茵說：「茵，昨晚我已經拒絕了你的訪問。」

「我知道，今次我是以朋友身份來幫助你。」

「謝謝。」汪凱琳衷心感激。

七人車已駛上高速公路，汪凱琳對葉茵放下了戒心。

「茵，我們認識有十二年了，對嗎？」

「對，我們自新聞系第一年到畢業，並一起在同一間報館工作過，你結婚後辭職，我還留守在前線，眨眼間已經十二年了。」

「當年你為甚麼讀新聞？」

「很可笑的，我是誤打誤撞進去的，當年本想讀中文系，你呢？」葉茵笑道，緩和昨晚的尷尬氣氛。

「我從小就想做一個不偏不倚的新聞工作者，只是發生了很多事，我已不想再做新聞工作了。」

葉茵沒有回應，因為她還在業界工作。

司機把她們送到遠離市區的臨海餐廳，葉茵交代了時間，司機便離開，剩下她們二人，坐在向海的位置，望着茫茫大海，汪凱琳的內心已平伏了許多。

她們點餐後，汪凱琳主動說：「茵，我告訴你這件事的感受，你整理一下內容，便可以完成工作。」

「凱琳，不用勉強自己，若不想談起他的事，你便不要說，這次就當敘舊好了。」

「真的沒有關係，我和你是多年朋友，剛才你又替我解困。」

「好的，謝謝你的幫忙。」

葉茵啟動錄音筆。

「昨晚，收到他自殺的消息，作為他的前妻、愛過他的人，我真的十分傷痛，但同一時間我又覺得自己與他已沒有任何關係，這是我真實的感受。大約一年前，我發現他跟另一個女人有染，他背着我跟那一個女人一起，其實我一直不願意提起那段齷齪的事，只要想起便會作嘔。我內心痛恨他，但我得悉他已不在人世，我痛哭了一整夜，我雖然痛恨他出軌，但我並不想他死。我沒有想過這個我曾經深愛的男人，會以這種方式結束生命，但我可以如何？我已不是他太太，我被他背叛，我只想說傷痛，但事實上又與我無關，他的新伴侶是那一位跟他有新開始的女人，我覺得她比我更傷心，以為得到這個男人，最終還是失去了。

這半年，我想了很多事，期間我曾陷入低潮，為了賺錢、亦為了排遣內心的鬱悶，我去了一間娛樂雜誌社工作。工作期間，我寫過一篇傷害朋友的報道，最後也辭職，報道沒有我的名字，我暫時也沒有找到全職工作，在我媽媽居住的大廈做義務工作和兼職補習老師，我不想再做文字媒體，或者將來會找另一種工作。」

「你對謝東樂真的沒有感覺？」

「不是沒有感覺，而是我和他已沒有關係，我是傷痛的，但我不能說自己失去了一個親人，因為我和他的感情已逝去，我們已正式簽紙離婚，我現在只有媽媽一個親人。」

「有沒有甚麼補充？」

汪凱琳搖頭，葉茵也關掉錄音筆。

「足夠嗎？」

「足夠了，可以給我拍一張照片嗎？」

「拍我的背面吧！」

就這樣，汪凱琳沒有欠她的恩情。

回到鬱金香大廈，頂着籃球肚子的保安黃伯伯帶着疑惑的眼神望向她，並拿出一份文件說：「汪小姐，民政事務處需要你在這份授權書上簽名。」

她拿起黃伯伯桌上的原子筆，快速簽了名字，匆匆上樓，就這樣度過了殘酷的一天。

報道刊登後，不久便收到謝東樂母親的電話，她罵她無情無義，怎能説兒子跟自己無關係？

「奶奶，你想想東樂如何待我，他搭上另一個女人時，有沒有想過我？」她並沒有改變對謝東樂媽媽的稱謂，對方卻不領情，激動地咆哮：「我沒有你這樣的媳婦，既然東樂與你無關係，你就不用來他的喪禮。」

謝老太大力地掛線。

「真討厭！」她放下電話筒，母親在藤椅上睡着，她完全不知道昔日的姻親責罵女兒。

她感到彷彿被一塊大石壓着，憂傷和悲憤交集，她只想隨着時間，一切都會過去。

＊＊＊

在鬱金香大廈的業主立案法團會議室，商討樓宇更新大行動的工程進展後，主席和所有委員相繼離開，列席的區議員沈國明走到汪凱琳身邊，展現自以為魅力的笑容，笑道：「我一直不知道你就是那一個財經演員的妻子，不不不，前妻才對。真不好意思，看過你的訪問後，我覺得你是對的，這種以投機賺錢的人根本靠不住，還要背妻偷腥，他簡直死不足惜，這種人死有餘辜。」

汪凱琳狠狠地瞪着他，對沈國明這個人早已恨之入骨，即使謝東樂如何背叛她也是他們之間的事，如今他人已死，更容不下這個賤男人的污衊。

「請你尊重死者。」她忍不住咆哮。

「汪凱琳呀汪凱琳，念在初戀情人份上，我才站在你那邊，還替你説話，我只是替你不值，才罵那個賤男人謝東樂，你反過來罵我，真的好人沒有好報。」

汪凱琳忍無可忍，拉起他的衣領説：「這個世界只有我可以罵我的前夫，你比他更可恥，你這個人渣區議員，我會動員所有鄰居聲討你，不會再有人選你。」

他冷笑一聲，推開她，然後説：「我是取笑你，你奈我何？你以為你説的話有人相信嗎？你的媽媽還是精神恍惚，你還指望她會對十多年前女兒被前度男友欺負一事出氣嗎？汪女士，你清醒一點點，我在這個區的名望，我為這區居民的付出，大家有目共睹，他們都會支持我，單憑你一句話可以影響整個區的居民嗎？」

然後，他大搖大擺地離去，剩下她一個人，淚水早已淹沒了她的雙眼，本想活得比他好，但現在這個賤男人還是活得更精彩，即使她如何憤怒、如何咬牙切齒，也改變不了這個事實。

自從搬回娘家這段日子，加上擔任業主立案法團的義務秘書後，總會讓她碰見沈國明，或許她不經意流露厭惡的眼神，被沈國明察看，這個人帶給她對戀愛的陰影極大，直至她遇到謝東樂才改變。

她想不到他會以前夫的自殺悲劇，再一次傷害她，本來熄滅了的復仇之火，又再一次燃燒，她內心不能平靜，她要復仇，只是她沒有頭緒如何實踐這個復仇大計。

她已經不是那一個容易被人擺佈、被人欺侮的中學生，她是一個經歷了婚姻失敗、失去了事業、失去了朋友、經歷風高浪急的新聞工作者，她內心想我不能沒有信心，即使我如何失敗，也不能放棄，她要想法子對付他。

但她始終跟他認識，不方便跟蹤，她想起那一個人，那個跟蹤魏菁菁的狗仔隊。

他們相約在另一個區的茶餐廳見面。

那男人一身運動裝束，戴着鴨嘴帽坐在角落的隱蔽位置，他看到汪凱琳，馬上堆出一個猥瑣的笑容。他胖了許多，還戴着太陽眼鏡，像一個駕駛貨車的司機，任誰都不會想到這個人是專門揭露別人隱私謀生的狗仔隊。

「汪小姐，想不到你會找我，看過報道，才知道你跟那個自殺的財經分析員的關係，不好意思，請節哀順變。」他一面吃着三文治，一面說話，口沫橫飛。

「廢話少說，我想你替我跟蹤這個人。」

她把沈國明的個人資料交給他。

「沈國明，政治明星，雖然暫時只是一個區議員，但是他的黨很器重他，對他重點栽培，有機會入立法會。」

「你果然是通天曉，我想你替我找他的黑材料，足以令他身敗名裂的黑材料。」

「你跟他有甚麼關係？」

「私人恩怨。」

「既然你也是做新聞的，不用浪費這些錢。」

「我跟他認識，不能跟得太緊，而且……就我觀察，他沒有甚麼問題。」

「好的，即管試試，政治人物不難應付。」他整理一下那些資料，放進背包裏。

「你要多少錢？」

「三萬。」他輕鬆地說。

「三萬，那麼多？」

「好的，念在老朋友份上，兩萬五千元。」

她想到這一大筆錢，實在不捨得在自己的戶口掏出這筆錢。然而，她想深一層，她實在想懲戒這個人，錢花了日後還能賺回來，若果能夠對這個賤男人所做的一切作出復仇，花這筆錢也是值得的。

胖漢輕輕敲桌面。

「怎麼樣？」那胖漢打斷了她的思路。

「若果你找不到他的黑材料又如何？」她追問。

「收一半，一萬二千元。始終我跟蹤一個人需要花很多時間部署，而且更要冒生命危險。」

「好的，就這樣決定。」

「那麼，請先付五千元訂金。」

她從手袋掏出一疊五百元交給他。

「多謝，那我先走。」他肥胖的面上流露出燦爛的笑容，把那疊錢放進錢包裹，轉身準備離開。

「你不會收了錢而不辦事。」

「放心，我的聲譽比這五千元更重要。」

她半信半疑，現在只有把希望寄託在這名狗仔隊身上。

回家的路上，汪凱琳內心掙扎，到底自己這樣做是對還是錯？她知道自己若懷着仇恨，永遠不能繼續前進，不會得到幸福和快樂。但是，只要想到沈國明這個人，他那副嘴臉，他一直在傷害她，當年還間接毀了宋子穎，心中便十分憤怒。

若他真的清清白白，哪怕這個狗仔隊、私家偵探如何偵查，也不會找到他的黑材料，到時她多付七千元便算了。

想到這裏，她不再感到罪咎。

這段日子，她依然會因為大廈的事，跟主席、委員等人開會，亦會遇到沈國明，他不再揶揄她的前夫自殺的事，只是在沒有人察覺下，向她展露冷酷的笑容。

雖然他在背後對汪凱琳十分差劣，但無可否認他是一個勤勉的人，十分熱心幫助區內居民解決問題，特別在樓宇更新大行動中，不斷催促林主席和委員盡快挑選合適的公司開展工程。

她內心討厭這個人，但想到這棟破爛的舊樓能夠重生，多多少少有他的功勞，始終這是她的媽媽和一班老人家的最後安居地，若果日後煥然一新，她媽媽的心情也許會更好。

狗仔隊偶爾會向她作出簡單彙報，並沒有任何實質的黑材料。

時間一天一天過去，當日的仇恨也慢慢消退，她復仇的想法也改變，想想還是多付七千元給胖子好了，沈國明應該沒有甚麼值得報道的黑材料。

一個月後的早上，她在咖啡店替中學生補習英語，收到胖子的信息：今晚八時，在上次的茶餐廳見。

她心想也許胖子想收取尾數七千元，但以防萬一，她還是在櫃員機提取了兩萬元。

她早到十五分鐘，並叫了一杯熱咖啡，良久，胖子帶着笑容前來。

「這裏七千元，謝謝你的幫忙。」

「數目不對，是二萬元才對，你不會是反悔嗎？」胖子從袋中拿出一個公文袋，內裏取出一疊文件和照片。

「難道，你真的找到……怎麼你一直沒有跟我提起？」

「那時候的確未找到，直至最近才找到新線索，事關重大，我想當面跟你説。」

她真的想不到，面上流露驚愕的表情。

他鋪出一堆以長鏡頭相機偷拍的相片，向她彙報。

「這個女人是沈國明的妻子冼諾盈，這個是她的弟弟，沈國明的小舅冼偉凡，他們私下經營三間工程公司，分別是韋達建設、立森建築工程以及至善美化大廈公司，當然他們不露面，照片上的另外三個人是他們的公司董事，都是他們聘請的。自從沈國明做了區議員，這區的舊樓翻新工程，大部份由這三間公司中標，這三間公司任何一間投得工程，最終利益是屬於冼氏姐弟，亦即是沈國明，這疊就是我辛苦偵察的商業資料。」

「你的意思是……」

「無錯，違反商業競爭條例，以及公職人員行為失當。」

汪凱琳想不到他竟犯上這麼嚴重的罪行，難怪他這麼着緊樓宇更新大行動的進度，原來並不是真心為居民好。

「你打算怎麼做？」胖子說。

「我自有我的打算，請點收。」她不捨地從手袋中掏出一疊五百元。

胖子點收後，愉快地離開。

到了鬱金香大廈外，她望向隔鄰的「沈國明區議員辦事處」的招牌，她決定再給他一次機會。

她推開沈國明議員辦事處的大門，沈國明正在跟他的助理討論工作，她對他說：「沈議員，我有事想單獨跟你談。」

「明哥，我先去吃飯，回頭再商討那個義賣活動。」

助理識趣地離開，房間內便只有她和他。

她單刀直入。

「沈國明，這麼多年來，你有沒有為自己對我的傷害後悔？」

「沒有。」他答得斬釘截鐵。

汪凱琳早已預期這個答案。

「汪凱琳女士，你都三十多歲了，還在為中學時的事耿耿於懷，我都不再提這件事，你尷不尷尬，還在掘這件糗事，你可以成熟點嗎？」

「你知不知道因為那件事，間接傷害了我和兩個好朋友的感情，特別是宋子穎。」

「誰叫你在後山大吵大鬧？」

「你怎麼知道？」她感到驚詫。

「哈哈，是林瑪姬告訴我，當日有份玩弄你的女生，我告訴你，是我跟人説你覺得宋子穎的父親是清道夫，做一份低下層的工作，沒有資格做你的朋友。」

「原來一直是你這個賤人從中作梗，為何你要這樣待我？你弄得我和兩個朋友決裂，你令我多年來對愛情有陰影，你為何要這樣賤？」她掄起手掌，想摑下去，但理智戰勝了一切。

沈國明望着她，然後發狂地大笑。

「因為你太傻，像我這種優異生怎會看上你這種平平無奇的女生？我當日覺得好好玩，是我人生中最美好的回憶。」

之後，他又瘋狂大笑，面目猙獰。

「你這種人會有報應的。」她拋下這句話，衝出門口，背後還傳來他的笑聲。

她無比的傷痛，再一次看着這個中學時代愛過的人，她清楚知道自己該如何做。

她想：你是值得得到這個教訓，沈國明，你有機會笑便笑吧，日後不知還有沒有機會。

如果他流露出一絲悔疚，結局或許不一樣。

那天晚上，她走進附近的網吧，鼓足精神，開始整理所有文件和照片，以她的專業撰寫一篇長文，揭露這個政壇新星的罪行；她努力敲打鍵盤，嘴角不期然露出笑容，她終於可以向這個賤人報復了。

身邊的年輕人正忙着網絡遊戲，沒有人知道這個年輕女子正在做一件轟天動地的事，而當她完成文章內容後，分別在幾個社交網站開了多個假賬戶發放文章，把沈國明的罪狀公諸於世。

其後，她再以匿名的方式，寄了一封電郵給廉政公署和申訴專員公署，把沈國明以權謀私、公職人員行為失當的事向他們投訴。

她知道放出去的魚餌，最終可以釣到大魚。

之後，她沒有再找沈國明，因為她跟他不相同，她不會幸災樂禍，反正結局都是一樣。果然，兩天後，各大報章、雜誌把那篇告密文章轉載出來，圖文並茂，電視新聞中記者追訪他，他以手遮掩，一副狼狽相。

再後來，廉政公署正式起訴他，他所屬的黨作出嚴正聲明，開除他的黨籍，並與他劃清界線，一代政治紅人被打落水狗。

汪凱琳在網上再一次播放張學友的《只願一生愛一人》，回首前塵往事，犯傻愛上一個如此不堪的人渣，只能笑自己無知。

這兩個月來，接連發生了太多事，她需要喘息一下，但在這座大廈裏，面對孤獨的母親，只有灰沉沉的生活，她想去離島走走。

不久，她收到楊主席的電話，晚上到立案法團會議室召開緊急大會。

「各位委員、司庫和秘書，因為沈議員的事，我們就樓宇更新計劃需要重新招標，我會重新草擬一份工程細節，並剔除之前入標的三間工程公司，我相信這一年的工作會十分艱巨。面對是次錯失，我責無旁貸，承諾不會再犯，在招標後會小心審查相關公司的背景，我們一起努力。」

全體委員給予熱烈的掌聲，汪凱琳認為這次揭發沈國明舞弊一事，沒有做錯。她舉手跟主席說：「楊主席，我代表全棟大廈的長者多謝你多年來的付出，我們一起努力吧！相信大家都清楚關於我的事，這段時間我覺得很累，我想休息一個星期，往離島走走，這一個星期不能再參與立案法團的工作。」

楊主席和楊太太走上前，楊太熱情地跟她握手：「汪小姐，放心吧，你去旅行散散心吧！」

其他委員善意的眼神，令汪凱琳十分感動，她強忍着快要奪眶而出的淚水。以往她一直看輕這班鄰居，總認為他們背地裏說三道四、蜚短流長，其實他們都是充滿人情味的一群，她感到自己錯了。

她深深地向立案法團的同儕鞠躬，接着便一起商討下一步的工作。

會議過後，她回到家中，媽媽正躺在藤椅上睡着，電視正播放着一個頭形長得像魚蛋的胖漢在說冷笑話的節目。她關上電視，凝視着老邁的母親，覺得她很可憐。現在，她的世界只有媽媽，而媽媽的世界也只有她。

她輕輕搖一下母親，媽媽張開惺忪的眼睛，問：「會議完結嗎？」

「嗯。」她點點頭。

「唉！這種沒有錢的義工，你就不要幹好了，免得自己辛苦。」

「我不累，媽媽，我想行開一下。」

媽媽望着她，沒有回話。

「媽媽，自從離婚之後，以及東樂最近自殺的事，我感到很憂傷和疲累，我想去離島住一個星期，散散心，這段日子你也許要一個人度過了。」

她的母親輕撫她的頭，就像兒時一樣。

「自從你爸爸和弟弟走了之後，我已經習慣了一個人生活，我沒有事，你放心去玩吧。雖然我以前一直不喜歡你的丈夫，但當聽到他的事後，我心裏也不舒服，相信你更痛苦，你放心吧！放心去離島玩吧。」

以前，她總認為媽媽只掛念死去的弟弟，卻原來她的內心還有她，她緊緊地擁抱着母親。

我的世界就只有你，她內心對母親說出這句話。

＊＊＊

她站在港外線碼頭，看到不同的離島航線，她可以選擇往大嶼山、長洲、坪洲，但她還是選擇去南丫島，那是她跟自己最好的朋友魏菁菁在中二時去過的地方。

開船後，她走到上層甲板，望着遠方。輪船漸行漸遠，海水因輪船開動而擊起雪白浪花，她不期然飄到遙遠的過去，那一年她跟着魏菁菁兩個人在甲板上迎着風大聲呼喊，用那部傻瓜相機拍下許多照片，更請甲板上的乘客幫忙拍合照，那些照片她已多年來沒有翻看，也沒有再回想當日的事，就在此時此刻，這種氛圍下，封塵的記憶還是出來了，一切就像昨日一樣。只是，她和魏菁菁再也不能做朋友了。

半小時後，抵達榕樹灣，她沿着石橋走上這座小島，她沒有預先訂房，因為她不擔心找不到房間。

她在滿佈海鮮食肆附近，看到了一棟度假屋，她按了一下門鈴，走出了一個老婦，她看到汪凱琳只有一個人，好像有點不自然。

「你一個人來租房？」老婦帶着疑惑的口吻。

「對，請問有沒有房間？」

「有是有的，不過……」老婦支吾以對。

「老闆娘，請放心，我不是來自尋短見，我只是來散心。近來，在我身上發生很多事，有開心的、也有不開心的，你想聽聽嗎？」

「不用了，我相信你，請問如何稱呼？」老婦露出親切的笑容。

「我姓汪。」

「汪小姐，請跟我來。」婦人關上接待處的大門，領着她轉上二樓。

環顧房內的設施，除了淋浴間、電話外，還有一部供客人上網的電腦，她跟婦人說租住四天，並馬上交了房租。

老婦人給了她鑰匙後，臨別前，跟她說：「這裏的店鋪很早便關門，晚上早點回來休息，樓下的餐室八時便有早餐供應，歡迎光顧。」

「謝謝。」

「汪小姐，無論如何，我希望你可以帶着愉快的心情，好好享受這幾天的假期，愉快地回去生活，不好意思，希望你不會怪婆婆多管閒事。」

「不會。」汪凱琳感激善良的老闆娘。

她打開背包，取出換洗衣服，走進淋浴間洗了一個澡，熱水從頭到腳，彷彿洗淨了多個月，不，多年來的疲累，只有遠離煩囂，才有這種感覺。

她抹乾了身上的水珠，坐在床上發愣，看着這間陌生而整潔的房間，腦內一片空白，說是來放鬆自己，不能再想傷心的事，而且關於謝東樂的事，她已哭了多遍，今天他已不在人世，過了葬禮後，他便化作了一縷煙，人生最終也是一樣，只是他選擇用這種方式離開。

她不想困於這個潔淨的空間，決定到外面走走，感受大自然氣息。

她沿山路向上行，遠眺島上昔日的焚化爐，靜聽海風的聲音，在這一個沒有人的地方，不再需要跟人爭論，不再讓她感到煩惱，她的心情慢慢地好過來。

她向着天空說：「東樂，一路走好。」

這是她唯一可以做的事。

一直以來，她都沒有放下自身的負擔，好好放假休息，在這四五天的放鬆下，她每天都在南丫島不同的地方遛，從居住的榕樹灣步行到另一邊索古灣，又發掘了另一條較少人走的模達灣，山上偶爾碰到聯群結隊的登山客，有外國居民拖着巨犬走過，她也忍不住上前摸摸。

旅店附近的居民漸漸習慣這個年輕女人，他們不知道她的底蘊，卻總忍不住多看她一眼。她雖然算不上艷麗，但散發出成熟女人的知性美，這是她從沒有察覺的事，因為她總是在子穎、菁菁，以至大學的美女同學的陰影下生活，慣性地把自己貶低。事實上，汪凱琳是一個很耐看、有氣質的女人，不然當年謝東樂也不會愛上她。

這數天來，她在附近的小餐廳吃飯，也會光顧海鮮餐館，只是這些餐館的價格較高昂，而且海鮮一向不是她最喜歡的食物。她去了一家曾借出場地給電視台拍攝劇集《美味情緣》的中餐館，那已是數年前的事，剛好近日電視台在深宵重播這套劇集，她的媽媽喜歡坐在藤椅上觀賞，電視明星都在這劇集中飾演小廚師和侍應，只是場景依舊，這裏卻沒有半個演員的身影。

侍應跟她說起昨晚大結局中，男主角馬友煮出的幾味小菜「藕斷絲連」、

「刻骨銘心」和「直腸直肚」，菜式名稱配合劇情發展，古古怪怪，引得她和侍應哄堂大笑，彷彿劇中人物真的在這間店工作後，之後又離去了。

飯後，她走到餐室對出海面的小渡頭，她站在劇中人曾經站過的位置，望着眼前的一片海，還有那些泊在淺水處的舢舨，她想一切都會好過去的。

她回到房間稍稍睡一會，內心盤算着往後的日子，她與媽媽如何相處，還有她未來要做的工作。明天，她便要離開了，她還沒有去那一個地方，那個她和魏菁菁一起玩樂的洪聖爺灣。

她想自己短期內未必會再來南丫島遊，便換上衣服往沙灘去，這天不是假期，而且天氣有點涼，只有為數不多的人在海灘上玩沙，亦有外籍人士拖着小狗散步，她在小食店租來了沙灘蓆和太陽傘，就這樣躺在沙灘上，享受着日光浴。

沙灘上的年輕人在打排球，亦有一些女生在追逐，她的心不期然想念起兩個朋友，她曾經和魏菁菁在七月四日，她生日那天在這個沙灘玩，那年是中學二年級。雖然，子穎並沒有一起在這個沙灘玩樂，但看着那些活潑的女孩子，她彷彿看到子穎、菁菁和自己的身影。

她十分想念她們，她一生中最重要的朋友，最終各散東西，她的心傷痛不已。

「嘟……嘟……」電話短訊的聲效把她從憂傷中喚醒。

「我有些事跟你談，方便給你一個電話嗎？」

她心頭一震，竟然這麼凑巧，她看着手機的屏幕良久，一直不敢回覆，最後還是輸入「好的」。

不久，電話響起。

「菁菁，你好。」汪凱琳說。

「我看了新聞，得悉你前夫自殺身亡，請節哀順變。」

「謝謝關心，我去了南丫島，現在就在我們以前嬉戲的那個沙灘。」她下意識望向四周。

「嗯，我已很久沒有去過。」

「菁菁，對不起。」她一直想跟她道歉。

「啊！你說那件事，我已沒有放在心裏，你說得對，我的確傷害了萬巧兒。」

「但作為舊友，我不應該寫那篇報道。」

「這些事，我們見面再談，我今次打來，是因為我發現了一件事，我可能找到宋子穎的女兒。我傳一張相片給你，你一會兒看看，你給我你的電郵地址。」

汪凱琳說出電郵地址後，內心狐疑。

「你回去檢查一下電郵，我們再談，再見。」

她匆匆歸還沙灘用具後，帶着緊張的心情回去旅店，啟動房中電腦的互聯網，電郵顯示有一封未閱來信，她打開那張附件照片，她頓時嚇了一跳，照片中的人根本就是十多歲時的宋了穎。

她再細心看，還是看出她和子穎之間的分別，除了樣子相似外，信內提及的名字也有點類近。

她再細閱菁菁的信。

凱琳：

她不是子穎，我在關懷兒童家園做剪綵嘉賓時發現這個女孩，她在那裏長大的，我第一眼看到她時，也感到錯愕，她的名字叫宋穎童，跟子穎的名字也有些相似，我跟該機構的主席是好朋友，知悉她的外公是一個退休的清道夫，跟子穎父親的身份脗合。我打算約她見面，了解一下，你回來後找我。

菁菁上

她的心頓時燃起火燄，她真的想馬上見這個叫宋穎童的女生。

2.

那天，張志修提早到達炸雞店。雖然他跟穎童以電郵交換了照片，但是內心還是忐忑不安，始終他跟她已有十多年沒見，而且當日她還是一個嬰孩。照片中的宋穎童跟他日思夜想的子穎有九成相似，他重複觀看那張照片，有一種奇特的感覺，就像跟中學時代的子穎見面一樣。

她終於來了。

他終於看到真實的宋穎童，他那位青梅竹馬朋友的女兒。

她拉開椅子坐下，他呆望着她，久久不能言語。

她打開話匣，說：「你好，張志修叔叔。」

「你好，穎童。」

他有點不好意思，移開視線。

「不好意思，你實在長得跟你媽媽太相似了。」他尷尬地說。

「不如，我去買一些東西給你吃。」穎童正想站起來。

「讓叔叔替你買，你喜歡吃炸雞嗎？」

「嗯，謝謝叔叔。」穎童對張志修的印象不錯，看着眼前這個男人，感覺他不像一個三十多歲的男子，倒像一個未成熟的少年。

轉瞬間，志修捧着餐盤回來，上面放着一桶炸雞、兩個葡撻、兩碗蘑菇飯和一枝大汽水，小心翼翼走到穎童面前。

宋穎童忍不住笑了出來。

「叔叔，你買這麼多炸雞，我們只有兩個人，怎吃得下？」

「我不知道你喜歡吃哪種味道，所以辣味、原味和蜜糖各買兩隻，若你不喜歡這些炸雞，也可以吃葡撻或者蘑菇飯，我想小孩子都喜歡吃這些。」

「叔叔，謝謝你。」穎童從沒有吃過這麼豐富的茶點，內心十分感動。

張志修擺擺手，叫她別客氣，趁熱吃。

二人便大快朵頤，消耗了桌上的食物。

宋穎童一邊吃，一邊想起以往在這裏看到的家庭樂，她心底裏升起了溫暖的感覺，也許在別人眼中，志修就是她的父親，她心裏暗自竊笑，慢慢那感覺浮現在她的臉上，志修也察覺到她的笑意。

「有甚麼有趣的事？」志修一面吃着雞翅膀，一面對她說。

「沒有，我想到我們兩個人竟能吃掉四個人的份量，真的很好笑。」她胡亂編一個藉口。

「對，我也很久沒有跟人分享這麼多炸雞了。」張志修也笑了。

她想起外公的話，外公跟她提起張志修時總是讚不絕口，她亦感受到他的善良。

氣氛也從當初的尷尬變得熟絡起來，只是待他們飽餐一頓後，雙方又變得默默無言。

「穎童，也許你沒有印象，其實我們早已見過面。」

「真的嗎？」穎童感到有點迷惘，不停在腦海內搜尋，怎麼對這個人沒有半點印象？

「你還是小嬰兒的時候，我抱着你跟你外公一起尋找你的媽媽，可惜最終也找不到她，後來才得知她去了印度。」

「對，外公有提過這件事。」

當提及子穎時，志修馬上顯出無限的哀傷。

他也許察覺這點，馬上轉換話題，緩和那種哀傷的氣氛。

「剛才，當我看到你的時候，真的嚇了一跳，你長得跟她實在太相似，我以為看到子穎。」

「張叔叔，你可不可以告訴我多些關於我媽媽的事？」

張志修望着窗外那棵大樹出神，接着跟她說起子穎的往事。

「你媽媽是一個很乖巧的女生，我跟她是小學同學，因為一件事而做了朋友，她一直因為父親的職業而受同學欺負，但她從不自怨自艾，努力讀書，是一個對將來有理想的人，希望完成大學之後找到一份理想工作改善生活，只是……」

「怎樣？」穎童追問。

「只是，我搬離了屋邨之後，她整個人的性情變了，好像變了另一個人，不久之後，她便懷了你，也沒有讀書，之後的事你也清楚。」

宋穎童點頭，淚眼汪汪，說：「我真的不明白，為甚麼她拋棄我和外公？」

「不要怪她，那年她只是一個二十歲的女生，思想不夠成熟，你外公在印度找了半年，就是找不到她，更發生意外，變成殘障人士。」

「我真的不能接受……」她低下頭，喝一口汽水，志修不知如何開解她。事實上，他也想了解宋叔叔現在的狀況，畢竟他和他之間沒有聯繫多年，亦不知道穎童找他的原因。

他思忖半晌，問：「你外公現在怎樣？你跟他住在一起嗎？」

她搖搖頭，聲線十分低沉，說：「我住在宿舍，外公患了肝癌，醫生要我做好心理準備他隨時會走。」

「怎會這樣？」張志修驚訝地叫了出來。

「外公要我聯絡你，就是想跟你見面。」

「我們現在馬上去吧！」張志修着急地說。

「現在已經過了探病時間，明天……明天五時，我們在仁愛醫院大堂等。」

「好，宋叔叔怎麼一直不找我？我怎麼又一直不找他？我真的很差勁。」

穎童按着他的手，說：「外公說的不錯，志修叔叔，你真的是一個好人。」

張志修望着她，說：「子穎……不，穎童，我明天要跟你外公好好談談。」

夜裏，志修與穎童也睡不着，二人之間的相遇令志修的心泛起了漣漪，穎童跟子穎差不多有九成相似，他不期然懷緬這位好友，過了這麼多年，子穎不知是生是死，他覺得自己有責任關懷她的女兒。

而她呢？

穎童因為之前發生的不愉快事件，令她對人失去了信心，但不知何解，張志修的出現卻讓她有一份安心的感覺，他就像一個慈祥的長輩一樣，與他在下午共度的溫暖時光，是她從沒有過的快樂。她還以為自己已過了需要父親的年紀，暗裏卻希望有一個像志修一樣的父親。

第二天，為了趕及探病時間，志修特別跟漫畫公司請假，提早到達醫院。他內心對宋叔叔有一份愧疚，自從子穎失蹤十多年，除了替叔叔搬家之後，他便沒有再跟他見面，對於他和穎童的事不聞不問，若非穎童致電給他，他甚至連叔叔生病的事也不知道，他只會陷入無盡的自責。多年來，他逃避宋叔叔，是因為自己當日不肯放棄高考，跟他一起去印度尋找子穎。雖然結局都是一樣，但是至少叫盡過力。

他抵達大堂時，穎童早已坐在梳化等候他，穿着校服的她，與子穎更相似。他們互相點頭，一起坐升降機到老年男人內科病房。

宋叔叔的病床在窗邊，當志修走進去的時候，內心不禁為之一凜，在他的印象中，宋叔叔是一個樣子清秀，架着金絲眼鏡的英偉男人，眼前這個人面容枯槁、瘦骨嶙峋，右手還插着點滴，沒有半點血色的樣子，老了足足二十年。

穎童輕輕拍醒昏睡的他，他勉強支撐起疲弱的身軀坐起來，穎童指一指站在床邊的志修，說：「外公，志修叔叔來了。」

「叔叔，對不起，我來遲了。」

「志修……志修……」宋叔叔激動地捉着他的手。

「叔叔，你好嗎？」張志修當然看出宋叔叔的情況不妙，但他實在想不到如何交談，這多年來發生的事。

「差不多，老人病。穎童，志修叔叔的為人如何？」他佈滿皺紋的臉向着穎童微笑。

「志修叔叔很好人，請我吃了很多炸雞。」

「穎童，你可否替我去便利店買一些飲料和食物，我想請志修吃。」宋叔叔從抽屜中拿出一張一百元鈔票。

「不用了，叔叔。」志修想阻止他，卻被穎童搶了那張一百元鈔票。

「穎童，逛一會兒才上來，我有話要跟志修說。」

「好的，外公。」穎童說畢後，便轉身離去。

「志修，你今年多大？」

「三十三，差不多三十四歲了。」

「你結婚沒有？」

張志修搖搖頭，對他說：「大學時，我曾嘗試交女友，但最後還是無疾而終；叔叔，也許我還是忘不了她。」

「原來這樣，可惜我始終找不到她。」

宋叔叔望着天空，充滿無奈的嘆息。

二人沉默相對，沒有一方先開口，空氣彷彿凝固了，對於自己的自私，志修一直充滿內疚，跟叔叔道歉。

「叔叔，對不起，當日我應該放棄高考，跟你一起去印度，說不定能找到她。」

「志修，當年你還是高中生，而且熬得那麼辛苦才能考大學入學試，我當初向你提出陪我一起去印度的要求，着實有點自私和過份。我想這就是命運的安排，志修，我相信穎童已經跟你說了我患上了肝癌。」

「嗯。」張志修低下頭，強忍着奪眶而出的淚水。

「其實，我有一個請求，我自知命不久矣，但是穎童現在只有十三、四歲，我記得你當年說過即使子穎有身孕，你依然會娶她，視她的子女為你的子女。」

張志修點頭。

「我希望你幫幫我這個老人家，做穎童的義父，照顧她直至大學畢業，可以嗎？」宋叔叔以虛弱的手抓緊志修的肩膀。

「叔叔，我……」

「若你想她跟你的姓氏，可以改姓張，我沒有所謂的……」

事出突然，張志修沒有想過他會有這個要求。

「叔叔，你讓我考慮一下。」志修不知如何應對。

「志修，叔叔就只有這個外孫，我快要死了，我真的放不下她。」宋叔叔的話十分悲涼。

剛好穎童回來，把塑膠袋遞給張志修。

「叔叔，吃東西吧。」穎童的語氣不帶半點情感。

張志修望一眼她，從中取出一盒檸檬茶和紙包蛋糕，宋叔叔與他之間的對話暫且擱下。

之後，憂傷而虛弱的宋叔叔不再說話。

探病過後，大部份人都是坐小巴下山，穎童提議不要坐小巴，從山路慢慢走下去。

路上，二人默默無言，直至經過一個小公園，穎童說：「不如坐一會。」

「好的。」

她望着日落，呼一口氣：「叔叔，我知道外公想你做我的義父，其實他叫我聯絡你，就是為了這件事。」

「原來這樣，我沒有心理準備，當他說出來的時候，我有點不知所措。」

「叔叔，你敷衍他便好了，讓他安心好了，讓他以為你應承，不用真做我的義父，我已經十四歲了，過幾年便是成年人，已過了需要父親的年齡。」

「穎童，對於宋叔叔的話，我一定要認真看待，但我也要跟我父母商量。」

突然，宋穎童歇斯底里，激動地說：「志修叔叔，你不是我父親，我由細到大都沒有父母的，你沒有虧欠宋子穎和宋曉忠兩父女的，你有自己的人生，你不要那麼多管閒事好不好？我不需要你做我的父親。」

然後，她拿起椅上的背包，頭也不回地走了。

張志修不懂反應過來，他好像被這兩公孫耍了一樣，天空漸漸黑了。

回到宿舍，穎童為自己的衝動而自責，事實上她希望志修叔叔跟自己的人生建立關係，當時她靜靜地在遠處偷看志修和外公的對話，看到志修一面錯愕的表情，她內心着實有點失望，本來她會以為他會一口答應外公的要求。

雖然她只認識志修兩日，但已經有一種認識很久的感覺，在短暫的相處中，她對志修叔叔充滿好感，剛經歷了校園欺凌事件，新學校又是一個不愉快的學習環境，她確實感到疲累，需要一個關心她的人，志修的出現正好填補了這個位置。

然而想深一層，外公的想法未免太理所當然，他們沒有顧慮志修的處境。

她從抽屜裏拿出那三封信，想了一會，發一個短訊給志修。

「叔叔，剛才我太衝動了，向你發脾氣，對不起，請你原諒我，我有一些關於媽媽的事想告訴你，可以見面嗎？」

張志修沒有睡意，在閱讀電影週刊，他也漸漸消化了下午探病的事，他回想起很多關於子穎的事，加上碰到世勇，他們的過去再一次被提起，而對於穎童的人生，他不能置之不理。

對於當年子穎對他的傷害，他的內心有一根刺，只是對子穎多年的想念把這仇怨沖走，重遇穎童彷彿是冥冥中的安排。子穎回來的機會渺茫，宋叔叔亦命不久矣，可憐的她會變回一個孤兒，她會不會再走回母親的舊路？他不禁胡思亂想。

此時，電話響了一下提示音，是穎童的短訊，他回了一句：「明天三時，在醫院的小花園見面。」

仁愛醫院的小花園是供病人和家屬休息和散步，當然亦有醫護人員在此吃飯盒，碰巧星期六下午，志修不用特地請假，提早到來等待穎童。這段等待的時光，他想了很多事，比如自己的工作沒有發展的機會，而自己還是一個跟父母同住的三十多歲的男子，沒有足夠的能力照顧一個孩子，而且他還沒有找尋另一半的想法。

正當他為這些事心煩的時候，穎童亦來到了，他向她微笑，大力揮手，彷彿把昨天的事拋諸腦後。

「叔叔，我這麼着急找你，是想和你看一些東西。」

張志修感到惘然，她從袋中拿出三封信。

「叔叔，這三封信應該是我媽媽臨走前寫給我們的，一封是給你、一封是給我、一封是給外公的。之前，我在外公的抽屜裏發現的，本來想一個人拆開來看，但想一想，還是跟你一起看。」

她把那封信遞給志修，他竟然反應不過來，呆呆地站着，腦內一片空白，他萬萬想不到原來當時子穎的心裏還是有他。

信封面署名：「給親愛的志修」，單單看到子穎的字跡，他躁動起來。

「叔叔……」穎童示意他拆開信封來看。

與此同時，穎童亦開始閱讀泛黃信紙上的文字，這一大一小的兩個人靜靜地坐在長椅上，一起展讀埋藏了十四年的書信。

子穎給志修的信寫得滿滿兩頁紙，他的眼睛噙滿淚水，而穎童也忍不住落下淚來。

志修捉着她的手，激動地說：「穎童，原本我一直以為她討厭我，羞辱我，原來一切都是假的。」

「叔叔，我真的不知道媽媽原來有這個打算，她一直想找回我的親生父親，一家團聚。」

然後，她拿起志修的信來看。

「媽媽說有一個好朋友凱琳在背後說她壞話，才轉校。叔叔，你認識這個人嗎？」

志修直搖頭，只見穎童一面怨恨。

這兩個人，一起分享着一個秘密，在旁的其他院友和醫生、護士忍不住瞄向這兩個淚人。

「叔叔，要不要把這封信交給外公？」

志修想想，始終這是子穎給父親的信，沒有理由不交給宋叔叔，但是另一方面，他又擔心這封信會刺激叔叔，內心陷入兩難。

「我想還是交給叔叔，由你外公決定看不看。」

「這樣也好。」穎童點點頭，流露出信賴的眼神，她早已視志修為自己的義父。

二人懷着沉重的心情步入老人內科病房，宋叔叔安躺在床上。

「外公、外公，志修叔叔來探你。」穎童輕輕搖醒他。

「志修，你又來了，這麼有心，坐吧！」宋叔叔發出微弱的聲音。

「叔叔，你今天還好嗎？」

「老樣子，我的病不能痊癒的，只是等日子來臨。」他的話充滿哀慟，穎童忍不住哭了。

「叔叔，不要灰心，現在醫學昌明，你一定會康復的。」

張志修望一眼穎童，示意她說出「那封信」的事。

「外公，之前我在你的家中找到一個舊月餅盒，內裏有三封信，一封是給你，另外兩封是給我和叔叔，我們已經閱畢了，你要不要看你的那一封信？」

穎童把那封信遞給外公，宋叔叔的手顫巍巍接過那封信，看一下信封面「給親愛的爸爸」，子穎的筆跡，他的眼中閃爍着淚光，然後把那封信遞給穎童。

「穎童，我的眼睛不好，你替我讀出來。」

穎童的淚水簌簌落下，她抹一下鼻子，對外公説：「親愛的爸爸：對不起，女兒不孝，此行為了找尋穎童的父親，待我回來，一切都會好過來的，勿念。女兒子穎上」

「傻孩子……傻孩子」他重複叨念着。

志修和穎童看在眼裏，實在痛徹心腑，子穎沒有達成信中的承諾，這個慈父最終沒有看到女兒歸來。

回家路上，二人都沉默不語，志修還是第一個開腔説話。

「穎童，我看到信中的字密密麻麻的，怎麼讀出來只有幾句？」

「叔叔，我故意作出刪減，實在不想説得太詳細，避免讓外公太傷心。」

「你真的是一個好孩子。」

「叔叔，其實我的生活一點也不開心，只是我不會告訴外公。」

「你可以告訴我。」

她便把自己在中學的遭遇，包括幫忙陳巧英而誤傷同學，被迫輟學，又在另一所中學遇到同學受欺凌事件，影響了學業的心情。

「怎麼校園裏，總是發生這種事，說給你聽，叔叔當年也被惡霸同學欺負。近來，有一個當年的女同學說他們想邀請我回去那間中學一起慶祝畢業二十年，他們真的有病，被欺凌過的人還能把他們視作朋友嗎？」

「叔叔，做得好。」她舉起大拇指。

「我不是想帶着仇恨過日子，但人生苦短，總有更多值得你愛的人去關顧，我不想再跟他們有任何瓜葛。」

「嗯。」

「回去吧。」

原來，他們有着相類似的經歷，穎童覺得跟志修又有一些親近的感覺，而志修亦認為穎童是一個需要關愛的女生，畢竟她的人生、她的遭遇，未來或連唯一的外公也失去了。

他閱讀了子穎留給他的書信，更肯定一點，他不能對穎童的事置之不理，只是他如何面對父母呢？自從他電影系畢業之後，他的三個姐姐亦相繼結婚，離開了原本的家庭，現在家中只剩下他一個沒有另一半，而他在工作上又停滯不前，凡此種種都加深了父母對他的怨懟，現在還說要認一個對他們而言是陌生的女孩做自己義女，怎樣也說不過去。

但為了子穎、宋叔叔與穎童，他也要一試。

志修懷着這種忐忑不安的心情回去。

晚飯過後，父母都在看連續劇，他對兩老說：「爸爸、媽媽，我有一些話想跟你們說。」

父母看到他面色難看、煞有介事的樣子，多少有些疑慮。

然後，他硬着頭皮，把自小認識宋叔叔和宋子穎，他一直愛她，而她與別人生了孩子、失蹤，宋大叔期望他在日後認穎童做自己義女的事娓娓道來。

他父親聽完後，氣炸心肺，拍枱怒罵：「張志修，你是不是患精神病？想不到當年那一個在屋邨倒垃圾的人會想出這種事來，你由細到大有甚麼事不是任性妄為，讀甚麼電影，出來又不是做電視台、拍電影，現在還在一間無前途的漫畫公司做一份半死不活的助理編輯，女朋友又沒有找到，為一個所謂青梅竹馬而又不喜歡自己的女生浪費了多年時間，現在還說要做她私生女的義父，你連自己也供養不了，你想我們替你養人家的女兒嗎？你是不是想氣死我們？」

他父親掄起掌，想大力摑下去，被母親及時阻止。

媽媽說：「志修，你不要惹怒我們，好不好？」

「爸爸、媽媽，我三十多歲人了，我自己的事，可不可以讓我自己作主？」

「你自己作主？你現在賺的錢，連出去租一間套房也不夠，若不是跟我們一塊居住，你也找不到地方住！你學一下你大姐夫，他是稅務局的高官，居住在大坑豪宅，駕名車又養番狗，你，只是一間漫畫公司的小員工。」

他父親在怒吼，激動得青筋暴現。

「你的話太過份了，我是你的兒子。」

他放下這句話，背起包子衝出家門，其實他早已預料父母會反對他認穎童做義女的事，只是他想不到父母會無情地奚落他、他喜歡的人以及他的人生。

他想起一件往事，那是畢業數年，他離開電視台，在漫畫公司工作，他與傳理系的舊同學敘舊。

他的女同學林潔心曾經跟他說：「你做這麼多年，還是一個賺那麼少錢的漫畫助編，你跟我們比差太遠了。」

另一個女同學則在派卡片，說：「我現在是電影資料館的副館長，多多關照。」那晚，他感到十分傷心和自卑，在同學眼中，自己是一個微不足道、事業失敗的小人物，也許他真的如此不濟，白白蹉跎了歲月。

今天，他被父母的無情撻伐，更覺心灰意冷。

他沒有想過爸爸的反應那麼大，他也懊惱如何面對穎童和叔叔，他雖然已三十多歲，但對於未來的人生，他確實一籌莫展。父親說的話縱使苛刻，無可否認也是事實，他沒有一份穩定和有前途的工作，如何可以做穎童的義父呢？他坐在巴士站的椅子，感到百無聊賴，但又不想回家，他真的不懂如何跟父母相處，雙方陷入僵持的處境。

他氣沖沖地跑出去，然而不知去向，此時此刻他坐在巴士站的長椅上，靜靜地想東西，電話響起，是母親打來的。

「你去了哪裏？快回家吧！」

「我想散散步，你們先鎖上門，我晚點會回家。」

他沒有待母親回應，逕自掛上，晚風吹來，感到分外淒涼。

他沿着附近村屋的道路走，穿過郊野，夜裏沒有多少人，黑漆漆的路上，他內心交戰，思考着父親剛才的話。

他想自己確實連女朋友也沒有，怎會跳過那麼多步驟，認一個跟自己沒有血緣關係的女生做女兒，而且孤男寡女，出世紙的父親從缺，別人怎麼會相信他和宋穎童的關係，引來流言蜚語便不好。但是，當他看到宋叔叔衰弱的身軀，苦苦哀求的眼神，他實在不忍拒絕他。

他陷入兩難之中。

夜深人靜，他愈走愈遠，走到附近的沙灘。

坐在無人的沙灘，看着面前的浪花，他的心猶豫不決，他需要找一個人傾訴，給予一些想法，即使那些想法有用又好，沒有用又好，至少可以分擔他的憂愁。

他想到世勇，他想起那次在醫院跟他太太談起，世勇一直想跟他聯絡。雖然他對於劉世勇不肯幫忙去印度的事耿耿於懷，但是想深一層，自己也是因為不想錯過大學入學試而沒有陪叔叔去印度，而且那已是十多年前的事，一切已成過去。

隨後，他按了世勇的電話。不久，一把熟悉的聲音在電話筒傳來。

「喂！」

「是我，世勇。」

「志修，真的是你？你好嗎？多年沒見。」

世勇的聲線十分激動。

「你的身體好嗎？」

「康復過去了，謝謝你的關心，我聽我太太慧兒說是你送我往醫院。」

「不是，是上天要我和你在那個地方重逢，我只是剛好在車廂內，救護員知道我和你是認識的，便叫我陪同你一起入院。」

吧。

「怎麼說也好，總之感謝你。」

「世勇……」他不知如何開口，嘀咕了一會，接着說，還是談談他的事

「你為甚麼要演三級片，還要拍文三千那爛片王的電影？」

電話沉靜了一會，他想自己是不是說錯話。

「志修，你說話還是那麼直接，老土一點說『有頭髮誰想做癩痢』，你看我在電視台的星運每況愈下，我大哥又借了高利貸二十萬，後來連本帶利滾到七十萬，我別無他法，有人介紹我替文三千拍色情電影，只要做某程度的犧牲，我便可以有一百萬片酬。唉……誰叫我跟他一世人兩兄弟，有段時間，你去了將軍澳的那段日子，他已跟人打架、借錢，只是我不想家醜外傳，沒有跟你說。」

張志修雙眼一熱，原來當年他也有家庭問題，他完全沒有想到，一直錯怪他，感到十分內疚。

「明白，那你以後有甚麼打算？」

「我外父在屋邨經營麵包鋪，我打算跟他學做麵包，雖然年紀大了一點，但我相信以我的才華，一定可以學會，到時來我外父的店，試試口味。」

「好的，你不打算再演戲？」

「我已經嘗過了演戲，最喜歡的就是你那兩套學生習作《秋天的愛情》和《相約在情濃天》。」接着他大笑起來。

他想不到世勇最喜歡的竟是他那沒有技巧的學生習作，他忽然覺得自己一直在錯怪這個朋友。

「其實，我今次打來，是有一件事想跟你商討。」

「只要不是借錢，甚麼也可以説。」他調侃志修。

「事情是這樣的，宋子穎失蹤後，一直沒有音信，生死未卜，她的女兒穎童一直在志願機構長大，而宋叔叔又年紀老邁，患了重病，叔叔想我做穎童的義父，可以在他身故後照顧她，給她一點家庭溫暖，只是當我跟父母商量這件事時，爸爸拍枱罵我，我一氣之下，走了出來，實在左右為難，所以才打來跟你商量。」

「志修，想不到你還是那麼癡情。」

「你不要取笑我，我現在很苦惱。」

「首先，我覺得你還是不要再跟世伯和伯母談這件事，他們為你的事會增添無形的壓力，你先虛應他們，不再談起這件事，這不代表你放棄對穎童的那份關愛，你可以照樣跟她相處，並以父輩的感情去照顧她。宋叔叔都是想有人關愛他的外孫，當你找到女朋友，你大可以跟她談及這件事，到時你再想想自己要不要跟宋子穎的女兒正式做收養手續，畢竟她已經十多歲，她需要的是一個關懷她的長輩，人與人的感情不用天天在一起。」

世勇的話有如醍醐灌頂，想不到他的思路那麼清晰，志修的心馬上平靜過來。

「世勇，你令我想通了，我要致電給穎童。」

「找天，一起吃飯。」

「當然。」

他掛斷電話後，準備致電給穎童，但看一下手錶，已十一時，還是留待第二天再談。

事實上，穎童並沒有睡，她輾轉難眠，自從結識了志修之後，她找到了一種久違的溫暖，志修叔叔就像童年時那對在領事館工作的外籍夫婦，而且也更與母親有着一些關連。

她拿出母親的照片，心裏想：你為甚麼不喜歡張志修？若有這樣愛我的男生，我一定會接受他。

但是她想想若果母親跟張志修一起，自己便不會存在。

她不禁笑了。

人與人之間的感情就是這樣微妙，也許如外公所講，志修叔叔是一個超級好人，雖然她內心很希望志修應允做自己的義父，但實在不願為此而增加他的壓力。

他的生活也不算好，自己決不能加重他的負擔。

她還是日復一日，在那間充滿「欺凌事件」的中學生活，她感到疲累，甚至窒息，只有跟張志修見面和探望外公，她才能吁一口氣。

在學校，她愈裝作事不關己，那幫人就愈想對付她，想她加入他們，一起胡作非為。她看到那夥人便討厭，又不讀書，只會欺侮弱小。

她感到氣餒，在這間充斥着懶散、墮落青年的中學，如何可以進步，如何才能走出她的困境？

平日除了上學、探望外公之外，她亦有到關懷兒童家園幫忙照顧孤兒，有少許車馬費幫補零用錢，雖然一週只有兩天四小時工作，但是能夠照顧跟自己處境相同的人，她內心感到十分安慰。

這個週末的早上，她照舊到家園幫忙。

就在她跟小朋友在公園玩樂的時候，林姑娘找她。

「穎童，你記不記得上次活動，那位剪綵嘉賓魏菁菁？」

「那個外國女人？」她想起笑姐的話，不期然露出厭惡表情。

「她是混血兒，母親是英國人，為甚麼一聽她的名字便這副表情？其實，她和一個朋友想見你。」

「吓！為甚麼想見我？我根本不認識她們！」她不禁感到驚詫。

「我也不清楚，魏菁菁拜託王主席，無論如何一定要跟你見面，我會聯絡社署陳詠霞姑娘陪同你一起會面。」

她想起當日魏菁菁的驚懼眼神。

「林姑娘，我會帶另一個人一起出席。」

「誰？你的外公，他不是住院嗎？」林姑娘語帶疑惑。

「外公的朋友，我的一位長輩，他叫張志修。」她堅定地說。

3.

白天這裏是一間混合多種不同國家菜式的餐廳，晚上則是一間酒吧，由一班印度人經營，以往汪凱琳經常與謝東樂到此吃飯，今天她特意相約魏菁菁在此一聚，藉此面對謝東樂離世的事實，即使舊地重遊也不會感到傷感。

她從來沒有想過自己有機會跟魏菁菁再聚，對於早前的報道傷害了她，她一直感到萬分愧疚。

她們就這樣互相對望，不發一言，直至那位穿着筆挺西裝的印度侍應前來招呼，她們點了意大利寬條麵及烤雞配印度飯，兩杯咖啡，打發了過於殷勤的侍應後，魏菁菁開口說話。

「這個地方不錯，下午時分沒有太多客人，可以讓我們談得自在。」

「對不起。」汪凱琳發出微弱的聲音。

「事情已經過去了，不用向我道歉。」

「是我的錯，是我的報道影響了你的星途。」

「事實上，你說的沒有錯，我的確傷害了萬巧兒。」她呷一口咖啡，流露出懺悔之情。

汪凱琳靜靜地聆聽她的話。

「你的報道出街後，我曾跟她見面，說實我當初真的很恨你，但我見過她後，我明白自己有多錯！她患了厭食症和抑鬱症，更自殺過多次。我的介入令另一個女人變成這樣，那一刻我想我不能再那麼自私下去，我為何會變成一個這樣壞的女人？我竟然因為自己的任性，差點害死一個人，我跟她說我會離開唐傲德，她說一切都無所謂，她也不會再跟這個人一起。」

汪凱琳想不到她竟然有這樣的改變，默然不語。

「這裏環境不錯，背景音樂很好，氣氛很輕鬆。」魏菁菁輕鬆地轉換話題。

「嗯，以前我跟前夫經常來吃飯，他喜歡這裏的環境、侍應和食物。」

「不好意思，我從報章中知道他的事。」

「我已經沒有事了，我們之間實在經歷了太多事，而且他出事的時候我和他早已不是夫妻關係。」

印度侍應端上午餐，她們一面吃，一面交流着食物的質素，那個印度侍應又走過來，用不純正的英語跟她們搭訕，她們有的聽不懂，只以微笑回應。

「這個人很多話。」魏菁菁笑着說。

「你這麼漂亮，也許他想結識你。」

「你也很漂亮。」

「他認得我，以為我有另一半，所以他不會理睬我。」

「嘻……想不到我們可以這樣無拘無束地談天。」

汪凱琳想起這麼多年來，她們三個本來要好的朋友，若果中間不是發生誤會，也許今天各自擁有幸福的家庭，每隔一段時間便敍舊。然而世事沒有若果，因為一個小小的誤會，導致姐妹決裂，關鍵人物就是那個領袖生長沈國明。

「有一件事我也想跟你說，其實我沒有把宋子穎父親做清道夫的事宣揚開去，我只是在學校後山說了出來，當然這樣也是錯的，沈國明的朋友聽到，然後他再利用這件事來誣衊我。」

「原來是這樣，這個人真的很卑鄙，對不起，當日我被憤怒蒙蔽了雙眼，沒有給你解釋的機會。」

「當初你曾勸戒我不要跟這個人來往，我偏要跟你作對，還以為找到真命天子。我生日那天，被沈國明一幫人欺負，他向我淋水，又禁錮我，說我是你和子穎的陪襯品，我覺得很委屈，才在後山呼喊子穎的身世。那時候，我在你們兩個美女身邊，總被人恥笑。」回想起這段悲慘經歷，她不期然落下淚來。

「對不起……」魏菁菁的眼眶也噙滿淚水。

「今天終於把一切都說出來了，雖然遲了十多年，我感謝你沒有怪我，我那篇報道也傷害了你。」

魏菁菁猛烈搖頭，說：「你那篇報道的確令我的事業出現問題，後來我的經理人公司勸我做慈善工作，重建形象。我便跟隨志願機構去山區和落後國家扶貧，起初我覺得那只是公關工作，後來我發覺自己真的喜歡幫助人，認識了關懷兒童家園的主席王義雄，他邀請我去剪綵，我才看到宋穎童，我懷疑她是子穎的女兒。」

「子穎現在怎樣？」

「我也想知道，那時她本來只跟你斷絕來往，但後來她連我也不理睬，我一時意氣沒有再跟她交談，中五畢業後各走各路，沒有再聯絡。」

「都是我的錯。」她想到當日自己在後山的吶喊，傷害了好朋友。

「凱琳，事情已經發生了，不要再自怨自艾，我已經找王主席跟負責宋穎童個案的社工聯絡會面，日子方面，就定在下個星期六在關懷兒童家園，陪同她的還有一個姓張的男人，真的有點古怪。」

汪凱琳呷一口咖啡，思考着整件事，的確有點奇怪，這個男人是誰？子穎又在哪裏呢？

「這麼多年，我很想念子穎。」魏菁菁説。

「對，我也是，當年她對我很好，我卻做了那麼錯的事。」

「凱琳，你不要再自責了，是那個沈國明幹的好事，他也得到應得的報應。」

汪凱琳沒有跟她説清楚，那正是她的報復行動，現在一切已告一段落。她們經歷了多年的分離，再一次以朋友的方式重聚，只是失去了另一個好朋友，就像缺了一塊的拼圖，不完整。對於菁菁、對於凱琳而言，這些年來各自在感情路上跌跌撞撞，到頭來一場空。

菁菁的工作停滯不前，她雖然表面樂觀，亦以慈善大使的身份去修補形象，但是凱琳清楚很多人已不能原諒她對萬巧兒的傷害，她只是不想令凱琳陷入愧疚的陰霾。

而她的人生又何嘗不是困難重重，只是人總要活下去，不然便永遠落入自憐自棄的窘局。

臨別前，她們約好了見宋穎童的地點和時間，並承諾以後要每隔一段時間便要相聚。

正當她們在街角準備分道揚鑣時，汪凱琳叫住菁菁。

「菁菁，對不起，我為自己所做的一切向你道歉。」

「凱琳，我也對不起你，當年沒有聽你的解釋，但是……」

菁菁走回頭，拍拍凱琳的肩膊。

「應承我，我們以後都不要再向對方道歉，好嗎？」

「嗯。」凱琳緊緊地擁抱着她。

之後，她放開菁菁，抬頭望向她，說：「你真的很高。」

菁菁回應：「不然怎能成為名模？」

大家相視而笑。

她們再一次分手後，凱琳一個人遊走荷李活道。荷李活道是香港一個專門販賣古董、懷舊東西的地方，有些攤檔賣的是一些家中沒有用的東西，人生的記憶就像家中的舊物一樣累積了又不容易丟棄，最終日積月累，影響了未來的人生。也許她要學會的是拋棄舊記憶，才能有新的人生。

汪凱琳懷着忐忑不安的心情等待見面的日子，一方面對於會見一個或許是子穎女兒的人有一份盼望，但另一方面又害怕面對殘酷的事實——子穎有甚麼不測，不然她的女兒為甚麼需要在社福機構生活？

關懷兒童家園位處半山的一棟英治時代的官邸，被列作法定古蹟後，家園以象徵式一元租用，她推開有點鐵鏽的門柵入內，詢問接待處職員。

接待處職員指指前面的會議室。

她推開會議室的門，內裏坐着五個人，其中有菁菁和一個男人，另一邊是一個女生、一個三十多歲的男人和一個女人，那女生一直低着頭。她看了那女生的側面，感覺真的有點像少女時代的宋子穎。

魏菁菁身邊的男人開腔：「我是這間志願機構的新任主席王義雄，這位是國際名模魏菁菁小姐，而這位是她的朋友汪凱琳小姐。」

對面的女人點頭回應：「我是社會福利署社工陳詠霞姑娘，負責宋曉忠先生和外孫女宋穎童的個案，這位是受助人宋穎童，陪同她來的是她外公宋曉忠先生委託的朋友張志修先生。」

雙方互相點頭，只有主角宋穎童一直低下頭，未知如何開展對話，王義雄便權充主持人。

「國際名模魏菁菁小姐是我的好朋友，之前替我們的籌款活動擔任剪綵嘉賓，那天剛好我們以前的宿生宋穎童回來做義工，魏小姐看到穎童之後，覺得她跟中學時的好朋友十分相似，所以想跟穎童見一面。」

宋穎童一直低着頭，待主席說過後，她狠狠地瞪着汪凱琳，並以鄙視的目光望向魏菁菁，張志修察覺她有異樣，便在她耳畔說：「穎童，甚麼事？不要這樣瞪着人，沒有禮貌。」

「叔叔，就是這個女人。」

汪凱琳跟她四目交投，明顯她是說自己。

宋穎童冷冷一笑，打破沉默。

「首先，這位外國女士，你的骯髒醜聞，我早已聽聞，我不屑跟你交談；另外，汪女士，我媽媽是你害的，我亦不想跟你交談。」

氣氛頓時變得僵持，王主席厲聲責備她：「穎童，你怎能這樣無禮，快向兩位小姐道歉。」

「穎童，你不能這樣，她們特別來跟你會面。」陳姑娘也好言規勸。

「王主席、陳姑娘，我不想跟她們交談。志修叔叔，我們走吧！」

張志修不知所措，沒來得及反應。

「叔叔，你不走，我走。」她迅速衝出門外，其餘的人來不及阻止。

卻想不到她又折返，向着房內的人大喊：「外國女士、汪女士，我的媽媽就是宋子穎，你們滿意吧！」

「真的是她。」汪凱琳跟魏菁菁面面相覷。

「兩位，真的對不起，待她情緒穩定後，我們再約時間見面。」陳姑娘也追出去。

張志修站起來，向餘下三個人道別，汪凱琳叫住他：「張先生，可否跟我交換電話，我想日後再跟你詳談。」

張志修點頭，拿出手機給她。

她按下電話後，把手機歸還給他，說：「張先生，我想穎童對我有一些誤會，我遲些跟你解釋。」

「好的，不好意思，我的義女太沒有禮貌了，下次有機會再見。」

「義女？」汪凱琳內心疑惑。

然後，他也跟了出去，餘下三人互相對望，不知道該說甚麼好，魏菁菁跟王義雄道別，便拖着汪凱琳離去。

她們的心情十分沉重和複雜，對於宋穎童的表現大惑不解，沿路下中環。

「想不到她真的是子穎的女兒，這個世界真的很細，被她呼作外國女士，真的有點難受，畢竟我有一半是中國人。」

汪凱琳明白她的內心，菁菁當然不會因一句「外國女士」的稱呼而傷心，她清楚別人總會不忘記她做第三者，介入茶葉大亨的婚姻。

「遲些她會明白的。」汪凱琳拍拍她的肩膊。

「我覺得她對你的恨意更深，凱琳，我更擔心你。」

汪凱琳沒有回話，菁菁也不再說下去，二人默默地下山。

另一邊廂，陳姑娘跟穎童在青年中心的會客室交談，穎童一臉倔強的樣子，全程只有陳姑娘在說話，她只是唯唯諾諾地點頭。

「陳姑娘，我明白自己剛才太衝動，但我不想再見那兩個女人，麻煩你跟王主席說一聲。」

「好的，那麼你現在的情緒穩定了嗎？」

她點點頭。

「叔叔會送我回宿舍。」

「好的。」陳姑娘打開門，跟在外面等候的張志修揮揮手。

「張先生，穎童就交給你照顧了。」

***

他們坐在巴士上層，穎童倚着志修。

「叔叔，你也知道，是那個女人害了媽媽。」

她從背包拿出一張褪色的舊照。

「這個就是做人小三的外國女人魏菁菁，而這個就是向同學散播外公是清道夫，令媽媽沒顏面在學校待下去的汪凱琳，她們都不是好人。」

她忍不住嚎啕大哭，志修掏出紙巾給她：「傻孩子，不要傷心，叔叔永遠聽你的話。」

「我恨這兩個女人，我恨死她們。」

志修知道他現在說甚麼，也改變不了她的想法，而他也不清楚這兩個人的底蘊，子穎留給他和叔叔的信，提及好朋友凱琳出賣她，令她不再相信朋友，然後才轉校，走上一條不歸路。

一切冥冥之中有主宰，若果子穎沒有跟這兩個朋友絕交，也不會轉校，亦不會因此而跟那個人生了穎童，當中有着微妙的關聯，而他一直是一個局外人。

他苦笑一下，再想深一層，自己並不是局外人，而是被宋叔叔與子穎信賴的人，委託他照顧穎童。

他希望穎童能夠理智一點，認識這兩位女士，給予她們解釋的機會。

之後的日子，志修沒有再找穎童，他想讓她冷靜一下，看看日後能否再找機會跟兩位女士面談。

這段日子，他忙於為公司清理舊漫畫的菲林，亦為每週出版的漫畫送呈菲林去印刷廠，工作也算忙亂，正好讓他在穎童的事上有喘息機會。

他收到汪凱琳的電話時，剛好就是他送呈菲林到鰂魚涌的印刷公司後，坐在大牌檔享受冰凍的汽水。

「張先生，有沒有打擾你的工作嗎？」汪凱琳流露出戰戰兢兢的聲線。

「沒有，我剛好在外工作，現正在休息。」

「哦，那真好。」她明顯放鬆了。

「請問有甚麼事？」

「張先生，我想跟你談談子穎的事。」

「好的，晚上七時，在九龍塘站A出口等，我帶你去一間不錯的食肆。」

「嗯，張先生，謝謝你。」

「晚上見。」

直覺告訴他，汪凱琳不是一個壞人，他相信當中或許有一些誤會，當他聽到別人提起子穎，不期然想起那次他在浸會大學夢見子穎的事，他心血來潮，想跟汪凱琳在那附近見面。

晚上，有點雨，他站在九龍塘站A出口的簷篷下，等了大概十分鐘，遠處有一個女人用雙手擋着頭跑到他面前，他認出那人便是汪凱琳。

「對不起，我來遲了。」她以手撥去一身雨水，狼狽地跟他道歉。

「哦，我以為你是坐地鐵來的。」他遞給她一張紙巾，抹去頭上的雨水。

「謝謝，我坐巴士來的。」她回他一個微笑。

「好吧，我們走一段路。」他張開那把傘，幸好他今早留心天氣報告，預備了這把傘子。

沿途，二人都沒有談多少，汪凱琳問一句：「還有多遠？」

「大約十分鐘吧！」他輕描淡寫地回應。

兩個陌生的男女擠擁在一把雨傘的狹小空間下，有點尷尬。

終於，他們來到一間叫「國王的手臂」的酒吧前，志修正想走進去，汪凱琳有些愕然，忖測這個外表老實的男人竟會在第一次碰面，便約女生喝酒。

「張先生，我不想喝酒。」

張志修忍不住笑了出來。

「汪小姐，你誤會了，你看看那塊黑板。」

黑板上的粉筆寫着：「晚餐：雜扒餐、西班牙炒飯、意大利肉醬意粉」

汪凱琳噗哧笑了出來：「對不起，我真的有點犯傻。」

「我讀大學時，很喜歡和同學來這裏吃晚飯，當然你也可以喝酒，我們進去吧。」

這間酒吧雖然有點暗，卻出奇的安靜，背景音樂是輕快的爵士樂，果然是一個令人放鬆的地方。

他們吃過以肉排為主的晚餐後，雙方也熟絡了些，汪凱琳切入正題。

「張先生，請問子穎現在在哪裏？」

「她在十四年前失蹤了。」

「吓。」她不禁驚訝，接着說：「怎會這樣？」

「那是一個很長的故事，先跟你說說我和她的關係，我是她青梅竹馬的朋友，我一直喜歡她，但是她只視我為朋友。」

汪凱琳想起以前好像碰過這個人，但又不太肯定。

「不好意思，打岔你的話，我以前也許見過你。」

「我沒有甚麼印象。」志修帶着疑問的眼神。

「我中學時曾經跟蹤過子穎，在屋邨碰到一個矮小的男生跟宋子穎的父親，在垃圾房談話。」

「那肯定是我，我以前真的長得很矮小，好像《魔戒》裏的哈比人。」

張志修與汪凱琳笑了起來。

「那之後呢？」汪凱琳請志修接續剛才的話題。

「我一直以朋友的身份跟她交往，直至中五後，我一家移居將軍澳，我跟她的關係疏遠了，她轉了另一所中學讀預科，但我感到她沒有以前的勤力，經常跟朋友去玩，之後便跟一個男人懷了穎童。那個男人不肯負責任，要她墮胎，而宋叔叔也叫我幫手勸她墮胎，只是她不肯，寧願放棄預科和大學也要把穎童生下來。我本以為完成預科高考後，便再追求她，跟她一起養育穎童，她卻突然失蹤，去了印度。過了十多年，從她留下的信中得知她消失的原因，更知道她在中學時曾被最好的朋友出賣，她說的人就是你嗎？穎童當日那麼激動和憤怒，就是因為她認定你就是傷害過她媽媽的人。」

「原來這樣，我不知道那件事對她的影響那麼大。其實我從來沒有嫌棄過宋子穎這個朋友，相反那時候我對她的感覺比魏菁菁更好，只是當日我被妒忌的情緒影響了。那時，我認識一個男朋友，他竟是玩弄感情，聯同一班人欺負我，更羞辱我沒有宋子穎和魏菁菁的美麗，是她們的陪襯品，我太傷心，對着無人的後山呼喊了子穎的身世，被那些人聽到，並四處散播流言，說我看不起子穎。我錯在一時之氣，我想不到自己的錯害了朋友的一生。」

汪凱琳忍不住哭出來，她想不到自己的失言會傷害了最好的朋友，她泣不成聲，身邊的志修也只能愣愣地坐在她身邊，幸好昏暗的酒吧和背景音樂下，沒有人留意他們。

「你認為她現在在甚麼地方?」汪凱琳眼中噙滿淚水。

「我想她應該死了。」

當志修說出這句話後，她哭得更兇，酒吧侍應也走過來慰問她，志修跟她說：「她沒有事，只是談起一個朋友的悲傷往事。」

「宋叔叔在她失蹤後，用全副身家去印度尋找她，足足找了半年，更發生意外，成了一個跛子，可惜最終也找不到她。我知道他這麼多年，還有一個心願，就是子穎有一天可以回家跟他們團聚。」

「我真是一個罪人，我害了最好的朋友。」

汪凱琳停止哭泣，但隨之而來，她的眼神流露出愧疚，低着頭，彷彿不敢抬頭望向眼前人。

「汪小姐，不用內疚，坦白說我也對不起宋叔叔，當日只顧大學入學試，沒有陪同他去印度尋找子穎。」

「那時候，你才十多歲，而且又是一個中學生，怎會有能力?」

「其實，即使現在我已三十多歲，仍然不能決定自己的人生。」

張志修本想把父母反對他當宋穎童義父的事告訴她，但想想，自己跟眼前這個人不算深交，他還是不要說太多好了。

這一夜，這兩個內心滿是傷痕的男女，為着一個或許已經不在人世的朋友流淚。

隨着時間流逝，外面的雨停了，只是他們內心的那場雨何時才能停止呢？

4.

這一年，對於宋穎童而言是特別的一年。

以往平平無奇的日子，突然間起了翻天覆地的改變，就像多了一個像父親一般的志修叔叔，又多了兩個女人説是自己媽媽的朋友，而這兩個女人的出現，再加上母親留下給叔叔和外公的信，令她更加心煩意亂。

小息時，她坐在班房中溫習下一堂的測驗，四周卻是一片喧鬧，一班活得毫無意義的學生又在欺負李達明，李達明被他們用椅子困着身體，匍匐在地上，動彈不得，而那些男男女女都在起哄。

李達明不斷慘叫：「不要打我，不要打我，放過我吧！」當然沒有人會理會這個人，很多人都在笑，甚至想脱下他的長褲，有的同學則在規避欺凌事件，怕自己成為另一個受害者。更多沒有個人意志的人，為了融入當中，加入嘲弄，欺負這個可憐蟲。

實在忍無可忍了，一直叫自己不要再生事端的穎童，她看不過眼，脱掉那副為掩飾美貌，在廟街買的粗框平光眼鏡，然後大聲咆哮：「你們這班人渣馬上停手，不要再欺負李達明了。」

聲音之響亮，彷彿令玻璃窗也震動。

所有欺凌者都停了手，然後又是一輪騷動。

「小兒童，你在做甚麼？」

「關你甚麼事，兒童？」

「望清楚，這個三八也挺漂亮！」

「你這個臭婆娘，我們同李達明玩，關你甚麼事？」

這班人七嘴八舌地嘲弄着她，她不知何來的勇氣和力量，推開他們，扶起地上的李達明，他雖然沒有表面傷痕，但已滿面通紅，氣喘如牛。

「達明，起來，我們去找訓導老師。」

「不要，不要。」李達明苦苦哀求。

葉國志為首的惡霸，堵在門口説：「宋穎童，你這個臭八婆，竟然不放我們在眼內！」

「你這個八婆，好管閒事，你真的『有爹生，沒娘養』，竟不放我們在眼內！」其中一個跟班陳方立得意洋洋地説。

有一個怕事的女同學也忍不住説：「陳方立，你説話不要太過份。」

這時，宋穎童的眼裏燃起熊熊烈火，她以兇狠的目光瞪着陳方立，吼：

「你有種便再說一次！」

陳方立也被她的目光震懾，但在葉國志等人面前，他實在不想認輸，逞強道：「三八宋穎童，我說你『有爺生，沒娘養』！」

宋穎童讓李達明坐在老師椅上，迅雷不及掩耳地跳上陳方立身上，並以雙手緊緊箍着他的頸。其他同學還以為是惡作劇，起哄：「陳方立，你就好，有美女投懷送抱。」

「結婚……結婚……結婚……」他們更拍掌附和。

陳方立支持不住宋穎童的重量，整個人跌在地上，宋穎童還是不放開，有人察覺情況不妙，陳方立滿臉通紅，呼吸困難。

「她不是玩的，快放開陳方立。」陳麗梅大叫。

眾人合力想把宋穎童從陳方立的身上拉開，但沒有一個人成功，眼見陳方立快要休克，其中一個女生跑去找訓導主任林老師，他匆匆趕至，大喝：「宋穎童，快放開陳方立，快放開他。」

宋穎童聽到林老師的聲音，才從滿腔憤怒中醒過來，而陳方立已昏厥過去。

她一直努力忍耐着，她再一次燃點自己內心的仇恨火燄，無可否認，欺凌者是導火線，致命傷是陳方立那句「有爹生，沒娘養」。

這間中學的欺凌事件早已在網絡上傳得沸沸揚揚，只是被欺凌者沒有一個舉報，校方便以得過且過的態度處理，然而轉校生宋穎童對這間中學來説是一枚計時炸彈，她不是一個容忍欺凌的人，她是正義的化身。

事件發生後，她向林老師坦承自己是一時衝動，一直看不過眼同學欺凌李達明，只是李同學卻堅稱沒有發生欺凌事件，他和葉國志他們只是鬧着玩。

穎童竟然重複經歷同樣的事，她已沒有任何憤慨，放學後躲進外公的家，她不想告訴張志修，內心鬱悶着，只能咬牙切齒地活下去。

當然，事情沒有這麼容易解決，陳方立的媽媽得悉寶貝兒差點被傷害後，她投訴到校長那裏，學校要求見宋穎童的家長，希望把這個麻煩的學生趕走。

志修接到陳詠霞姑娘的電話時，內心不禁糾結。

他得悉要代表宋叔叔去見穎童的老師，內心不免戰戰兢兢，雖然他覺得自己有義務幫忙宋叔叔，但是他絕對沒有信心可以處理這件事，始終他自忖思想不夠成熟。

他按下汪凱琳的電話，想跟她談談，但思慮了一會後，決定還是算了，他轉而撥給穎童。

「傻妹，發生甚麼事？」他溫柔地問她。

「叔叔，你知道了。」她聽到志修的聲音，頓時淚崩。

「好的，哭過後告訴我。」

電話筒馬上傳來哭泣聲。

「他說我『有爹生，沒娘養』。」之後，穎童便把整件事的來龍去脈告訴他。

「叔叔，我覺得自己很失敗，我竟犯同一個錯誤兩次，我幫忙了那些被欺凌的人，卻沒有告訴老師真相。」穎童傷痛地說。

「至少你是一個富正義感的女生，我以你為榮，我明天便去你學校跟陳方立的母親會面，沒有人可以欺負我的義女。」

「叔叔……」她不知如何感謝志修，從來沒有人可以讓她如此信賴。

雖然志修這樣支持她，然而他的內心是十分懼怕的，他不是穎童真正的父親，即使名義上受她的外公委託，卻不是真正的監護人，他只得硬着頭皮去處理這件事。

第二天，他準時到達學校的會議室，內裏的氣氛十分緊張。宋穎童和陳方立都在外面等候，只容老師、雙方監護人面談。

訓導老師林老師講解全件事的經過，全班同學都指證宋穎童蓄意傷害陳方立，而宋穎童指出事發時正是替受欺凌的李達明解圍，而觸發宋穎童箍着陳方立的頸部，是因為陳方立說她「有爹生，沒娘養」。張志修聽過後，覺得這是一場不公平的裁決。

所有人都指證宋穎童傷人，沒有人證實陳方立血口噴人。

張志修內心噗通噗通地跳，他在想如何解決這件事。

陳太太憤恚地說：「林老師，班主任，我覺得這個叫宋穎童的女學生是一枚計時炸彈，她傷害了我的兒子，若非林老師及時趕至，她一定會弄死他。她說為了救被集體欺凌的李達明，根本無可能，李達明是他們的好朋友，經常一起玩，他們當日根本是鬧着玩。我兒子亦不會出口傷人，這位張先生，你說你是她外公的委託人，根本不是真正的親人，我不妨告訴你，我要告你朋友的外孫女，我要她入女童院。」

林老師馬上勸導：「陳太太，先不要把事情鬧大，你這樣會令一個女生前途盡毀，而我校的宗旨是訓輔合一，訓導組會作出嚴厲的懲罰，而輔導組亦會對這個女生作適切的輔導。」

「老師，這個女生是暴力狂，你們包庇她就是縱容她，你們不懂教育她，便交由懲教署去教育她。」

「陳太太，容我跟你說說我的想法。」聽過這個女人的言論，她似乎非要報警不可，張志修已想到如何應對。

「好，張先生，你即管說，但我依然會視你為外人，社工陳姑娘才是她的負責人。」

「謝謝，首先我跟大家說一下我跟宋穎童的關係，我和她的母親宋子穎是青梅竹馬的好朋友，她的外公亦即是住院的宋曉忠先生，是我視為父親一樣的長輩，我是宋曉忠先生在病床上委託照顧他外孫女的人，亦即是宋穎童的義父。」

張志修的堅定語氣，懾服了在場的人，只是陳太太依然露出鄙視的目光。

「宋穎童，我的義女，是一個從小無父無母的孤兒，她母親在她出生後不久便失蹤，一直下落不明，童年時在關懷兒童家園成長，現在住在宿舍。也許她這次真的做錯了，但有沒有人真的了解整件事背後的原因？林老師、班主任，你們都知道宋穎童轉校以來的行為，她的成績、她對同學和老師的態度，你們難道不清楚嗎？若果一個孤兒被人說『有爹生，沒娘養』，她的內心會如何想？你們只相信班中大多數同學的證詞，有沒有人關心過穎童說的話？我在讀中學時也曾經受過欺凌，明白到受欺凌者內心的痛苦，他若告發欺凌者，會換來更大的傷害，很多人選擇啞忍，而其他同學又是否在欺凌者的震懾下，不敢說真話呢？陳太太，你相信你兒子陳方立，你不妨叫他正視着你，說自己並沒有罵我義女宋穎童『有爹生，沒娘養』。老師，雖然我不認識那位李達明，但從我義女口中得知他的經歷，我覺得他實在太可憐，十足當年的我。陳太、老師，若你們堅持要報警拉我義女，我也會向教育局告發這間中學的師生縱容欺凌。」

張志修長篇大論後，鴉雀無聲，陳姑娘居中調停：「不如我們好好商議，想一個兩全其美的方法。」

「對啊！對啊！陳太太，就這樣吧，停課一星期以示懲戒。」

「不行，我不會讓這個女生就這樣蒙混過關。」

「我也不會容忍別人欺負我的義女。」

「義女、義女，你還在演粵語長片嗎？張先生，她根本跟你一點關係也沒有，你少裝英雄。」

「即使沒有血緣關係，我和她也可以是家人！老師，我不會再跟這個女人說話。」張志修咆哮。

大家才驚覺這個樣子斯文的男人一點也不好惹，然後他對林老師說：「林老師，若這名女士堅持要告我的義女，我會將你們學校包庇欺凌者，欺負弱小的事公開！」

張志修實在太氣憤，奪門而去，尾隨的陳姑娘也攔不住他，林老師和班主任無所適從，愣在房中。

「張先生、張先生……」陳姑娘叫喚他。

「我們走！」張志修充耳不聞，拖起宋穎童的手離開。

穎童早已在門外，聽到張志修的聲音，他每一句話都説進她的心坎裏。

他強大的手掌，讓她感受到前所未有的溫暖，內心升騰着一股前所未有的感覺，那是父親的愛，或是類似愛情的感覺，她不敢再想，只願一生停留在這刻。

二人坐在附近公園的長椅，面前有一群在搶吃麵包的野鴿，看到牠們，志修便覺心煩意亂，走上前嚇走牠們。

「對不起，穎童，我真的壞了大事，得罪了那個陳太太，希望她不會告發你，但若然他們真的這樣做，我會奉陪到底。」

穎童搖頭，露出燦爛的笑容。

「叔叔，我真的很感動，覺得你對我太超過了，我不是你真正的女兒，你不用對我這麼好。」

「我只是做自己應該做的事，只是我惹怒了那個可怕的陳太太，我擔心不知如何下去？」

此時，電話響起，張志修把來電顯示給穎童看，來者正是陳詠霞姑娘，他向穎童吐一吐舌頭。

「是的……是的，對不起，剛才我實在太衝動，不過那個女人實在太可惡了，我明白這樣做不對，下次不會再犯。啊！太好了，真的嗎？謝謝你，陳姑娘，我跟她說，再見！」

「怎樣？」穎童關切地問。

「陳姑娘說陳太太不追究，校方以停課一週作出對你的處罰。雖然我覺得這根本不公平，但是總比要跟那個咄咄逼人的陳太太對抗好。校方會就欺凌事件作出調查，希望他們不是做做樣子，李達明這個學生也不用再受欺負。」

「這樣也好，我也不想馬上回校，只是……叔叔，我很害怕，我如何面對餘下的幾年？」

「我也想過這個問題，可否再轉校？」

穎童猛烈搖頭，淚水不止。

「我因為同一類操行問題轉到這間第三等學校，再下去我不知能再轉到甚麼學校。」

張志修亦不知如何開導她，心想唯有見步行步。

他送穎童回到宿舍，並跟她約好過兩天探望宋叔叔。

然後，他再一次去「國王的手臂」喝酒，他喝了四五杯啤酒，整個人已渾渾噩噩，迷迷糊糊地走上了浸會大學舊校舍，躺在大學會堂前的椅子。

他內心十分煩惱，很想找人傾訴，拿出手機，看到汪凱琳的電話號碼，他猶豫了一會，想找她談談穎童的事，他已沒有甚麼可以談天的朋友，而穎童又是他與她之間的共同話題。

「汪小姐，是我。」他說話含糊不清。

「張先生，甚麼事？你喝酒嗎？」

「我在上次那間酒吧喝了酒，你可不可以出來？我有許多關於穎童的話跟你談。」

「好的，你在哪裏？」

「我在浸會大學裏的大學會堂附近！」

「我沒有去過浸會大學，我去到那裏再致電給你。」

汪凱琳想他到底有甚麼煩惱，為甚麼會這麼晚找她談天，她跟母親說過後，便馬上出去。

當她趕到大學後，馬上致電給他，但並沒有人接聽。於是，她到保安崗位查詢大學會堂的位置，她走到那裏附近，看到有數名保安在圍着一張椅子，她走近看，椅上那個人明顯在胡言亂語，大吵大鬧，真的是張志修，十足一個小孩子一樣。

「我是這裏的畢業生，為甚麼你們要趕我走？」他大聲怒吼。

「先生，我知道，你剛才已說過了，但是你也不能就這樣躺在這裏，會影響其他學生，我們也快要關門了。」

「你叫系主任來見我，我有加入校友會，為何不能回母校坐坐？我在等朋友。」

「系主任早就下班了。」另一個保安忍不住笑了。

汪凱琳連忙走到他們身邊，跟保安説：「他是我的朋友，他在等我，我接他離去。」

「小姐，他醉得很厲害，你沒有能力扶他坐公車，不如我替你叫的士。」

「好的，謝謝。」汪凱琳坐在他身邊，從袋中拿出濕紙巾替他抹面。

「怎麼，喝得爛醉如泥！」她關切地問。

「對不起，汪小姐，我不應打擾你的，他們太不近人情。」他醉醺醺，指着那些保安，保安也失笑。

「他們只是履行職務，等一會我送你回家。」

過了十分鐘，的士駛進來，保安協助她扶志修進車廂。

「小姐，請問去哪裏？」司機轉身問她。

「你等一下，張先生，你的家在哪裏？」

「汪小姐，本來我想在大學跟你談穎童的事，我想再談……，我家好遠……在將軍澳，那不好走……不如我們……」他醉着説話，斷斷續續。

司機有點不耐煩，汪凱琳不好意思，跟他做了一個道歉的手勢。

「不如我們去尖沙咀海旁，坐在那裏，迎着海風談天，比較舒服。」他傻笑道。

「好的，司機叔叔，麻煩送我們去尖沙咀文化中心。」

「沒問題！」司機啟動的士離開。

張志修就這樣躺在椅上，汪凱琳望着他，覺得這個男人醉酒的模樣如小朋友，十分可愛。

的士駛到文化中心，她交出車資，並搖醒張志修，說：「你可以自行下車嗎？」

「好多了。」他拍了一下太陽穴。

然後，她扶着他下車，走到近鐘樓的椅子坐下。她想了一想，還是買一杯熱茶給他喝，讓他酒醒。

「我去買杯熱茶給你，等等我。」

「謝謝！」張志修閉着眼睛，坐在椅上。

良久，她拿着兩杯熱騰騰的台式飲料來，給了張志修一杯。

他喝過熱茶後，清醒了些，望向鐘樓，說：「現在才十一時，剛才我在大學時，還不到十時半。」

「你躺在那裏，他們或許以為你是露宿者。」

「我給你看看，這是我的校友證。」他從銀包中拿出校友證給她，她再遞回給他。

「你在大學主修甚麼？」

「我讀電影電視系。」

「真的那麼巧，我也是讀傳媒的，我在中大讀新聞。」

「可惜，我並沒有做電影或電視。」

「我也一樣，已沒有再做新聞業了。」汪凱琳感到唏噓。

夜裏維港燈光璀璨，晚風習習，在微涼的戶外談天，的確比在餐室或酒吧更讓人舒服。

「我今天又去了『國王的手臂』，這次不是吃飯，而是喝酒，喝了四五杯啤酒，我自恃酒量不錯，也以為喝的不是烈酒，不會容易喝醉。之後，我又踉踉蹌蹌步上昔日讀書的地方坐，告訴你我曾經在那裏夢見子穎，我以為今次又可以夢到她，她卻一直沒有出現，而我真的想找一個人傾訴，打開手機內的電話簿，發覺甚麼人也找不到，就只有你，你是子穎的朋友，又主動跟她女兒見面，我想不妨找你談談，不好意思，這麼晚還叫你出來。」

汪凱琳搖搖頭，說：「謝謝你對我的信任，到底發生甚麼事？」

「那個傻孩子在學校遇到同學被欺凌，她強出頭阻止，本來她想扶起那位同學去找訓導老師，卻被攔阻，更有同學以一句『有爹生，沒娘養』激怒她，差點捏死那男同學，我今天代表宋叔叔去見老師。那個男生的母親盛勢凌人，說要報警拉穎童入女童院，那問中學的老師都是廢物，只相信那些同學的一面之詞，掩飾學校的欺凌事件，我被他們惹毛了，在會面時發難，幸最終穎童只是罰停課一週，但是我實在擔心她如何在那中學繼續完成學業。」

「我懷疑她有情緒病！」凱琳呷了一口熱茶，思考了一會，續說：「她的情緒很不穩。」

「怎辦？」志修此刻已酒醒，露出驚懼的表情，接着說：「其實我現在內心是涼了一截，我以為自己可以應付到做她義父，當日我看到宋叔叔躺在病床上，他苦苦哀求，請我替他照顧穎童，令我不能推辭，而我也因為這件事跟我的父母鬧翻。老實跟你說，我現在在一間半死不活的漫畫公司做一份完全沒有前景的工作，我真的沒有能力做她的義父，我自己也生活在窘迫之中，連照顧自己和父母的能力也沒有，試問我又如何去做一個女孩子的父親角色？我今天實在控制不了自己的情緒，看到那個大嬸，明明自己的兒子跟其他同學欺凌人，還要裝出受害者的模樣，說要報警拉穎童，我真的無名火起，我的情緒智商好低，這件事差點被我弄糟。告訴你，我整個下午都在擔心，但穎童在我的身邊，我又要強作鎮定，幸好最後逢凶化吉，我真的有一籮筐的煩惱。對不起，要你特別來聽我訴苦！」

汪凱琳搖頭，微笑回應：「我高興你當我朋友，告訴我關於穎童的事，我不覺得你討厭，反而覺得你太善良，人與人之間的關係，朋友是最脆弱一環，親人有血脈相連，夫妻有婚約，雖然有些人都不會理會。但你和宋叔叔和穎童都沒有任何契約，只是朋友和朋友的外孫女，我認識過的男人，從沒有一個像你一樣肯為朋友付出那麼多的人，你還替她照顧女兒，某程度上可以説你很偉大。」

「我只是略盡綿力，叔叔太可憐，子穎……我實在忘不了她，她好像一直在我身邊。」

「我自己也未必做到，但聽過你剛才的事，我想我也要幫忙穎童，也許當作是補償，補償自己曾經傷害了她的媽媽。」

「謝謝你。」

「其實我本身都有一些困難，説出來可笑，以前我是一個很不錯的新聞從業員，在行業裏有一定的名聲，但是現在我的人生好像已失去方向。我離了婚、前夫就是毀了那份婚約，跟另一個女人偷情，後來又因為犯了虧空公款而自殺；我的弟弟和他的女朋友因空難死亡、父親因絕症過身，現在跟情緒不穩的母親一起，我想告訴你我面前也有一籮筐的煩惱。」

「對不起，我想不到你也有這麼多煩惱，上次跟你談天，我一直以為你是事業有成的人。」

「我之前的確是一個幹得不錯的記者，但現在我已失業了多時，只是做兼職補習導師為生。」

她大力拍一下他的肩膊，說：「不要這麼愁苦，或許面前有更大的快樂等着我們。」

「我沒有甚麼事，反而擔心她日後如何在那間中學生活。」

「現在既然停課一週，便先讓她好好休息，之後再想法子。」

「汪小姐，我想找機會給你和她再會面。」

「可以嗎？」汪凱琳疑問。

「不知道，我覺得她之所以不開心，某程度上是誤會了你，而且我覺得那是你和她母親之間的事，追不了回來，她若因為一個誤會而令她愁煩，我覺得真的沒有意義。」

「嗯，那你打算何時跟她說。」

「過兩天吧，我們去探宋叔叔時，我會找機會跟她說關於你的事，我很高興可以和你認識。」

「嗯，有一件事，我要跟你道歉。」

「甚麼事？」

「以前我曾覺得你長得又矮又醜，覺得你配不起做子穎的朋友。」

「呵呵，事實如此。」他忍不住笑了，她也笑了。

「中學時的我太苛刻了，你的內心比很多人都美麗。」

「在現今社會，只有內在美是沒有用的！」他不勝唏噓。

「其實，看真一點，你的樣子不算醜，比猩猩帥多了！」她也放膽開玩笑。

「不要再說，再說我的躁狂症復發，要打人的了，乾杯！」

他們互碰紙杯，喝下涼了的烏龍茶，二人變成可以開玩笑的朋友。

她看着這個滿臉通紅的張志修，同樣是男人，他跟虛偽的沈國明和偷腥的謝東樂比實在好太多了，她慶幸可以跟他認識，讓她知道這個世界還有好男人。

＊＊＊

對於穎童來說，停課不算懲罰（當然成績表會留下污點），但是她有機會暫時逃離那一個地方。她已對這間中學的人和事徹底死心，她要的只能自己退學，若被這間中學辭退學籍的話，她便沒有再找到下一間的籌碼，只是她經歷了兩次欺凌事件，對於再找到一間好學校的機會，已然絕望。

穎童眼見有能力的同學，一個接一個轉校或到外國升學，他們有財力離去，而她這個無父無母的孤兒，又怎能奢求有機會去一間可以實踐夢想的學校，她是一個語言天份很高的人，她很想好好學習英文，而不是浪費時間在無意義的事上，她在這間中學活得太痛苦，幸好身邊還有志修叔叔，這個有如父親的男人，時時刻刻在照顧他。

這段日子，外公的身體愈來愈虛弱，清醒的時間也愈來愈少，只能靠着點滴來維持生命，可以說是接近死亡。穎童和志修也明白這點，只是他們也避免觸及這個話題。這天，他們又探望宋叔叔，志修不時在宋叔叔的耳畔說話，穎童看着志修的眼神比以前多了一份柔情，她不知道自己是當他父親，還是夾雜着愛的成份，她只知道自己很想見他，思念的情感滿溢着她的胸臆，只要看到志修叔叔，她便有勇氣面對困難。

只是，當她聽到叔叔說：「穎童，我曾跟汪凱琳見面。」

這句話足以令她惱怒，叔叔背叛了她，背叛了宋子穎，她內心深處生起了嫉妒，想不到他們私底下有聯繫。

「你們談甚麼，你有甚麼跟她說？」

她的語氣充滿敵意，志修知道她對汪凱琳沒有好感，他必須向她解釋。

「我們誤會了她，不是她四處散播子穎的身世，而是她那時的男朋友陷害她，從中挑撥離間，她只是錯在把你媽媽的事在後山呼喊出來，被其他人聽到，拿來做新聞。」

「她說甚麼，你便相信嗎？叔叔，難道你被那個女人迷惑了，忘記了媽媽？」她語帶譏諷。

「穎童，你別太過份！」

穎童一面倔強，低頭不語。

「我想約你們見面，讓她當面跟你解釋。」

「我不想見她，再談也沒有意思，我的媽媽也不會回來。」

這天，病房中，二人不歡而散。

事後，他不再提起見面的事，他一直擔心穎童如何在復課後，跟那班同學相處。

回家後，他致電約她在復課後那天在學校外見面。

之後，他致電給汪凱琳道歉，表示未能說服她會面的事。

「不如這樣，你看看可不可以在復課那天，我來跟你們會合，讓我們當面談。」

「這樣……」

「我相信在公眾地方，比起在室內見面更理想。」

「我不敢保證她會不會又發飆。」

「我不怕，最多便被她責罵，我一定要當面跟她說清楚。」

「她學校附近有一條行人隧道，四時十五分我們在那裏會合，我一會發短訊給你，告訴你如何去她的學校。」

「好的，謝謝。」

復課當日，課室異常安靜，也許因為校方要徹查欺凌事件，李達明再沒有受到肉體上的傷害，他只是受到孤立，被完全排擠在外，而穎童的命運也一樣，只是在其他善良而怕事的同學的目光中，她隱約看到大家對她的態度，她是勇敢表現自己的人。

她的心中已無視班中那夥人，葉國志為首的那夥欺凌者只是恨得牙癢癢，口中不停詛咒她，都是「八婆、婊子」等不堪入耳的代號。

然而，無人再敢提起「有爹生，沒娘養」這等侮辱性話語，陳方立更是懼怕她。

她只想着放學後，叔叔說要帶她去玩，她的內心已神馳到那一刻。

她偶然在課堂上瞟向李達明，又想起陳巧英，這種扮演弱者的人，永遠只會被人欺負，想：我不能變成他們，我還要照顧外公，亦不能加重志修叔叔的憂慮。

想起外公，這段日子他的身體每況愈下，除了上課外，她便去照顧他，也沒有再回兒童家園幫忙。他是跟志修見面後，才逐漸變差，因為他已放下心頭大石，把穎童託付給他的緣故。

她背負太多，一個十四歲的女生，只有在志修面前才能表露自己女孩子的一面。

四時下課，老師卻要她清潔班房，疊好書桌才離開，縱使內心早已想跑到志修叔叔的身邊，她還是乖乖完成班務，始終她希望重新得到老師的信任。

她跑到校門時，志修早已倚着欄杆，他指一指手錶，她連忙做出道歉的動作。

他笑着說：「傻妹，快點走吧！」

她每次聽到叔叔喚她「傻妹」，內心便有甜絲絲的感覺。

他們一面走，一面談起這天的事，她表示班中再沒有欺凌事件，只是同學間用着異樣的目光和語言上的攻擊，她已不再懼怕，但亦不會作出正面的衝突。

「天下烏鴉一樣黑，他們長大後定當會後悔，不如想想一會兒到哪裏玩？明天再去醫院探望你的外公。」

她淘氣地說：「叔叔，如果你不介意，可不可以請我去一趟迪士尼樂園，開幕以來，我一直都沒有去過。」

「現在已經這麼晚，即使去到那裏，可供玩樂的時間也不多。」

「他們今天開晚場，開到十一時。」

「最多玩到八時半，我還要送你回宿舍，你先跟宿舍姨姨報告。」

「是，馬上打電話。」

然後，她按下手機，蹦蹦跳跳地跟宿舍姨姨對話，十分可愛，志修打從心裏喜歡這個小女孩。

當他們走到隧道時，汪凱琳還未到，他停下來，用手機發短訊給她。

「叔叔，為甚麼不向前行？」

「我有點累和口渴，你替我去買兩罐可樂。」

他支開穎童到前面的雪糕車買汽水，再看看手機。

「不好意思，遲了，你在那裏等我。」

穎童遞上汽水。

「讓我喝完便走，你也喝吧！」

就在他們喝汽水時，身後突然冒出多個中學生，正是葉國志為首的那一班人，當中包括膽怯但還要逞英雄的「媽寶」陳方立，他們是該區惡名昭彰的中學學生，途人看到他們也避之大吉。

「宋穎童，想不到你會跟這個醜陋的大叔一齊，他是你的義父，我想你們是不倫關係吧！」

「宋穎童，做出租女友，還要跟這個醜大叔，收多少錢一晚？」他們仗着人多勢眾，團團包圍着他們，口中吐出不堪入耳的說話，侮辱她是妓女。

「你們不要胡說，我是她外公委託的朋友，我是她的義父。」張志修怒吼，但敵不過眾口。

「省點力氣，大叔，現在沒有老師和校長替你撐腰。」

「信不信我打你。」其中一個惡形惡相的學生作勢揮拳，張志修後退，他們馬上譏笑。

「這個醜男人縮啊！哈哈哈……懦弱的廢物。」那惡男生吐一口濃痰。

「宋穎童，你這個『有爹生，沒娘養』的孤兒，吃糞吧，還要跟這個又醜又老的男人睡。」陳方立又仗着眾人的力量，再一次羞辱她。

「收聲，你們快收聲！」

穎童怒吼，那些人更開心，她的淚水嘩啦嘩啦落下來，握緊拳頭，志修按着她的肩膊，對她耳語：「忍　時，他們不會惡得太久，剛復課，不要再跟這幫人起衝突。」

「呵呵……醜陋大叔跟你咬耳仔。」

身邊的罵聲不絕於耳，就在葉國志等人在享受欺凌帶來的快感時，鎂光燈閃個不停，眾人感受到光線，望向那個手持數碼相機的女人。

「你們繼續吧！我拍的照片不夠多，罵吧！罵多點，我要撰寫的材料還不足夠！」

葉國志怒吼：「大嬸，你甚麼事，不怕死嗎？」

面前的女人從袋中拿出一張證件，說：「我是《香港日報》的記者葉茵，今日特別來訪問貴校的欺凌事件，你們的校長和訓導都在耍我，一點採訪的材料也沒有，幸好我經過這裏，發現這麼好的題材，真是天助我也，不要停，繼續欺凌這兩個人。」

她的相機在連環拍攝，嚇得那班男男女女都在躲避。

「你不要再拍攝，信不信我打爛你的相機！」

「你夠膽。」她怒罵，「你夠膽動我一根頭髮，我便報警。」

說畢，她不慌不忙地舉機，向那班學生瘋狂拍攝：「讓我多拍一些，今晚在網站便看到你們的樣子，大明星！」

那些跟班頓時掩着臉，拾起地上的書包落荒而逃。

「大嬸，你小心！」

葉國志見勢色不對，大吼一聲便跟着大夥兒逃難。

「大嬸，人家才三十多歲。」汪凱琳把相機放入袋中，自言自語。

「葉茵？汪小姐，你何時改名換姓？」張志修熟稔地走上前。

「借我朋友的身份用一下。」她爽朗地說。

宋穎童的雙眼早已通紅，淚水浸滿全臉，望着汪凱琳，她竟忘記了之前的恨意。

「對不起，琳姨姨來遲了！」她望着穎童，透出憐惜之情，上前扶起她，並以手帕抹去她臉上的淚痕。

「走吧，汪大嬸，我們還要趕去迪士尼。」張志修拍一下汪凱琳的頭，拖着穎童離開。

「你這個張老伯，小心！」汪凱琳作勢打他，他們就像三口之家一樣，和樂融融。

地鐵內，志修讓出座位給汪凱琳和宋穎童坐，自己倚着玻璃，觀望着她們。

宋穎童低頭抽泣，凱琳抽出手帕給她，並開始跟她説起自己、魏菁菁和她媽媽宋子穎的往事，她們如何成為閨密，因為自己一句話，令子穎的人生蒙上污點，之後走上不歸路。

「穎童，對不起，我真的是無心之失，傷害了你的媽媽，請接受姨姨真誠的道歉。」她用雙手圍着她的肩膊，穎童感受到溫暖。

「琳姨姨，我明白的，請給我一點時間。」

汪凱琳再以手帕抹去她的淚水。

到達迪士尼站，汪凱琳主動搭着穎童的肩膊，起初穎童有點不自在，頻頻向志修張望，他只是對她笑一下，揮一揮手，示意她接受凱琳的好意。他特意拉開了雙方的距離，他看到她們終於有走近的一天，內心感到十分寬慰，在成長的階段，穎童更需要一個女性長輩。

他走到凱琳身邊，説：「就讓我請你們入園玩。」

「那怎麼好意思，我們湊錢吧！」

「不用。」他跟到售票處，連忙掏出信用卡給售票員，心想下個月又要省錢還卡數，雖然花了那麼多錢，但是一切也是值得的。

他們進場時，差不多六時，為了爭取時間，這兩個三十多歲的大人被這個十四歲的小妹妹拉着跑遍整個樂園，要玩遍小小世界、急流探險、巴斯光年、小熊維尼為主題的機動遊戲，這個穿着校服的少女已經忘卻剛才的欺凌事件，彷彿有無限的活力，在園內瘋狂跑，兩個大人被耍得氣喘吁吁。

「不行，叔叔餓了，要吃點東西！穎童，我們去餐廳吃晚餐吧！」

「別浪費時間在餐廳，我還要玩小飛象、迴轉木馬、過山車，姨姨，你陪我去玩。」穎童拉着汪凱琳。

「穎童，我跟叔叔都感到疲累了，不如你自己去玩，我們去買外賣，一會兒去接你。」

「好的，你們老人家休息一下，拜拜。」

「竟然說我們是老人家，真的被她氣死。」凱琳跟志修相視而笑。

他們在餐廳下了訂單，站在外面，等待外賣。

志修望向小飛象上的穎童，她向他揮揮手，他也向她揮手回禮。

「這個傻妹，真的有無限精力。」

「年輕人就是這樣，多謝你請我們來玩，坦白說我也很久沒有玩得這麼開心了。」

凱琳發自內心向志修道謝。

「我看到你們有說有笑，便感到開心，想不到這麼快便化解你們之間的誤會。」

「我清楚她未完全原諒我的，只是剛好遇上那班欺凌者的事，她應該是感激我而已。」

「這是好開始，那班不良青年幫了忙。」

凱琳收起了笑容，認真地說：「我打算把照片電郵給那間中學的校長，我要他們正視欺凌問題。」

「有必要嗎？」志修帶着疑問。

「剛才的事已構成恐嚇，我內心真的十分憤怒，不能縱容這些壞學生傷害穎童。」凱琳說得慷慨激昂。

「你說得對，若向欺凌者示弱，只會令他們變本加厲，我有時想穎童在這間中學，只會浪費了她的才能。」

「我們可以替她轉一所更理想的中學。」

志修感嘆道：「我跟她說過，只是她已經因為差不多的訓導問題，轉了一次中學，沒有學校願意收像她這樣的學生。」

「我想還有辦法，可以試一些直資或私立寄宿學校。」

「這些學校的學費很昂貴的，我負擔不來。」

「外賣編號三九二，請到櫃面取，謝謝。」店員大聲呼喊。

「我先取食物。」志修進餐廳取外賣。

凱琳望着遠處迴轉木馬上的穎童，那個單純、可愛的模樣，跟子穎真的很相似，她惋惜這麼甜美、俏麗的少女在那間充斥着不良青年的中學，白白浪費了學習時光。

「我要想想法子。」她希望藉着幫助子穎的女兒，對子穎作出彌補。

最後，他們還是看完煙花才離開，張志修跟汪凱琳一起致電跟宿舍姨姨道歉，穎童的校裙早已弄得骯髒，凱琳笑言：「你回去後要馬上清洗校裙，明天還要上課。」

「姨姨放心，我還有另一套校服。」

穎童捧着米奇老鼠公仔歡天喜地地説，那是志修大破慳囊，堅持送給她的禮物。今天，她在園內有一種奇特的想法，感覺志修和凱琳就像她的父母一樣，她一直疑惑自己愛上叔叔，幸好那只是錯覺，她起初妒忌凱琳是因為她彷彿搶去了志修叔叔對她的關懷，此刻她明白自己是多麼的幼稚。

凱琳跟他們在地鐵站分道揚鑣，他倆轉乘巴士回到宿舍。

他們下車後，漫步回去。

志修看到滿臉歡欣的穎童，再回想放學時她那驚懼、憤怒的樣子，他明白到這個女孩子需要健康成長，必須找一間更好、更有愛的中學。

「叔叔，我今天很開心。」她的話喚醒他。

「我也一樣。」

「真的要感謝琳姨姨。」她一面扭着米奇老鼠的耳朵，一面天真地說。

「你轉變得挺快，之前不是一直痛恨着她的嗎？」

「她跟我解釋了，我是不是很傻？竟然痛恨一個對我好的人。」

「你只是誤會了她，明白便好了。」

「我覺得自己這個人很無知，一看到信中的內容，便不由分說做出那樣令人尷尬的行為，那是她們之間的事，當日在兒童家園我沒有給予姨姨解釋，便衝了出去。其實若果媽媽不是因為誤會了她，再轉校結識一班損友，便不會在大學舞會認識我那個無恥的生父，那便沒有我，她最錯的不是未婚懷孕，而是對愛情盲目，有一個像你這樣好的男人不珍惜，我要怪的不應該是琳姨姨，而是媽媽。」

「不要這樣說你的媽媽，我想你明白琳姨姨便好了，重新認識這個長輩，你媽媽也不想你對她懷恨。」

「嗯，的確如此，我今天看到她對付葉國志那幫人的時候，我心裏很激動，她真的很酷、很有氣勢，我希望我長大後要成為這樣的女人。」她對汪凱琳完全改觀。

「將來，你要做你自己，擁有自己的夢想，發展自己的興趣和事業。」

「嗯，叔叔，我明白的了！」

「好了，我送你到這裏。」

他們到達宿舍的走廊，志修轉身準備離去。

「叔叔，你喜歡琳姨姨嗎？」穎童叫住他。

「喜歡，她為人很爽朗，對朋友又好。」

「你會不會追求她？」

志修感到臉紅耳赤。

「傻妹，喜歡不同愛，我是喜歡她的為人，不是愛上她。」

「叔叔，你臉紅了，我也想要一個義母，再見。」

「這小鬼頭。」他若有所思，難道他已對汪凱琳有些好感？

晚上，凱琳久久不能平伏，她想起下午的時候，那班人圍堵着志修和穎童，那一幕深深印在她的腦海裏，她又想起自己曾遭沈國明、吳美姬等人禁錮在領袖生房內肆意欺凌、侮辱的情景。

「我一定要幫助她轉學。」

她想跟菁菁商量一下，畢竟子穎是他們三人共同的朋友。

她發了一個短訊給她。

「菁菁，你好嗎？我有事想跟你商量。」

過了一段時間，她收到她的回覆。

「這段日子，我在米蘭洽談工作，後天回來，我們到時電聯。」

「好的，我想和張志修一起來，可以嗎？」

「你跟他交往嗎？」

「不要開玩笑，是關於穎童的事。」

「好的，我也想知道多些關於子穎女兒的事。」

「謝謝，回來見。」凱琳按下最後一句短訊。

她想起穎童對菁菁還是存有誤解，打算日後找機會跟她解釋。

5.

迪士尼的快樂之行後，穎童又要帶着沉重的心情回到學校，她着實不想再跟葉國志那班人碰面，但是有些人不能避而不見。

她回到班房，竟是異樣的寧靜，班中大部份惡霸也不在，只剩下那些喜歡圍觀和怕事的同學，她問了附近的蔣潔華。

「林老師叫葉國志他們去校務處，好像處理訓導事件。」

「請中二甲班宋穎童同學到校務處。」書記以中央廣播通知，嚇了她一跳，她心忖到底甚麼事。

她進入校務處，被書記領進會議室。

會議室內，氣氛凝重，校長、副校長、訓導主任及葉國志、陳方立等人。

校長待穎童安頓後，便啟動投影機，一段影像投映在白色屏幕上。

影片中，只見他們集體欺凌宋穎童和張志修，完結後，校長再按數張各人的照片，包括宋穎童和張志修驚懼的表情。

校長憤怒地說：「這是昨晚，我收到一個記者傳至本校電郵的影片和照片，我清楚聽到你們侮辱宋穎童和她的義父張先生的說話，尤其是陳方立，你之前矢口否認的那句『有爹生，沒娘養』，記者說若我不處理校內的欺凌事件，她會把這件事公諸於世。這段日子，我早已被你們弄得煩惱不堪，亦被很多人威脅要公開學校的欺凌事件，與其被人威脅，倒不如認真處理，我跟訓導主任決定停你們一週課，加記大過一個，並要向宋穎童同學道歉。宋同學，我明白他們對你的傷害，但你衝動傷害陳方立同學，亦是不對的行為，從今天起，你們之間不能再有任何語言上、肢體上的衝突，知道嗎？」

「知道。」宋穎童與欺凌者同時回應校長。

雖然這班欺凌者都是不務正業的學生，但若連這間學校也容不下他們，他們也無路可走。

「快向宋同學道歉。」校長厲聲道。

說。

「對不起，宋穎童同學。」葉國志心有不甘地帶頭說，其餘的人也跟着說。

「好的，我原諒你們。」想不到琳姨姨真的替她出頭，她心底裏更喜愛這個人。

葉國志等人憤憤不平地走回班房收拾書包，他對宋穎童說：「你別得意忘形，我會再對付你的。」

「你喜歡吧！路上小心啊！」宋穎童笑盈盈地說。

他們正準備離開之際，宋穎童叫住陳方立：「陳方立同學。」

「甚麼事？」他不耐煩地轉身。

「我是無父無母的孤兒，我真的很羨慕你，有一個這麼疼惜你的媽媽，有媽的孩子像個寶，再見。」陳方立悻悻然離去，往校務處登記停課的安排。

班主任進來，大家當作沒事一樣，繼續上課，而穎童的心早已飛了出去，很想跟琳姨姨見面。

放學時，李達明還是靜靜地坐在，憂心地看着前方，沒有焦點，她走到他的身邊，說：「達明，你要堅強，不能再向他們示弱，你讓他們欺負，他們也不會把你當作朋友，而且他們這種人亦不值得交朋友。」她看到他沒有反應，繼續說：「我不說了，再見。」

「宋……宋穎童。」他叫住她。

「謝謝你，當日真的謝謝你。」

「不用客氣，明天見。」聽到他的回應，她感到欣然。

她步出校門，凱琳拿着兩杯台式飲料，向她揮揮手，穎童看到她，心情十分激動和興奮，飛跑到她面前，縱身擁抱着她。

「琳姨姨。」

「傻妹，小心弄濕。」

她手中的台式飲料差點掉下來。

「感謝你。」她情緒激動，淚水不由自住地落下。

「早說記者葉茵不是浪得虛名。」

「哈，你又盜用朋友的名字。」

凱琳把那杯珍珠奶茶遞給她。

她們一邊走，一邊喝，走到附近的公園，在一張木椅坐下來。

「其實，面對這種人，你愈是逃避便愈被欺負，姨姨當年也遇到差不多的事，最終亦因為那件事間接害了你的媽媽。面對欺凌者，一定要反抗，遇到他們，要比他們更強，只是長遠而言，我認為你需要轉校。」

「琳姨姨，我跟你說，我曾經因傷人犯事才轉到這間中學，若我再轉校，也許又是這種中學，我已立定決心，盡量忍讓，我只想平平淡淡過完這幾年，畢業之後，若可以的話當然想讀大學，不然便出來打工。」

「我有一個打算，我想跟菁菁姨和志修叔叔湊錢供你讀直資寄宿學校。」

「琳姨姨，這樣會不會對你們造成困擾？而且，我不想跟那個魏菁菁有任何瓜葛。」

「我明白，你聽別人説她曾經做第三者的事，説來話長，其實那篇報道是我寫的。整件事上，她已經感到後悔，並跟那個人分手了，你不應這樣待她，是她告訴我你的下落，而且當年她跟你媽媽的感情最好，我不想你再誤會菁菁姨，她當年以為我出賣了你媽媽，更因此而跟我決裂，她是你媽媽最好的朋友。」

「這個……」穎童不懂如何回應，這段日子着實因為校園欺凌，再加上照顧外公，早已令她心力交瘁，凱琳喚起了她想轉校的想法，她內心一直痛恨這間中學，只是想到自己的身世，她便不禁打消了轉校的念頭，如今琳姨姨的話，又一次燃起她內心那團追求學問的火燄。

「我想讓你在一個沒有欺凌的校園，好好學習，我想子穎也希望有人會照顧她的女兒，若你覺得不好意思，待你修讀大學時，便出來做補習老師幫補一下學費。」

「琳姨姨，謝謝你。」她淌下熱淚，緊緊握着凱琳的手，想不到能遇到這麼好的人，她的人生也許快將改寫了。她本想再一次向她道歉，只是實在太婆媽，她把那句「對不起」吞回去，喝一口冰涼的珍珠奶茶。

既然他們都有意栽培自己，她也不好再推搪，欣然接受這份長輩對她的美意。

剩下的工作就留待汪凱琳完成，這是她的個人想法，還沒有跟他倆正式討論。

兩天過後，魏菁菁致電告訴她自己已回香港。

她本想約菁菁在「國王的手臂」商量，但想一下，那是她和志修見面的地方，是他們首次約會的地方，她不想跟另一個人分享，最後決定到印度人開的餐廳吃飯。

起初，張志修顯得不自在，始終他這個人較慢熱，而且是魏菁菁這個自小做童星的名人，他緊張得低下頭來，幸好吃飯的時候，菁菁談起她在米蘭的所見所聞，彼此馬上熟絡起來。

「菁菁，我有一些關於穎童的事想跟你討論。」汪凱琳亦抓緊機會跟她談論穎童轉校的事。

「甚麼事？」菁菁喝一口紅酒，聽到穎童這個名字有點不悅，也許因為她不尊重自己。

凱琳看到她面色有變，便說：「我已跟她解釋了那件事，她明白自己對你的誤會，始終她只是一個小孩子，而且又是子穎的女兒，你便不要跟她慪氣吧。」

志修對她們的對話感到一頭霧水，但明白自己的處境，不便插話。

「好的，你有甚麼想說？」魏菁菁想到她是子穎的女兒，稍微放下內心對她的怨懟。

「早前，她的學校發生欺凌事件，衍生出很多問題，那些不良青年都是兇神惡煞，甚至連張先生也遭到辱罵和恐嚇，雖然那件事暫時得到解決，但是我覺得長遠來說，讓她繼續留在那裏升學不是一件理想的事，我想成立一個教育基金，由張先生負責管理，供她到師資優良的學校讀書。今天，我跟你們商量，希望每人能湊一些錢入這個基金，用以替她交學費和幫補生活開銷。由於這段日子我還未找到一份穩定的工作，加上照顧體弱多病的母親，我只能拿出二十萬，但我承諾大家，我會盡快找到一份工作。」

「汪小姐，不好意思，這些年我的工作不算理想，多年來的積蓄不多，我先拿出二十五萬，穎童是我的義女，我日後會存入更多錢進基金的。」志修感到不好意思，始終自己認了做穎童的義父，卻拿不出多更多錢。

「張先生，不要介意，我明白大家都有困難。」凱琳諒解他的情況。

「好的，兩位朋友，雖然穎童不太喜歡我，而我又不是大紅大紫，加上早前的事，但爛船總有三斤釘，我湊大份，五十萬吧！」

「謝謝你，菁菁，那太好了，我們有九十五萬。」汪凱琳感到興奮。

魏菁菁坐言起行，從手袋中拿出支票簿，開了一張五十萬的支票，遞給凱琳，說：「你跟她說，不要再稱呼我做『外國女士』，我是有名字的。」

「好了，那我叫她稱呼你做菁姨，好嗎？」

「不好，讀出來好像青衣島，叫我菁姐好了。」

頓時，哄堂大笑。

「謝謝你，魏小姐。」志修充滿誠懇地說。

「我們也謝謝你，你對子穎女兒的無私奉獻。」菁菁回應，再望向凱琳，說：「你也一樣，以後我大部份時間在外國工作，日後我很少回來，穎童的事便靠你們了。」

「嗯，放心。」

他們度過了愉快的下午，菁菁表示自己沒有時間處理教育基金的事，一切便留待志修和凱琳了。

志修先行離去，讓她們多些時間敘舊。

「我看出你和張先生好像有些曖昧，告訴我你跟他有甚麼關係！」

「不要發傻，我們只是普通朋友！」

魏菁菁走過去，扭着她的頸。

「説實話，你們私底下見過多少次？」

「好啦，好啦，放開我，我説了，三次，有一次還跟穎童一起去迪士尼樂園玩。」魏菁菁放開她，走回自己的位。

「你覺得他為人如何？」

「他的人很好，對青梅竹馬朋友的女兒，竟然付出那麼多。」

「那麼，朋友，你要好好珍惜這個人。」菁菁拍拍她的肩膊，充滿憐惜。

緣份，並不是簡單的方程式，一男一女不一定必然走在一起。

而且這個男人的心裏一直有着宋子穎。

她沒有跟菁菁説出來，她其實對志修亦有一份超越普通朋友的情感。

＊＊＊

雖然志修對這份工作失去興趣和熱誠，但還未想到日後的出路前，他不會輕易轉工，加上剛拿出儲蓄多年的錢來供穎童讀書，更要思慮清楚。

這天，放工回家後，他習慣睡一會才吃飯，突然一連串的手機鈴聲喚醒了他，話筒傳來痛苦的哭泣聲，那是穎童的聲音，他馬上清醒過來，擔心她又被不良青年欺負。

「叔叔，外公快不行了。」穎童不住地啜泣，志修聽到當中的意思。

這段日子，他也察覺宋叔叔的病愈來愈嚴重，想不到這樣快便接近死亡的邊緣，他心急如焚，瞞着父母去見叔叔最後一面，只道是朋友約會。

自從上次，他跟父親提及當穎童義父的事，父母已跟他存有芥蒂，若然讓他們知道自己計劃動用二十五萬供一個無血緣關係的女生讀書，更會引發更多的爭論和吵架。他跟世勇談話後，明白有些事只能當秘密隱瞞下去，或者有一天他們會明白自己的苦衷。

他走到街上，尋找的士，剛好電話響起，正是汪凱琳。

「張先生，我今天剛找到一些學校資料，打算給穎童看，原來菁菁認識一間寄宿學校的校董……」

他不待凱琳說話，便說：「汪小姐，我現在有急事，晚一點再談。」

他說話急躁，她聽出中間必定發生重大事情：「張先生，甚麼事？」

「宋叔叔處於彌留狀態，我正趕往醫院。」

「甚麼？哪一間醫院？」汪凱琳亦焦急起來。

「仁愛醫院老人男性內科。」

「你們等我，我也趕來。」

「好的，你到達的時候，致電給我，再見。」張志修急忙掛上電話。

凱琳立刻穿上外套、拿起手袋，跟母親説過後，馬上趕到樓下坐的士。

雖然她不認識子穎的父親，但是引發子穎的失蹤，與她在後山呼喊宋先生的職業有不能磨滅的關係，她要趕在宋叔叔離開之前向他懺悔。

的士駛進仁愛醫院的門口，她交付了車資後，便衝入大堂，致電給志修。

「我到了，你們在哪裏？」

「九樓，西翼第二個病房，十八號床，近窗口處，趕快來吧！」

「好的！」

她跑到升降機大堂，衝進剛到來的一部升降機。

這次，彷彿讓她回到父親彌留及確認弟弟遺體的時候，人生總是不斷上映着同一齣生離死別的戲碼。

當她衝進病房時，穎童、陳姑娘和志修早已團團圍着病床。

穎童的哭聲充滿悲慟，聞者傷心，她不斷呼喊：「外公、外公，不要丟下我。」

「宋叔叔，你放心吧！我會照顧穎童的了。」志修握着宋叔叔的手。

她一步一步走近志修的身邊，他雙眼早已通紅，淚水浸濕了面孔，傷心欲絕。

她摸一下穎童的頭，小女孩轉身望向她，然後指着外公說：「琳姨姨……外公他……」

她不懂言語，畢竟這是穎童第一次面對生離死別，對方更是她最敬愛的唯一親人，凱琳感同身受，淚水不期然淌下來，安慰她：「別擔心，穎童。」

病房的氣氛充滿哀愁，她走到宋叔叔面前，蹲下來對着他說：「宋叔叔，對不起，是我的錯，是我害了子穎的。」

志修想扶起她，她用手隔開，說：「讓我跟他說話。」

「這不是你的錯，不要再自責了。」志修勸道。

「張先生，請讓我跟這位老人家懺悔。」

「子穎……子穎……你回來了？」微弱的聲音從宋叔叔的口中發出。

「叔叔……」

「外公……」

宋叔叔努力睜開他的眼睛，望向他們。

「好了，子穎回來了。穎童、志修，子穎回來了！」

「我不是……」凱琳正想向他解釋，志修及時拍拍她的肩膊，阻止她。

「子穎，你終於回來了，一家終於團聚了。」

之後，他又闔上眼，不省人事，大約一個小時之後，醫生宣告宋曉忠先生的死亡時間。

一個月後……

他們為宋叔叔在殯儀館舉行一個簡單的追思會，很多他生前的清道夫同事都有來參加，在他靈前上香，穎童哭成淚人。

第二天，他們便到鑽石山火葬場進行火化，經過穎童按鈕，宋叔叔化作一縷輕煙隨風而去。

穎童在回程路上，手中捧着外公的骨灰，一直默然不語。

「穎童，我們去吃飯吧！」志修嘗試安慰她。

「我沒有食慾。」她低下頭，失去了往日的朝氣。

「那我們去海邊走走，我想去海灘散步，陪陪我，好嗎？」凱琳溫柔地說。

「好的。」

他們坐的士前往最近的海灘，凱琳對海灘總有一絲情意結，那是她和菁菁最美的夏天。

三人到了沙灘，走了一會，然後坐在一塊大石上。

「穎童，我和宋叔叔認識很久，那時候我還是一個小孩子，我躺在斜坡上，他對我說小朋友，你這樣會曬傷的，之後我便幫他推車回去垃圾房，跟你媽媽做了朋友。」

「嗯，回想起他的人生很悲慘，好像沒有好好享受過，外婆離他而去，舅父一早便死了，女兒又失蹤，最終患上絕症離世。」她的語調充滿悲痛。

「至少還有你，我不能想像若然當日子穎真的做了人工流產。」志修拍一拍她的頭。

「也許，媽媽永遠留在他的身邊。」

凱琳向她微笑，說：「人生沒有也許，你以後在那間寄宿學校好好讀書，不要辜負外公的期望，他在天之靈一定會感到安慰。」

「汪小姐，我要感謝你。」志修微笑道。

「我？」她帶着疑問的眼神回應。

「他臨走前，把你當作子穎，對他來說，失蹤十幾年的女兒能夠回來送他一程，可算是了結他的心願。」

「但……」她面帶慚愧。

「琳姨姨，不要再跟我說你害了媽媽，正如你所說，人生沒有也許，我不許你再沉溺於無意義的回憶當中。」

「我明白了，穎童，你要不要去玩水？」

「好吖！」她站起來，一手拉起志修，一手拉起凱琳，向潮漲處奔過去。

＊＊＊

好多年之後，在一個戶外場地，那裏佈置不算華麗，卻充滿童話色彩，掛滿了色彩繽紛的氫氣球，椅子上結着七彩緞帶，新娘挽着父親的手，走向主理牧師面前，父親把她的手交給了新郎。他們在一眾親友的見證下，宣讀誓詞，交換指環，正式成為夫婦，並在眾親友的起哄下，進行長達一分鐘的擁吻。

不久，婚宴在白色帳篷內開始，新娘、新郎進場，恍如童話故事裏的公主王子，賓客無不歡呼吶喊，主持婚宴的司儀是新娘的好朋友陳巧英，在播放成長短片後，新郎和新娘切結婚蛋糕，巧英請他們致辭。

新郎莊偉信演説過後，把咪高峰交給新娘。

穎童手握着咪高峰，全身顫抖，她望向前面二十多圍酒席，焦點只停留在主家席的他和她。

「各位……我真的很緊張，為了這個婚禮，我跟我男朋友，不不不，要改口了，我的丈夫才對，吵了很多場架，幸好沒有大打出手，不然大家今天不是來飲宴，而是去醫院探病。」

頓時哄堂大笑。

「當然是探他的病，他怎會夠我打，説笑説笑，我知道我的笑話很爛。我這麼疼他，又怎捨得打他呢？在此，我想跟偉信的爸爸、媽媽説我感謝你們養育偉信，並讓我加入你們這個充滿愛的家庭，謝謝。從剛才的成長短片中，你們都看到我沒有父母，認識我的朋友都知道我是在關懷兒童家園長大的孤兒，有段時間，我好自卑，憎恨丟下我的媽媽，還有那一個從沒有在我人生出現過的父親。

剛才，挽手送我進場的人不是我親生父親，他是我的義父，但是這個人比起那個從沒有出現過的男人，更像一個爸爸。很多人背地裏都説他是一個傻子，他只是一個曾經深愛我媽媽的青梅竹馬朋友，根本沒有義務照顧我，但他為了我，在我讀中學時解決很多問題，更跟朋友供書教學，一起面對外公的離世，我深深的感激你。

另一位要多謝的人是一位姨姨，起初我很討厭這個人，覺得她害了我的媽媽，但後來經歷了一連串的事，我明白自己錯怪了這個人，而她和媽媽的另一位朋友沒有跟我這個小女孩計較，更為我的前途憂心，和叔叔三個人湊錢成立了一個教育基金，供我完成中學和大學。修叔叔、琳姨姨和那一位很少見面的菁姐姐，我祝福你們永遠幸福。外公，你看到嗎？你的外孫女要結婚了。」她向上望着白帳幕頂端，舉起戴着指環的手。

台下掌聲雷動，為這對新人送上祝福。

變得微禿、滿臉皺紋的志修溫柔地拍拍凱琳的手，二人相視而笑，凱琳的眼中噙滿淚。

「子穎，你在遠方有沒有看到你的女兒，現在有多幸福？」他向上望，含笑地想。

天色漸沉，潮水快要漲上岸，差不多要離開了。

——全書完——

附錄

子穎的三封信

親愛的志修：

你是我一生中最好、最重要的朋友，但我那天竟然這樣對待你，對不起！我只能用上最惡毒的語言來罵你，說你是醜陋的人，只有這種話才能令你徹底死心，專心應付高考。事實上，我才是心地最醜陋的人。

對於你，我充滿妒忌，也許因為你有一個完整的家庭，而我一向都受着同學的冷嘲熱諷，我是一個在單親家庭長大的小朋友，只有一個在垃圾房工作的父親，就因為這個父親的職業，令我一度自卑，不敢面對自己的人生。總覺得身邊的人歧視我，而就在那一天，就只有你，你跟我愈走愈近，成為了我的朋友，我對你有着無限的感謝，只有你，可以在我的生命中留下了一個位置。

我在中三轉校後，曾經遇過兩個好朋友，本來我跟她們的感情很好，但是我父親是清道夫的身份被其中一個知道了。

我不知道凱琳為甚麼會把我的事公開告訴其他同學，因為這樣，我覺得自己已沒有生活的動力，對別人也不信任。我當然不開心，她就像其他人的膚淺，我不再喜歡她、不再信任她，我和她不能再做朋友。

看到你在會考中考取了佳績，我心中是既羨慕又妒忌，但跟你在家中吃餞別飯的那天，我是帶着真誠祝福你，我相信你會在高考中考取好成績，然後入讀你心儀的電影系，可惜我沒有這種福氣做大學生。

你們叫我放棄我腹中塊肉時，我內心糾結，我認為你們根本不明白我和他的愛，就像我一直不明白你一樣，你是一直那麼傻，明知我不愛你，你還是愛着這樣的一個我，即使我有了別人的孩子。你真的太好人，過於好人會吃虧的，我希望你能在將來找到一個真心愛你的女人，不要像我。

本來看到你獲取好成績，我更應該努力，但是我在新學校被一些新認識的同學影響，變得不喜歡讀書，而你又去了另一個地方居住。

我變得跟她們一起玩樂，一起去唱歌跳舞，更參加了大學舞會，在那裏認識了我的男朋友，是那間大學的學生，他叫阿B。阿B為人很風趣，對我很好，我在很短的時間便跟他一起，更多次去他的宿舍留夜。

也許，在你眼中，我是一個不知羞恥的女人，胡亂跟男人發生關係，但我是真心愛上他的。

只是，我想不到他在我懷了身孕之後，跟我說要分手，不想有任何負累，他叫我墮胎，還叫我不要再找他。

我不能沒有他，我好愛他。

就像你愛我一樣深。

我一直知道你愛我，更願意娶這樣懷孕、讀書不成的我。

但我不能負累你，你是我的好朋友，但我不愛你，所以我才說出冷酷的話來傷害你，希望你明白我，我不想因為要替孩子找一個父親而勉強把一個好朋友當作丈夫，我不能欺騙自己，也不能欺騙你，我想我只有去找他，只有找他問清楚，要他為我和穎童負責任。

我和他的朋友一直有聯繫，原來他決定休學，準備跟朋友去印度，進行橫越中印之旅，時間上剛好是我生育過後的日子。

我決定要找他回來，我運用自己做兼職的收入，買了去印度的機票，我要去找他，我要令他回心轉意。

志修，我再一次跟你說當日在我家，我的話不是真心的，你是我一生中最好的朋友，若我日後有甚麼不測，希望你能幫忙照顧我的女兒穎童。我一生都在麻煩你，很抱歉，但我想你可以給予我一點支持。

待我回來後，再一起吃飯吧。

你的摯友　宋子穎

親愛的爸爸：

女兒不孝，暫時要跟你們分離，但我有自己的原因。我要去找他，我跟他的朋友一直有聯繫，他計劃去印度旅行，雖然他那時不肯承認我們的女兒，可是我不能放棄他，我曾多次去他的家，也被他的家人趕出來，也許父親你覺得我下賤，但我就是不能失去他。

爸爸，我愛的那個人去了遠方，我決定跟隨他一起去，也許你視我不孝，而那個人在你眼中是如此狠心，根本不值得去愛。但愛情這回事沒有法子用言語去解釋，我相信只要在印度機場跟他們會合，他便會感動，到時他一定會回來跟我和穎童組織家庭。

我沒有他不能過活的，無論這機會多渺茫，我也要一試。

爸爸，我知道你一直想撮合我和志修，但我愛的人不是他，我不能勉強把一個好朋友當作男朋友，或要他做我的丈夫，而且他也有自己的人生。

我對不起你，我罵你「垃圾佬」時，我忘記了自己一直憎恨別人對我的標籤，更把他們的侮辱以我的口加諸你身上，你一定很傷心，而我一輩子內疚。

童年時，我因為你的職業是清道夫而受盡排擠和欺負，我一直敬重你，沒有你的努力，我也不能健康成長，而且你又受到媽媽的背叛，哥哥誤入歧途而被殺，我更應該孝順你。本來，我在中三轉校後，內心有一份期盼，我去了一個離我們屋邨很遠的地方讀書，別人不認識我，可以重新生活。

在那裏，我認識了兩個好朋友凱琳和菁菁，我以為找到了一輩子的好朋友，可以一起學習、一起玩樂，只是我不明白凱琳為甚麼會知道你的職業，更跟別人四處說我爸爸是清道夫，不配做她的朋友。我感到被出賣，內心又氣憤又膽怯，我沒有再和她們做朋友，讀完中五便離開。

中五的日子，我一點也不好受，在沒有朋友的支持，還要忍受異樣的目光，我即使再努力讀書也記不牢，我更妒忌志修，志修的爸爸是一個染廠工人，有媽媽和三個姐姐，他更說他們一家申請了居屋，我更恨自己跟你住在這間細小的斗室。

轉了學校升中六後，我已沒有心思去考大學，即使再努力讀書也改變不了自己貧困的命運，倒不如趁年輕及時行樂。我認識一班愛玩的同學，她們帶我去很多地方玩，我經常去的士高，跳到夜深，更憑着自己的美貌結識不同的男生。若果凱琳和菁菁在我的身邊，我未必會跟這班新朋友走在一起，但想到凱琳背叛我，我已不想再以真心交朋友，放棄學業，沉迷於玩樂，也許這一切只是藉口，是把自己的沉淪推到別人身上。

我和他是在大學聖誕舞會認識的，他是一個富家子，住在中半山，我們的家連他的飯廳也不如，他很愛惜我，送很多小禮物給我，帶我去很高級的餐廳享受，我也很愛他，更把自己託付給他，只是想不到當我發現自己懷孕後，他會無情地叫我墮胎，他說他家人不喜歡我的身份，迫使我們分開。

我只愛他一人，所以我不斷找他，要他接受他的骨肉，但他說他還要去世界各地冒險，他說若我愛他，便離開他，讓他得到更大的發展。我不相信這是真心話，他一定受到父母的壓力才這樣說，我不相信他會如此無情，他是如此溫柔和體貼的人，這不是假的，我跟他的朋友一直有聯繫，他們計劃休學去印度旅行，再展開橫越印度中國之旅，剛好那是我誕下女兒後的事。

我用多年來兼職儲下的錢，買了機票，我要親自去那裏，跟他們會合，他一定會深受感動。

到時，我一定會有更美好的人生。

爸爸，請等我，我一定會回來的，到時候我們的生活環境一定會更好。我暫時離開，你替我好好照顧穎童。

保重身體！

女兒子穎上

親愛的穎童：

女兒，對不起，我在你還是嬰孩的時候離你而去，我希望最終你看不到這封信，由我親手撕毀，我們跟你的爸爸一起幸福生活。

請原諒母親暫時出走，這是無可奈何的決定，因為我深愛着你的父親。

你的父親是一個大學生，家境富裕，我和他是在大學舞會邂逅的，他是一個溫柔的男人。他對我很好，我對他一見鍾情。雖然在這之前有很多人喜歡過我，就像青梅竹馬的好朋友志修，但是我由始至終只愛你父親一人。

從小時候開始，我因為你外公的職業而受到欺凌和歧視，我不想你出生後跟我受着相同的命運，被人恥笑是私生女，所以我才堅決，我要你的爸爸和他的家人接受我們。

你的外公曾經想我打掉你，他認為如果我沒有你的羈絆，我的人生便可以重來，只是他不是我，怎能明白我的內心想法呢？我愛你和你的爸爸，我相信他只是受到家人阻攔，才會一時迷失，說要跟我分手，不肯接受我們。

我知道我一定能夠改變他，我要用行動證明這件事，我從他朋友口中得知他決定休學，去印度進行冒險之旅，我決定跟隨他們，我用了自己兼職所賺取的金錢買了機票，只要在印度碰到他們，他一定能大受感動而回心轉意，接受我們母女，一起生活。

女兒，我要跟你分離，臨行前撫摸你胖乎乎的臉蛋，你那天真無邪的笑容，我內心十萬個不捨，只是我不能讓你的人生跟我一樣，唯有忍痛跟你分別。

我相信只要一個月後，我們便能走在一起，你也不會讀到這封信。

穎童，其實你只是一個嬰兒，我根本不用寫這封信給你，但是始終這是一次遠行，我不敢肯定自己會不會有任何不測，為了以防萬一，我寫下這封家書。

請你原諒媽媽，我不想自己後悔，我一定要找你的爸爸回來，我要他為我們建造一個美好的家園。

最後，如果我遇上任何不測，請你聽外公的話，還有找我的好朋友張志修，我已在信中託付他照顧你。

你一定要健康成長！

母親子穎上

後記

這本書，我足足寫了四年多，書名和內容都經過無數次的修改，也許我會為箇中的延誤作一堆藉口（例如：數年前製作一套影片），但也可以說自己不懂得創作之道，寫小說有時會太過受心情和靈感牽絆，才導致每部作品都花了很長的時間才能完成。

這部作品的創作計劃早在二〇〇四年，我完成第一本書《邂逅》便開始構思，甚至完成了四、五個章節的內容，但最初的想法跟後來的發展完全不同，結果大部份內容都不要，也許因為年齡的增長，由當初純以「張志修自傳」的角度創作，變成現在三個主角汪凱琳、張志修和宋穎童的出現，也嘗試結合主觀的第一人稱和全知的第三人稱手法完成這部作品。

當初決定重新寫作是因為一位已轉校的學生跟我說一句「老師，我想看你的長篇小說」，我相信這個學生早已忘了她當日跟我說過這一番話，但是這句話就像強心針一樣，對我的創作起了鼓舞作用。

短篇小說對我而言，的確是比較容易掌握，但長篇小說則像家人和朋友一樣，需要長期相處。我試過無數次有放棄的念頭，但是當我想到若我中途放棄這部小說，這班朋友的故事便不會有人知道，最重要的是當中張志修一角的原型其實來自我，一個喜歡創作、喜歡拍影片，但卻在某一時刻失去了人生的夢想和方向的人。

我希望在未變老的時候，多創作小說和製作影片留給讀者和觀眾，實踐自己的夢想，才叫無悔人生。

創作的過程中，遇到很多人的嘲弄、揶揄，甚至網絡上的攻擊，但我也要堅強的面對，希望透過這本書去記錄自己某一個時刻。

最後，我特別介紹是次與我合作的插畫家鄒琳，她是一個參與我主理的學會「書友會」多年的舊生，現在於香港浸會大學攻讀視覺藝術，我希望透過她帶有日本漫畫風格的插畫，吸引多些年輕讀者，故事與她的畫風是有強烈的對比，但這亦是我找她合作的原因，新舊的藝術工作者，兩代創作人的一次文學與藝術的結合。

謝謝你們，對小說有任何意見可以電郵告訴我。

書　　名　踏過悲傷的幸福
作　　者　黃偉興
統　　籌　黃綺紅
編　　輯　郭坤輝
插　　圖　鄒琳
設　　計　柯銘峰
美術編輯　蔡學彰
出　　版　天地圖書有限公司
香港黃竹坑道46號
新興工業大廈11樓（總寫字樓）
電話：2528 3671　傳真：2865 2609
香港灣仔莊士敦道30號地庫（門市部）
電話：2865 0708 傳真：2861 1541
印　　刷　亨泰印刷有限公司
柴灣利眾街27號德景工業大廈10字樓
電話：2896 3687　傳真：2558 1902
發　　行　聯合新零售（香港）有限公司
香港新界荃灣德士古道220-248號荃灣工業中心16樓
電話：2150 2100　傳真：2407 3062
出版日期　2022年5月／初版・香港

ISBN 978-988-8550-32-6

香港藝術發展局
Hong Kong Arts Development Council 資助
香港藝術發展局全力支持藝術表達自由，本計劃內容並不反映本局意見。